Der Affe zu Köln

Der Affe zu Köln

Walter Filz

Oder:
Petermanns
Rache

GREVEN VERLAG KÖLN

Dank an

Dietrich Maguhn für den Tauchgang in die Tiefen seines Bildarchivs
Wilhelm Spiess für den unkomplizierten Einlaß ins Zooarchiv
Rainer Osnowski für das nächtliche Gruppenbild der Petermannaktivisten
die Universitäts- und Stadtbibliothek für die freundliche
Unterstützung bei der Zeitungsrecherche

© Greven Verlag Köln GmbH 2010
Sonderausgabe 2012 mit CD
www.Greven-Verlag.de
Lektorat und Satz: Thomas Volmert, Köln
Gestaltung: Thomas Neuhaus, Billerbeck
Lithographie: Farbo Prepress, Köln
Gesetzt aus der Angst und der Swift
Papier: Munken Premium Cream
Druck und Bindung: CPI, Leck
Alle Rechte vorbehalten
ISBN 978-3-7743-0495-6

„Dies ist ein Stück für Heinrich Böll und gegen
die alten Affen."

Wolfgang Niedecken 1986

***

„Ich weiß nicht, ob ich irgendeinen Affen als
Hausgenossen anraten darf. Einige Arten sind
schon wegen ihrer Unanständigkeit nicht zu
ertragen; sie beleidigen jedes sittliche Gefühl
fortwährend in der abscheulichsten Weise."

Alfred Brehm 1864

***

„Ich bin kein Affe, den man vorführen kann."

Jimi Hendrix 1970

„Ich bin kein Alt-Hippie oder Pflasterstrand-Affe."

Peter Maffay 1984

„Ich bin kein Affe, der Erdnüsse bekommt."

Campino 1991

***

Sie wollten Rebellen sein und keine Affen.
Sie wußten nicht, daß Affen Rebellen sind.

Inhalt:

Affe tot
oder: das Ende eines Entertainers

Es geschieht drei Monate nach dem Tod von Heinrich Böll und drei Monate vor der Schließung von Trude Herrs „Theater im Vringsveedel". Es geschieht am 10. Oktober 1985. Ralf C. macht seinen Kontrollgang an den Gittertüren und überprüft die Verriegelungen. Der 19jährige ist noch nicht lange dabei. An diesem Tag macht er den Schließdienst zum ersten Mal allein. Vielleicht liegt es an der mangelnden Erfahrung mit dem Sperrmechanismus, vielleicht lenkt ihn für einen Moment irgend etwas ab, jedenfalls unterläuft Ralf C. an diesem Tag ein verhängnisvoller Fehler. Bei einer der Gittertüren schiebt er den Riegel nicht ganz bis zum Einschnappen zurück... Dann geht alles sehr schnell. Die Tür wird aufgestoßen, Ralf C. spürt einen heftigen Schlag, geht zu Boden und wird buchstäblich überrannt. Seinen Vorgesetzten, der zufällig in der Nähe ist, erwischt es schlimmer. Mit geradezu bestialischer Gewalt wird er angegriffen, geschlagen und getreten. Erst als er aus mehreren Wunden stark blutend wie tot am Boden liegt, läßt man von ihm ab. Ralf C. rappelt sich unterdessen wieder auf und schlägt Alarm. Wenige Minuten später fallen an der Außenmauer des Geländes zwei Schüsse. Das ist das Ende. Das Ende des Ausbrecherpärchens Susi und Petermann. Bevor Petermann tödlich getroffen zu Boden sinkt, soll er noch die linke Faust in den Abendhimmel gereckt haben. Das behauptet jedenfalls später die Legende. Tatsächlich geschieht alles am hellichten Tag.

Petermann?

Der Petermann??

Der einstige Film-, Fernseh- und Showstar???

...erfleischt Zoo-Chef

...hrgang 23, Nr. 236 · G 3079 A

12

EXPRESS

1985   40 PF

Lebensgefahr!
Schimpanse erschossen

Durch jahrelange Auftritte im Karneval wurde der Schimpanse Petermann (Foto 1) zum Liebling der Kölner.

Affe Petermann hat Zoo-Direktor Dr. Gunther Nogge (43) angefallen. Das Tier zerfleischte sein Gesicht. (Letzte Seite)

Zoo-Chef Dr. Gunther Nogge (43)

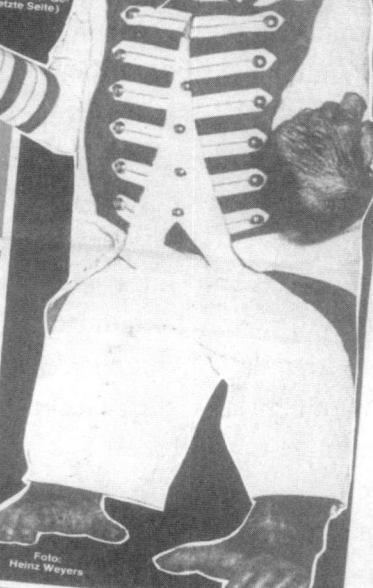

Foto: Heinz Weyers

-5 1 35
5. Spiel läuft 89
51 70

hen Sie mit!
5. Spiel läuft

SPORT
1:1 Düsseldorf gegen Schalke

SCHNELL SCHNELLER EXPRESS

Spion entlarvt
Ein Kaufmann aus Heilbronn (34) ist als DDR-Spion festgenommen worden. Der NPD-Funktionär soll Ost-Berlin jahrelang mit Informationen aus der rechtsradikalen Szene versorgt haben.

„Tour" in Berlin
Die „Tour de France" 1987 wird in West-Berlin gestartet. Das beschlossen die Organisatoren. Kosten für die Stadt: Drei Millionen DM.

Stahlarbeiter-Demo
In Siegen demonstrierten etwa 5 000 Stahlarbeiter gegen den Abbau von Arbeitsplätzen in ihrem Industrie-Zweig.

Film-Boykott
61 evangelische Pastoren aus Norddeutsch-land haben zum Boykott des Films „Rambo II" aufgerufen: Der Kriegsfilm verherrliche die Gewalt und predige Rassismus.

Zahnpasta: Eine wie die andere
exp Berlin – „Alle Zahnpasten sind gleich gut", behauptet Hans Erpenstein, Chef der Gesellschaft für Zahnheilkunde. Wichtig sei auch, daß sie auch gebraucht wurde. Drei Minuten täglich sei die beste Vorbeugung gegen Karies.

WETTER-OTTO
Das Wetter: Stark bewölkt, zeitweise Regen. Höchsttemperaturen bei 17 Grad.

...l Brynner tot!

Auch Orson Welles starb mit 70
Tot: Orson Welles (Siehe S. 4)

Der Kinopartner von René Deltgen und Liselotte Pulver?

Der Humorist, Artist und Tänzer, der Radsportler und Verkleidungskünstler?

Der Komiker im knappen Frack mit schräg aufgesetztem Zylinder, der auf der ersten Silvestergala im deutschen Fernsehen dem Publikum zuprostete?

Der Entertainer, der auf Modenschauen auftrat und mit zweideutigen Gesten jungen Models auf dem Laufsteg hinterherwatschelte?

Der Witzbold, der bei Ballettaufführungen Mehrfach-Saltos aus dem Stand machte?

Der Spaßvogel, der keine Karnevalssitzung ausließ und außerhalb der Session als prominenter Aushilfsköbes in Kölner Kneipen Bier ausschenkte?

Der vorbildliche Werbeträger der Postsparkasse, dessen Kontoeröffnung durch die Weltpresse ging?

Der leidenschaftliche Bausparer, der seine gesamte Gage für ein Eigenheim anlegte?

Der ehemals bekannteste Schimpanse Deutschlands?

Er ist es tatsächlich. Allerdings dauert es ein wenig, bis sich die Kölner an ihren einst so berühmten Mitbürger erinnern. Lange ist es her, seit er zuletzt auf einer Bühne oder vor der Kamera gestanden hatte. Petermann zählte zu jener Sorte Stars, die kometenhaft rasant aufsteigen, um ebenso schnell auszubrennen und rasch wieder vergessen zu werden; Stars, bei denen man oft erst durch die Meldung ihres Todes erfährt, daß sie noch gelebt haben. Und wie bei vielen Sternschnuppen des Showgeschäfts gibt es auch bei Petermann ein kurzes postumes Nachglühen in den Medien, und Presse und Publikum stellen nach seinem Tod Fragen, die, früher gestellt, vielleicht diesen Tod verhindert hätten: Warum hat man nie mehr etwas von ihm gehört? Warum ist er so früh abgetreten? Hat ihn irgend etwas aus der Bahn geworfen? Wer ist er überhaupt gewesen? „Wirklich" gewesen?

Auf den ersten retrospektiven Blick scheint Petermann ein typischer Entertainer der Wirtschaftswunderära gewesen zu sein: ein bißchen frech, aber im Grunde harmlos, ein bißchen übermütig, aber im Prinzip gutartig, ein Schlitzohr, ein Lausebengel, ein Schelm, eine Art nonverbaler Heinz Erhardt. Ähnlich wie der Kicherkomiker mit Hang zum Kindischen gebärdet sich Petermann als pubertärer Possenreißer in der pubertären Republik.

Doch die Pubertät ist nur eine Übergangsphase. Aus Pubertierenden werden in den fünfziger Jahren Halbstarke und aus dem fröhlichen Affen wird ein Krawallmacher. Der Entertainer geriert sich zunehmend aggressiv gegenüber Freunden und Publikum, er verpatzt Auftritte oder erscheint gar nicht erst. Immer häufiger muß er für heiklere Darbietungen oder längere Fototermine gedoubelt werden. Dann geht gar nichts mehr. Destruktiv, impulsiv und in hohem Maße affektgesteuert, leidet er offenbar unter einer massiven Persönlichkeitsstörung und muß Ende der fünfziger Jahre das Scheinwerferlicht des Showgeschäfts gegen die Neonbeleuchtung einer Einzelzelle tauschen, wo er ein Vierteljahrhundert vor sich hin vegetiert – bis er ausbricht.

Petermann stirbt mit 36. Das ist kein Alter für einen Schimpansen. In freier Wildbahn können sie gut 50 werden, in menschlicher Obhut bis zu 60.

Petermann stirbt mit 36. So wie Marylin Monroe und Robespierre. Das ist kein Alter. Aber es genügt, um Geschichte zu machen – als Star oder als Revolutionär. Petermann ist beides. Wofür er wenig kann. Er wird von seiner Zeit dazu

flohen beim Füttern — Ein Pfleger erlitt Bißwunden — Polizei-Sonderkomm

s) gelangten die Schimpansen in die Futterküche (zweites Bild).   Freie gezerrt wurde. Andere Tierpfleger alarmierten den Zoo-So
und Zoodirektor Nogge, der niedergeworfen und durch die Tür ins   Bild). Anwohnerin Erika Reimert (rechts) entdeckte die Schimpan

impanse Petermann, possierlich
Jahren beliebt.

Affen verletzten Zoodirektor schwer

Petermann und Susi wurden nach Ausbruch erschossen

Aus dem alten Affenhaus im Kölner Zoo brachen gestern die Schimpansen Petermann und Susi aus. Sie griffen einen Pfleger und Zoodirektor Gunther Nogge (43) an, der schwer verletzt wurde. Petermann wurde im Zoogelände von einem Wärter erschossen. Ein Polizeibeamter erlegte Susi, die über den Zaun entkommen war.

Gegen 10 Uhr wollte der Tierpfleger Ralf C. (19) dem 38 Jahre alten Schimpansen Petermann und der 32 Jahre alten Schimpansin Susi Futter ins alte Affenhaus bringen. Die Tiere waren, weil sie als schwierig galten, nicht mit in das neue Tropenhaus umgezogen.

Der Tierpfleger machte die Arbeit zum erstenmal allein. „Es ist möglich, daß ich vergessen habe, einen Schieber an einem Käfig zu schließen", sagte er im Krankenhaus dem „Kölner Stadt-Anzeiger". Er wollte die Affen noch zurückdrängen.

Doch das gelang nicht. Sie griffen den Mann an und bissen ihn in den Hals und ins Bein. Trotzdem konnte Ralf C. noch Besucher warnen sowie Wärter und den Zoodirektor alarmieren. Später wurde der junge Mann ins Krankenhaus gebracht.

Inzwischen waren die Tiere in die Fütterküche und von dort in einen leeren Käfig gelaufen. Ehe die Pfleger die Tür zuschlagen konnten, entwichen die Affen auch von dort. Sie liefen in die Futterküche zurück und fielen dort über den Zoodirektor her. Petermann ließ bald von Nogge ab, Susi aber geriet in Raserei, sie biß und kratzte. Das über einen Zentner schwere, fast 1,60 Meter große Tier warf sich auf Nogge und biß ihn mehrmals in Kopf und Gesicht. Obwohl Tierpfleger mit Knüppeln auf Susi einschlugen, schleifte das Tier den Schwerverletzten aus der Futterküche nach draußen. Erst als Nogge sich totstellte, liefen die Affen davon.

Zoo-Mitarbeiter kreisten Petermann mit Autos ein. Die Spezialistin für die Affenpflege, Uta Hick, berichtete: „Er war so aggressiv, daß sich ihm die Haare sträubten, es gab keine Möglichkeit, ihn zu fangen oder zu betäuben". Erregte Affen reagieren nur langsam auf Betäubungsmittel. Guido Hündgens (24), ein Zoo-Mitarbeiter, der jüngst einen Waffenschein erworben

schließlich mit einem Schuß nieder. Er hatte acht Minuten warten müssen, weil sonst Besucher gefährdet worden wären.

Ein Zoobesucher, der mit seiner Tochter unterwegs war, sah Susi auf dem Dach des neuen Tropenhauses. Als der Mann sich umsah, bemerkte er, daß ihm das Tier folgte. Kreidebleich lief er davon. Susi hatte aber schon eine Richtung geändert, sie verschwand im Gebüsch hinter dem Betriebshof. Dann kletterte sie über einen Zaun in den Hof des Hauses Pionierstraße 14. Eine Hausbewohnerin, Erika Reimert, entdeckte das Tier im Garten, als sie Blumen auf dem Balkon pflegen wollte, die ihr zum Geburtstag geschenkt worden waren. Die Frau lief zum Zoo und schlug Alarm.

Polizisten des Schutzbereichs 5 und des Sondereinsatzkommandos (SEK) suchten zu dieser Zeit schon in den Straßen nach dem Affen. Aus Sicherheitsgründen hatte die Zooverwaltung die Genehmigung gegeben, auch die Affendame zu töten. Susi, die durch ein Kellerfenster ins Haus gekommen war, wurde zur Kellertreppe gelockt. Von der Haustür aus erschoß ein Polizist das Tier. Vor dem inzwischen geschlossenen Zoo-Eingang bildeten sich lange Schlangen. Etwa eine Stunde nach dem Ausbruch wurden die Pforten wieder geöffnet: Zoo

Vom Star zum bösen Einzelgänger

Schimpanse Petermann war der Älteste im Zoo und wohl auch der berühmteste. Vor 38 Jahren kam er nach Köln und avancierte schnell zum Publikumsliebling. Auch vom Fernsehen wurde er bald „entdeckt". Mit einem Auftritt 1952 in einer Sylvesterschau begann seine Film- und Fernseh-Karriere. Und auch der Karneval fraß an ihm einen Narren. Mit dem späteren Zugleiter Peter

gemacht. Von einer Epoche, die in drei Dutzend Jahren viele Revolutionäre und Stars hervorbringt. Und scheitern läßt. Und vergißt.

Aber das kann sich rächen. Auch postum. Eines Tages kehrt der Affe wieder und fordert sein Recht. Das Recht auf Selbstbestimmung und freie Entfaltung. Das Recht zu sein, was er ist: nämlich kein Star und kein Revolutionär, sondern ein Kölner wie alle anderen. Es geht um die Würde des Affen. Und es gibt zwei Möglichkeiten, sie wiederherzustellen. Entweder lernen die Kölner, im Affen einen der ihren zu sehen. Oder sie lernen, in sich selbst den Affen zu entdecken.

Andernfalls erfahren sie: Petermanns Rache.

Affenmythen
oder: die Schwierigkeiten mit der Wirklichkeit

Wie wurde der Affe, was er war? Wann, woher und wie kam er nach Deutschland? Wie jeder Star hat auch Petermann seinen Mythos. Wie jeder Mythos erzählt auch die Geschichte Petermanns eine höhere Wahrheit, die nicht an schnöden Tatsachen gemessen werden kann. Dennoch hat jeder Mythos seinen Ursprung in der Wirklichkeit. Und jede Mythenforschung muß versuchen, dieser Wirklichkeit nahe zu kommen.

„Im Jahr 1954 schenkte Eugen von Rautenstrauch dem Zoo den ersten Menschenaffen nach dem Krieg, einen Schimpansen namens Petermann", schreibt Ex-Zoodirektor Gunther Nogge im Frühjahr 2009 in einem Beitrag für eine Artikelreihe des Kölner „Express" mit lokalen Geschichten zur sechzigjährigen Geschichte der Bundesrepublik unter der Überschrift „Die Wahrheit über Petermann". Leider ist bereits in diesem ersten Satz des Artikels alles unwahr. Weder die Jahresangabe ist korrekt noch der Name des Schenkers. Offenbar hat der 67jährige Nogge beim 42jährigen Nogge abgeschrieben. Denn der hatte bereits in seinem 1985 (noch vor Petermanns Ausbruchsversuch) erschienenen Buch über den Kölner Zoo die falschen Angaben zur Herkunft des Schimpansen publiziert und es später wohl nie mehr für nötig befunden, noch einmal genauer nachzuforschen. Das verwundert, denn schließlich ist Gunther Nogge von Petermann fast getötet worden.

Eine mehr als siebenstündige Operation war nötig, um seine abgebissenen Fingerglieder und abgerissenen Ohrfetzen wieder anzunähen. In vielen Interviews und Aufsätzen hat Gunther Nogge den „Fall" Petermann als Beispiel für die tragischen Folgen eines nicht artgerechten Umgangs mit Schimpansen dargestellt. Der Affe sei in seinen jungen Jahren derart vermenschlicht worden, daß er seine arteigenen Verhaltensweisen nie habe erlernen können, sich schließlich selbst als Mensch verstanden habe und nicht mehr in der Lage gewesen sei, soziale Beziehungen zu anderen Affen aufzubauen. Statt dessen habe er sich in einer Rangordnung unter Menschen gesehen – und genau gewußt, wer der Ranghöchste von ihnen ist.

Trotz seiner Isolationsunterbringung war Petermann klar, wer im Zoo das Sagen hat. Oft genug hatte er mitbekommen, wie Direktor Nogge Anweisungen ans Personal gab. Deshalb war der zufällig daherkommende Zoochef Petermanns erstes Angriffsziel, als er aus seinem Käfig ausbrach. Der Ranghöchste mußte niedergemacht werden. Wie einfach es war, den Alphamann aller Tiere zu überwältigen, verblüffte den Schimpansen für einen Moment. Irritiert betrachtete er sein am Boden liegendes, blutüberströmtes Opfer, das keinerlei Gegenwehr versucht hatte, und nahm willig die Hand, die ihm ein Tierpfleger entgegenstreckte. Die Pfleger waren seine Freunde und galten ihm als ranggleich. Erst als er merkte, daß man ihn zurück in den Käfig führen wollte, riß er sich los und setzte seine Flucht fort, bis er erschossen wurde. Vorwürfe, man hätte den Schimpansen doch mit einem Betäubungsgewehr außer Gefecht setzen können, läßt Gunther Nogge nicht gelten. Zum einen hätte man ein wirksames Betäubungsmittel für einen Menschenaffen erst einmal dosieren müssen, wofür keine Zeit geblieben sei. Zum anderen sei der Umgang mit einem solchen Gewehr durchaus nicht so einfach, wie es Fernsehserien wie „Daktari" glauben machten, wo selbst rasendes Großwild mit einem einzigen, immer treffgenauen Schuß zwischen die Schulterblätter in einen friedlichen Tiefschlaf geschickt werde.

Bis heute nimmt der deutlich von Affenbissen gezeichnete Gunther Nogge den Ausbruch Petermanns mit zoologischer Nüchternheit – und mit historischem Desinteresse. Für Affenmythen ist er nicht zuständig. Muß er auch nicht sein. Mythen werden von Menschen gemacht und fallen daher nicht in sein Fach. Schon 1985 konnte er nicht nachvollziehen, warum nach Petermanns Tod an viele Mauern Kölns Graffiti gesprüht wurden mit Slogans wie „Petermann lebt!" oder „Petermann geh Du voran!" und wieso sich ein Fußballclub aus der Alternativszene in einer bekennerhaften Proklamation nach dem „einzig wahren Anarchisten und Freiheitskämpfer der Stadt" „Petermann Stadtgarten" nannte (und mit dem späteren lit.cologne-Festivalchef Rainer Osnowski als Mittelstürmer 1988 und 1989 sogar Deutscher Meister der sogenannten „Bunten Liga" wurde). In selbstironisch durch-

Schon früher Unfälle im Zoo

Schimpanse Petermann war auch in jungen Jahren nicht ungefährlich

Von unserer Redakteurin
Ute Kaltwasser

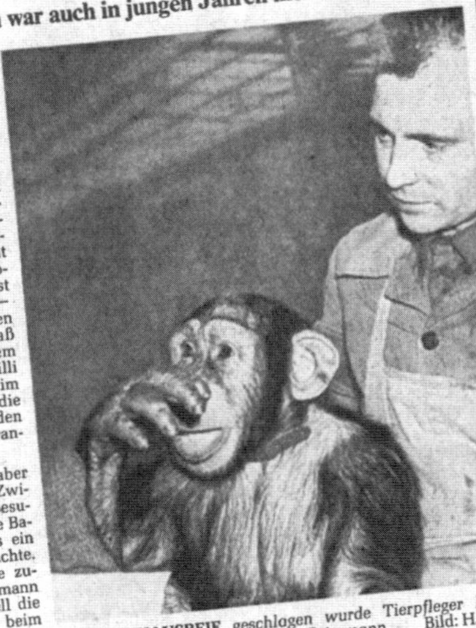

KRANKENHAUSREIF geschlagen wurde Tierpfleger Roellvinck (Foto von 1955) einmal von Petermann Bild: H. Koch

Der am Donnerstag im Kölner Zoo erschossene Schimpanse Petermann, der zusammen mit der ebefalls getöteten Schimpansin Susi den Zoodirektor Nogge schwer verletzt hatte, war schon unberechenbar gewesen, als er noch jünger war und sich als Spaßmacher allgemeiner Beliebtheit erfreute. Das ist aus der Chronik zu entnehmen, die – fast wie bei menschlichen Stars – über ihn in Zeitungsarchiven liegen. Dort ist zu lesen, daß der Affe bereits 1964 seinem damaligen Tierpfleger Willi Roelvinck, wenn auch nur im Spiel, einen Schlag auf die Nieren versetzte, der den Mann vier Wochen ins Krankenhaus brachte.

Weniger gefährlich, aber sehr schmerzlich, war ein Zwischenfall mit einer Zoobesucherin, die Petermann eine Banane reichen wollte, was ein Wärter zu verhindern suchte. Als die Frau die Banane zurückzog, wurde Petermann zornig, packte blitzschnell die nächstbeste Besucherin beim Schopf und riß ihr ein ganzes Büschel Haare aus.

Auch andere Affen sorgten zwischendurch für Aufregung im Kölner Zoo: 1952 brach der Schimpans... aus und floh über ... durch ein... das Schla... paares ... Äpfel. 19... dame na... heit und... ten Bä... Tiere ... werder...

Schw... schon... Laufe... zen i... 1974 ...

mit seiner Pranke einem Pfleger beim Füttern durch die Gitter auf den Kopf. Ein Lehrling riß den Pfleger zurück und ... vor Schlimme...

seinen Herrn. Trotz erheblicher Verletzungen überlebte der Hund, der Jaguar wurde erschossen.

Der jüngste schwere Unfall vor dem Ausbruch am Don... ...hah im Mai dieses ... der

Zufrieden mit Nogges Zustand

Der am Mittwoch durch Affen schwer verletzte Direktor des Kölner Zoos, Professor Gunther Nogge, befinde sich nach der gelungenen Operation weiterhin auf dem Wege der Besserung, teilte Professor Josef Schrudde, Klinikchef der Plastischen Chirurgie in Merheim, am Freitagnachmittag mit. Nogge hat eine Gesichtsoperation hinter sich; die ebenfalls durch Bisse verletzten Arme und ein Bein wurden in Gips gelegt. Infektionen, die den Genesungsprozeß beeinträchtigen könnten, haben sich nach Auskunft Schruddes bisher nicht eingestellt. Alle Vorsichtsmaßnahmen wurden getroffen. Dazu gehört auch, daß nur Angehörige Nogge im Merheimer Klinikum besuchen dürfen.

Die Leitung des Zoologischen Gartens für die Dauer der Abwesenheit Nogges hat der Aufsichtsratsvorsitzende Heinz Lüttgen übernommen. Lüttgen, stellvertretender Vorsitzender der SPD-Ratsfraktion, stellte nach einer Prüfung des Vorfalls im Zoo am Freitag fest, daß sich während des Ausbruchs der beiden Schimpansen der Alarmplan des Zoos bewährt habe und die Sicherheit der Besucher zu keiner Zeit gefährdet gewesen sei. Der Alarmplan sieht nach Darstellung Lüttgens unter anderem vor, daß Besucher, die den Zoo während eines Tierausbruchs nicht mehr verlassen können, in den Gebäuden in Sicherheit gebracht werden.

Zum Ablauf des Ausbruchs müßten die polizeilichen Ermittlungen abgewartet werden. Das ... bestätigte

---

Samstag, 12. Oktober 1985 Kölnische Rundschau HK, E/Schl, S

KÖLN

Zoo-Chef: „Schimpansen hätten mich töten können“

Nach Ausbruch von „Petermann“ ermittelt die Polizei gegen den 19jährigen Tierpfleger

VON CORDULA v. WYSOCKI

Der Zoodirektor versucht zu lächeln. Professor Gunther Nogge liegt im 9. Stock in den Merheimer Krankenanstalten und blickt auf seine verbundenen Hände, die dick bandagierten Arme und Beine. „Ich habe noch Glück gehabt“, sagt er sehr leise, „es hätte viel schlimmer kommen können. Als ich die Schimpansen auf mich losstürmen sah, da habe ich Furchtbares geahnt.“

Der Zoochef hat in diesem Augenblick selbst das größte Unglück verhindert – mit dem Einsatz seines Lebens. Als er andere retten wollte, wurde er am Donnerstag von den Menschenaffen „Petermann“ und „Susi“ angegriffen. Die kräftigen Tiere rissen Professor Nogge zu Boden, bissen und kratzten ihn am ganzen Körper. Der 43jährige Zoologe wurde mit lebensgefährlichen Verletzungen in die Klinik eingeliefert.

Der Zoodirektor mußte siebeneinhalb Stunden operiert werden. Drei Ärzteteams vernähten bis zum Abend die tiefen Bißwunden. Die Affen hatten Professor Nogge vor allem an den Händen schwer verletzt, Fingerteile waren abgerissen. Den Chirurgen in Merheim gelang es, die Kuppen wieder anzunähen. Gestern waren die Ärzte mit dem Gesundheitszustand des Zoochefs zufrieden, doch noch immer ist die kritische Phase, die Gefahr einer Infektion, nicht überwunden.

Professor Gunther Nogge ist seit vier Jahren Direktor des Kölner Tiergartens. Er kannte den verhaltensgestörten „Petermann“, der einmal Deutschlands berühmtestes Zootier war, ganz genau. Und er weiß, daß der Kampf mit den Affen ein Kampf auf Leben und Tod war. „Die Schimpansen“, sagte er, „sind unglaublich aggressiv, wenn sie plötzlich in Freiheit sind und dann einen Menschen sehen, den sie wiedererkennen. Sie hätten mich töten können.“ Die Affen rissen dem Zoochef die Kleider vom Körper und schleiften den Schwerverletzten über eine Treppe ins Freie. Erst als Pfleger auf „Petermann“ und „Susi“ einschlugen und sie ablenkten, liefen die Tiere davon.

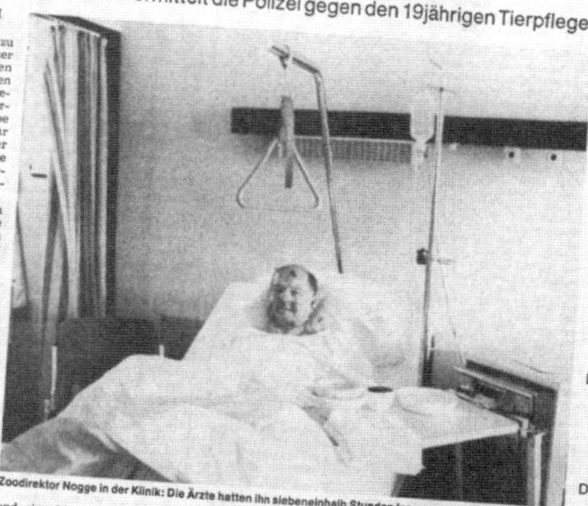

Zoodirektor Nogge in der Klinik: Die Ärzte hatten ihn siebeneinhalb Stunden lang operiert. Foto: Stachowski

Professor Nogge war blutüberströmt aber bei Bewußtsein. „Gott sei Dank“, war seine erste Reaktion, „haben die Schimpansen allein mich erwischt und nicht noch weiteres Unglück angerichtet. Mir war sofort klar“, erinnerte sich der Zoochef gestern an den schrecklichen Augenblick, „daß die Affen getötet werden mußten. Es gab keine andere Möglichkeit. Ich habe selbst die Anweisung gegeben, sie zu erschießen.“ Noch während er auf den Notarzt wartete, hörte er die Schreie des Schimpansen, der über das Zoogelände gejagt wurde. „Er wußte“, sagte Nogges Ehefrau Karin gestern, „daß der gefährliche „Petermann“ noch lebte. Und er wußte, daß der Zoo an diesem Morgen voller Kinder war. Diese Minuten waren furchtbar.“ Noch bevor Professor Nogge am Donnerstagmittag in den Operationssaal gerollt wurde, erfuhr er, daß die beiden Affen erschossen worden waren.

Die Kölner Kriminalpolizei hatte unmittelbar nach dem Unglück mit den Ermittlungen begonnen. Wegen des Verdachts der fahrlässigen Körperverletzung wurde gestern ein Ermittlungsverfahren gegen den Tierpflegerlehrling Ralf C. eingeleitet. Nach den bisherigen Erkenntnissen der Kripo hatte der 19jährige am Donnerstagmorgen vergessen, die Tür zum Affenkäfig zu schließen. Die Kripo rekonstruierte inzwischen, wie es zu dem Unglücksfall kommen konnte: Ralf C. hatte an diesem Morgen zum ersten Mal Dienst in dem Vogelhaus, in dem die beiden Affen schon seit Jahren untergebracht waren.

Während der Lehrling den Boden reinigte, saßen die Schimpansen im linken Teil des Käfigs, der durch eine Schiebetür von dem übrigen Raum getrennt ist. Als Ralf C. die Trennwand zurückschob, rannten die Affen in den frischgereinigten Teil des Käfigs und entdeckten sofort eine offenstehende Gittertür, die zu den Versorgungsräumen führt. Von dort aus gelangten „Petermann“ und „Susi“ in den ehemaligen Gorillakäfig. Inzwischen waren Professor Nogge und zwei Pfleger in den Zuschauerbereich des Vogelhauses gerannt und sahen von dort aus die beiden Schimpansen hinter der Glasscheibe.

Die Pfleger wollten die Gittertür vom Hof aus schließen. Doch dazu kam es nicht mehr. Die Affen waren schneller und flüchteten ins Freie. Professor Nogge dachte nur daran, die beiden Pfleger zu warnen. Er lief vom Zuschauerbereich in die Futterküche und öffnete die Tür zum Hof. In diesem Augenblick stürzten sich die Schimpansen auf den Zoochef.

Ermittlung wegen Arzneibetruges

Einem Medikamentenbetrug ist die Kölner Polizei auf die Spur gekommen. Bei einer Druckerei im Kölner Umland hatte ein Apotheker aus Köln die Herstellung verschiedener Kleinpackungen für Medikamente in Auftrag gegeben. Der Pharmazeut wollte die großen Klinikpackungen von Medikamenten in kleinere Verpackungen umfüllen und mit großem Gewinn verkaufen.

Dieses Verfahren wandte der Apotheker bei 21 hochwertigen Medikamenten an. Die Polizei konnte eine größere Menge umgefüllter Arzneimittel sicherstellen. Die Großpackungen stammen von einem Pharmahändler aus dem Ruhrgebiet. Die erheblich billigeren Arzneimittel ließ der Apotheker in seiner Privatwohnung etwa seit Jahresbeginn von Hilfskräften in die nachgefertigten Packungen umfüllen. Die Staatsanwaltschaft hat ein Ermittlungsverfahren wegen Urkundenfälschung, Verstoßes gegen das Arzneimittelgesetz sowie das Warenzeichengesetz eingeleitet. hgs

Anzeige

Schnitzler

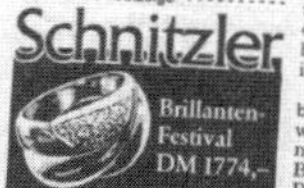

Brillanten-Festival DM 1774,–

Gürzenichstraße 30–32

Die Stadt warnt vor Spendensammlerin

Vor einem falschen Spendenaufruf für die städtischen Altenheime warnt die Stadt Köln. Im Raum Junkersdorf werbe zur Zeit eine Frau um Spenden für die Riehler Heimstätten, die keine Legitimation dazu besitze, teilte die Verwaltung mit. Die Frau lasse sich die Kontonummern von Passanten und Bewohnern geben, damit, wie sie sage, die Spenden abgebucht werden könnten. Die Stadt weist darauf hin, daß der Spendenaufruf nicht durch die Altenheime veranlaßt ist. vm

Box-Star Weller in Köln beraubt

In der Nacht zum Freitag gegen 1.30 Uhr brachen bisher

Alarmplan hat sich bewährt

Die Besucher waren schnell in Sicherheit

VON EVELINE KRACHT

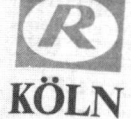

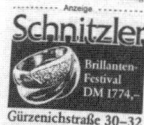

ser untergebracht werden.“ Es sei denn, die Spaziergänger be...

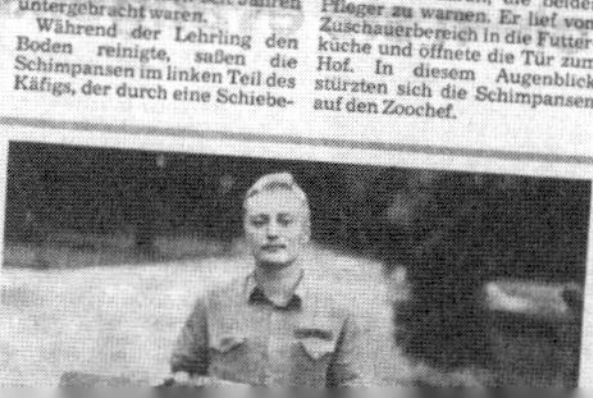

Treffen für die Ehemaligen

Horst Biesenbach, Leiter des Karl-Sonnenschein-Hauses in Nippes in den Jahren 1956 bis 1976, möchte alle Jugendlichen, die in jener Zeit in seinem Haus gelebt haben, noch einmal wiedersehen und sie alle im Spätherbst oder Winter zu einem Treffen einladen. Interessenten mögen sich melden unter der Rufnummer 81 22 00 oder schreiben an Horst Biesenbach, Tempelstraße 2 a, Köln 21.

Nibelungen-Bilder

Eine Mappe mit Ab... der Gemälde aus der ...genhöhle sucht ... **Barth**, Eintrachtstraße ... Wuppertal 2, Tel.: ... 50 20 58. Die Bildma... schien vor dem 2. Weltk...

Und wann rufen Sie ...

163

Meiner Meinung nach

Größte Gefahr erst mal gebannt

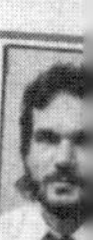

Lothar Klei...

Die größte Gefahr scheint zunächst einmal gebannt... Manager und der Gesamtbetriebsrat der K... Ford Werke verständigten sich gestern darauf, ... Entwicklungszentrum in Merkenich am Leben ... erhalten. 2000 Ingenieure und Mitarbeiter dürfen ... erste erleichtert aufatmen.

Doch Sicherheit für alle Zukunft bedeutet das Abkom... nicht. Es ist auf fünf Jahre befristet. Allzuviel Was... fließt in dieser Zeit nicht den Rhein hinunter, zu... die wirklichen Probleme von Ford weiter unge... auf dem Tisch liegen.

Vereinbart wurde, pro Jahr 330 Stellen der Ford AG du... vorzeitige Pensionierung abzubauen und ... Management zu straffen. Das macht in fünf Jahr... zusammen 1650 gut bezahlte Mitarbeiter. Da ... Abbau über alle Standorte in der Bundesrepub... verteilt wird, dürfen auch die meisten Köln... Ford-Angestellten mit der Lösung zufrieden sein.

Daneben sollen Einsparungen beim Weihnachtsgeld un... bei Überstundenzulagen noch ein paar Mark mehr ... der Ford-Kasse halten. Sicherlich, damit können di... Kosten gedrückt werden, das schafft erst einma... Luft. Zu viele Manager können auch in de... Automobilindustrie den Brei verderben.

Doch wichtiger als die schönsten Einsparungen ist es... Autos zu verkaufen. Das geht aber nun mal nicht mi... Pessimismus – und davon gab es in letzter Zeit aus... der Kölner Zentrale vielleicht doch etwas zuviel zu... hören.

Affe war ‚verrückt‘

Zoologen wollten ihn längst einschläfern

Wäre es allein nach dem Willen der Zoologen gegangen, dann wäre der Schimpanse „Petermann“ bereits vor Jah...

Nachdem „Petermann“ aus der Dressur herausgenommen war, wurde er für den ...

gefärbter Aktivisten-Pose bekundeten die Kicker damals vor der Kamera eines WDR-Fernsehteams: „Statt mit Betäubungspatronen auf ihn zu schießen, haben sie ihm direkt den Garaus gemacht, und Petermann wollte nichts anderes als die Freiheit. Es ist überliefert, daß er an jenem Abend die linke Faust reckend hinterrücks erschossen wurde. Und insofern ist das für uns ein Vorbild geworden, der Märtyrer in Köln, der einzig gelebt habende Märtyrer mit wirklich politischen Absichten in Köln. Ja und da wollten wir ihm ein Denkmal setzen und haben uns Petermann genannt!" – „Dies hat mich doch alles ein bißchen verwundert", sagte Nogge später in einem Interview.

1981 hatte er sein Amt als Zoodirektor angetreten und den psychisch gestörten Schimpansen als „Altlast" übernommen, so wie schon sein Vorgänger Ernst Kullmann, der seit 1975 den Kölner Zoo leitete. Unter dessen Vorgänger Wilhelm Windecker wäre Petermann nach Köln gekommen, wenn ihn tatsächlich der Bankier Rautenstrauch 1954 dem Zoo geschenkt hätte. Doch Petermann machte zwar in der Ära Windecker Karriere, kam aber bereits früher in den Zoo. Rautenstrauchs Primatenpräsent war nicht das erste, sondern das zweite Schimpansenduo, das in den Tiergarten einzog. (Das Weibchen war jene Susi, die später mit Petermann floh – und ebenfalls erschossen wurde.)

Affenakten

oder: weitere Schwierigkeiten mit der Wirklichkeit

Petermann kam zusammen mit einem etwas älteren männlichen Schimpansen namens Harri unter Direktor Werner

Zahn nach Köln. Zahn leitete den Zoo von 1938 bis 1951, war allerdings kein Freund genauerer Tierbuchhaltung. Während seine Vorgänger und deren Verwalter in sorgfältig geführten Ein- und Ausgangsbüchern nicht nur jeden Großsäuger listeten und taxierten, sondern auch jedes erworbene (und gestorbene) Kleinvieh von der Springmaus bis zur Kohlmeise akribisch verzeichneten, existieren aus Zahns Amtszeit kaum Aufzeichnungen, auch nicht, nachdem Pfingsten 1947 der stark kriegsbeschädigte Zoo wieder eröffnet wird und nach den Kriegsverlusten neue Tiere angeschafft werden können. Erst als der Direktor schwerkrank im Dezember 1951 aus dem Dienst ausscheiden muß, verzeichnet ein Aufsichtsratsprotokoll vom 18. Dezember den Bestand größerer Tiere. Dort findet sich die früheste erhaltene aktenkundige Erwähnung von Petermann, allerdings ohne Altersangabe und ohne Hinweis, wie und wann er in den Zoo kam. Am selben Tag hat es den wahrscheinlich ersten größeren Pressetermin mit Petermann und Harri gegeben. Am 19. Dezember 1951 veröffentlicht der Kölner Stadt-Anzeiger unter der Überschrift „Sensation im Schimpansenkäfig" ein Bild der beiden im Käfig. Die „Sensation" erweist sich im Beitext als das Blitzlicht der Fotografen, das zumindest Harri sehr irritiert haben muß. Die Zeitung berichtet, daß er „verschiedene Blitzattacken gegen den ‚Blitz' startete, und als er ihn kaum kriegte, haute er vor lauter Zorn dem braven Peter eine". Die medienscheue Unbotmäßigkeit Harris wird später für seine Karriere sehr hinderlich sein. Undatiert, aber offensichtlich früher entstanden sind einige Fotos, die das Zoo-Archiv bewahrt. Sie zeigen, wie Petermann von Zahns Frau im heimischen Wohnzimmer mit der Flasche gefüttert wird. Der Schimpanse dürfte da kaum ein Jahr alt sein, so daß er wahrscheinlich in der zweiten Hälfte 1950 nach Köln kam

Sensation im Schimpansenkäfig

war heute mittag eine Kamera mit „Blitz". Sie wollte eine Idylle an der neuen elektrischen Zusatzbeheizung im Affenkäfig aufnehmen, wo sich das kleine Petermännchen und der langsam ins Rüpelalter wachsende Harry ihre Rücken und Bäuchlein wärmen. Vorsichtshalber steht das gute Stück von der zwiefachen vierhändigen Neugier aus gesehen so weit hinter dem Gitter, daß man nicht dran kann. Zu der gewünschten Szene kam es aber nicht. Die zwei waren mit dem „Besuch" viel zu beschäftigt, um sich hinzusetzen. Harry startete verschiedene Blitzattacken gegen den „Blitz", und als er ihn nicht kriegte, haute er vor lauter Zorn dem braven Peter eine. Hier hebt er gerade die Hand zum Schlag.   Foto: H. Koch

Die Akte

P e t e r m a n n

Ermittlungen – Enthüllungen – Behauptungen

und Anfang 1950 oder Ende 1949 geboren wurde. Unklar ist auch, ob es zu diesem Zeitpunkt bereits Schimpansen im Kölner Zoo gab. In einem Artikel des Kölner Stadt-Anzeigers vom 14. Dezember 1950 ist von Schimpansen die Rede, denen zum Spaziergang im Winter „ein Mäntelchen umgehängt" wird. Ein Foto zeigt einen Wärter, der „den kleinen Coco" in eine Art Lodenjacke steckt. Wer ist Coco? Nirgendwo sonst taucht der Name auf. Ist Coco vielleicht der frühere Name von Harri (für Petermann ist der Affe auf dem Bild zu groß)? Und wieso heißt Petermann eigentlich Petermann (manchmal auch Peter oder Pitter, denn ‚-mann' ist nur eine Verniedlichungsform)? Wer hat ihn wann warum so getauft? Rätsel über Rätsel...

Dokumente über Petermann sind im sonst umfassenden und gut sortierten Zoo-Archiv erstaunlich spärlich vorhanden. Zwar lagert dort ein vielversprechendes schwarzes Album im Großfolioformat, das ein beeindruckend vergilbter Aufkleber als „Die Akte Petermann" ausweist. Doch die fast 50 Zentimeter hohe Schwarte enthält vorwiegend leere Blätter. Nur auf den ersten Seiten finden sich ein paar eingeklebte Fotos und Zeitungsartikel, versehen mit handschriftlichen Kommentaren. Das ist wenig, und dieses Wenige erweist sich bei genauerem Blick als Fälschung, ambitioniert gebastelt, suggestiv gestaltet, aber so authentisch wie die Hitler-Tagebücher aus der Feder von Konrad Kujau, die der Illustrierten „Stern" 1983 zum journalistischen Verhängnis wurden. Die vermeintlich alten Artikel sind Fotokopien von Zeitungsausschnitten vom Oktober 1985 zu Petermanns Tod, die mit Datumsleisten aus Zeitungen der fünfziger Jahre überklebt wurden. Auch die ausführlichen Angaben zu Petermanns Herkunft sind offenbar falsch. Auf der ersten Seite des Albums ist eine Afrika-Karte eingeklebt mit der handschriftlichen Notiz: „Afrika – 1945. Vermutlicher Geburtsort Gombe Stream Park, Tanganjika. Nach Fang Transport auf Bananendampfer. Ankunft in Deutschland 1947". Selbst wenn Petermann schon 1947 nach Deutschland kam, kann er nicht schon zwei Jahre alt gewesen sein, denn das Foto mit Frau Zahn zeigt ihn als Flaschenbaby. Außerdem hatte 1947 noch kein Bananendampfer aus Afrika Kurs ins unterernährte Trizonesien genommen. Erst 1948 kamen die ersten Bananen nach dem Krieg ins Land – auf einem Schiff aus Kolumbien. Und einen Gombe „Park" gab es auch noch nicht. Der Nationalpark in Tansania wurde erst 1968 gegründet – als Schimpansenschutzgebiet und nicht als Jagdrevier. Den ersten regulären Tiertransport nach dem Krieg organisierte 1949 der Kölner Tierfänger Arnulf Johannes im Auftrag des Hamburger Tierparks Hagenbeck. In seinen 1953 erschienenen Erinnerungen unter dem Titel „Für Hagenbeck in Afrika" schreibt Johannes: „Die Schimpansenjagd gehört zu den schwierigsten, die es gibt. Aber noch schwieriger als der Fang war der Papierkrieg mit den Behörden." Es dürfte also nicht einfach gewesen sein, einen Schimpansen außerhalb der genehmigten Beutezüge von Fangexpeditionen auf irgendeinem Frachter als Reiseandenken einzuschmuggeln.

Die ominöse „Akte Petermann" ist ein Filmrequisit, das Ende der achtziger Jahre für eine Fernsehdokumentation des WDR über Petermann verwendet wurde, ein eigenwilliger Film, dessen dezente Dosis Anarcho-Humor die Filmemacher als Angehörige oder zumindest Sympathisanten jener alternativen „Petermann"-Gruppierung ausweist, die ihre ehemals politische Bewegtheit zum sportiven Aktivismus auf dem Fußballplatz sublimiert hatte. (Der Film stammt vom Autor Georg Roloff und dem szeneberühmten Kölner Allroundmusiker und gebürtigen Südstädter Arno

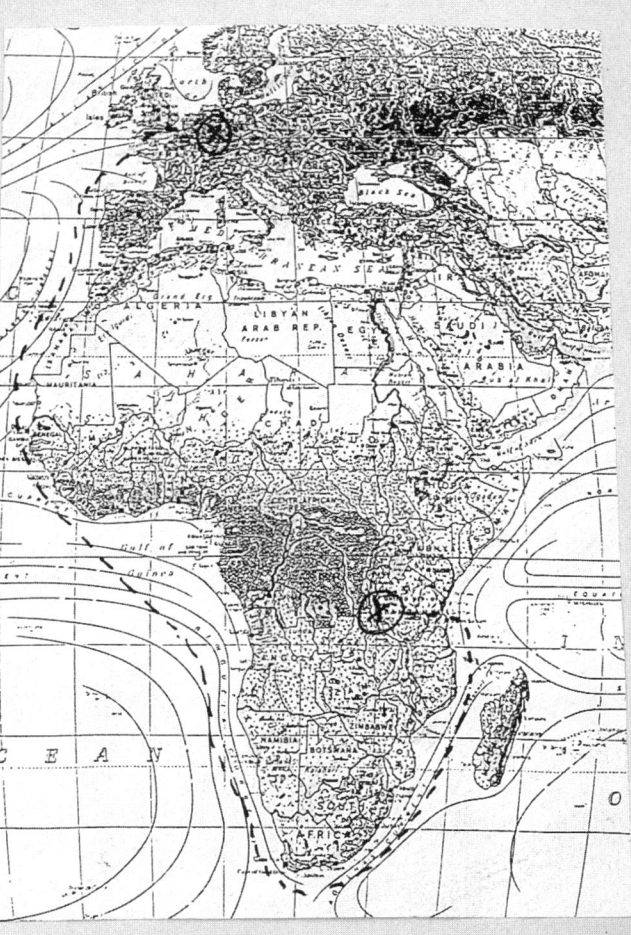

Afrika — 1945

Vermutlicher Gebütsort
'Gombe Stream Park'
Tanganjika. Nach
Fang Transport auf
Bananendampfer.
Ankunft in Deutsch
land 1947.

halb Jahre lang
afrauen ihre Ba-
rsten vier Mona-
e ihre Kinder am
ermuntern sie die
ie für den Kölner
ihren Rücken zu
lakind besorgen
n im Jahre 1969
n Gorillas einer
getötet, die ge-
Junge verteidig-
sey rettete »Co-
darauf, ein an-
kind, »Pucker«,
n fast sicheren
gte sie gesund.
ß sich der Trans-
den nach Köln
rn, wo sie 1978
ander starben

1947 — irgendwo im Herzen Afrikas erblickt ein Schimpan-
senjunge das Licht seiner Welt (und wächst wohlbehütet in
seiner Familie heran) Damals hätte niemand geahnt, daß er
einmal als Repräsentant seiner Art in einer anderen Welt
Karriere machen sollte. (25 sek).

Unser kleiner Affe ist gerade ein Jahr alt, als er Tier-
fängern in die Hände fällt. Infolge der üblichen Fangme-
thoden, wobei häufig die ganze Gruppe aufgerieben wird,

Steffen, der in Vor- und Abspann des Films allerdings seltsamerweise als „Stephan Arnold" figuriert.) Wie die gefälschte
oder – freundlicher gesagt – fiktionale „Akte Petermann" ins
Zooarchiv kam, wo sie heute kurioserweise als authenti-
sches Dokument gilt, läßt sich nur vermuten. Interessanterweise enthält sie im Film noch sehr viel mehr Fotos.
Möglicherweise handelt es sich dabei um Bilder aus dem pri-
vaten Besitz von Petermanns ehemaligen Pflegern Karl Schäfer und Willi Roellvinck, die nur für die Dreharbeiten in die
„Akte" eingefügt und später wieder entfernt und zurückge-
geben wurden. Danach wurde das Requisit dem Zoo möglicherweise anonym zugeschickt. So wie zum 20. Todestag
Petermanns im Oktober 2005 ein schwarzer Grabstein aus
Styropor mit Trauerschleife über Nacht vor die Zoo-Pforte
gestellt wurde. Aus dem Styroporblock ragte ein Besenstiel,
an den jenes Antikriegsposter mit dem Bild eines fallenden
Vietnamsoldaten gepinnt war, das Anfang der siebziger
Jahre in so ziemlich jeder WG hing und die grundsätzliche
Sinnfrage stellte: „Why?" Allerdings gab es einen Unter-
schied zum Originalbild: der hinterrücks durch einen
Schuß getroffene Soldat hatte das Gesicht eines Schimpan-
sen. Auch dieses groteske Artefakt lagert im Zoo-Archiv.

Affenannonce

oder: Aufbaukraft gesucht

Wann und woher der Jungschimpanse auch gekommen
sein mag, die Welt, in der er landet, ist eine völlig andere.
Nicht nur weil es die Menschenwelt im allgemeinen und
das kriegszerstörte Deutschland im besonderen ist, sondern

weil es sich dort wiederum um ein ganz spezielles Terrain handelt. Die neue Heimat des Affen ist die Hauptstadt des Humors. Der Titel ist zwar weder offiziell noch allgemein anerkannt, aber die Einwohner selbst sind sich sicher, daß keine andere Stadt die Bezeichnung verdient. Zutreffend ist auf jeden Fall, daß keine deutsche Stadt derart ehrgeizig an der Rekultivierung des Spaßes und am Wiederaufbau seiner baulichen und sozialen Infrastruktur arbeitet. Dabei wird jeder neue willige Mitarbeiter gerne willkommen geheißen, sofern er ein bestimmtes Qualifikationsprofil mitbringt.

- Er muß anpassungsfähig bis zur Selbstverleugnung sein.
- Er muß eine gehörige Portion bodenständigen Humor mitbringen. (Intellektualität ist dagegen ebensowenig nötig wie Talent zur Wortwitzigkeit.)
- Er muß „ene leeve Jung" sein.
- Er muß eine unbelastete Vergangenheit haben und sollte keine (allzu erinnerliche) zweifelhafte Rolle im National-sozialismus gespielt haben.

Petermann erfüllt diese Voraussetzungen wie kein anderer. Vor allem die Gnade der späten Geburt macht ihn einzigar-tig. Der Schimpanse ist der erste Nachkriegskomiker, der nicht schon vor dem Krieg gelebt hat. Als Neugeborener kommt er in die neugeborene Bundesrepublik und kann ohne Persilschein-Vorlage sofort seine Tätigkeit aufnehmen. Ein Neu-Kölner der ersten Stunde wird zentrale Figur des Kölner Selbstverständnisses. Wie konnte ausgerechnet ein Affe diese wichtige Funktion übernehmen? Um diese Frage zu beantworten, muß man die speziellen Gegebenheiten des kölnischen Wesens und seiner äußeren und inneren Geographie etwas ausholender vermessen.

Als der Kleine in Köln eintraf, waren die Kölner gerade
dabei ihre Stadt wieder aufzubauen und auch der Zoo sollte
neu erstehen. Die Ankunft des kleinen Affen war eine
riesen Attraktion.

 Foto Baby P. und Frau Zahn, Konterfei Dr. Zahn, Kartei-
 'Petermann' (von Frau Rümpeler) Repro

Zunächst fand er Aufnahme als Flaschenkind bei Zoodirektor
Dr. Zahn zu Hause, wechselte jedoch bald in den Zoo über.
Für den Zoo ein Grund zur Freude über den Neuerwerb eines
solchen Prachtexemplars und für den kleinen Affen ein
Name: P e t e r m a n n .

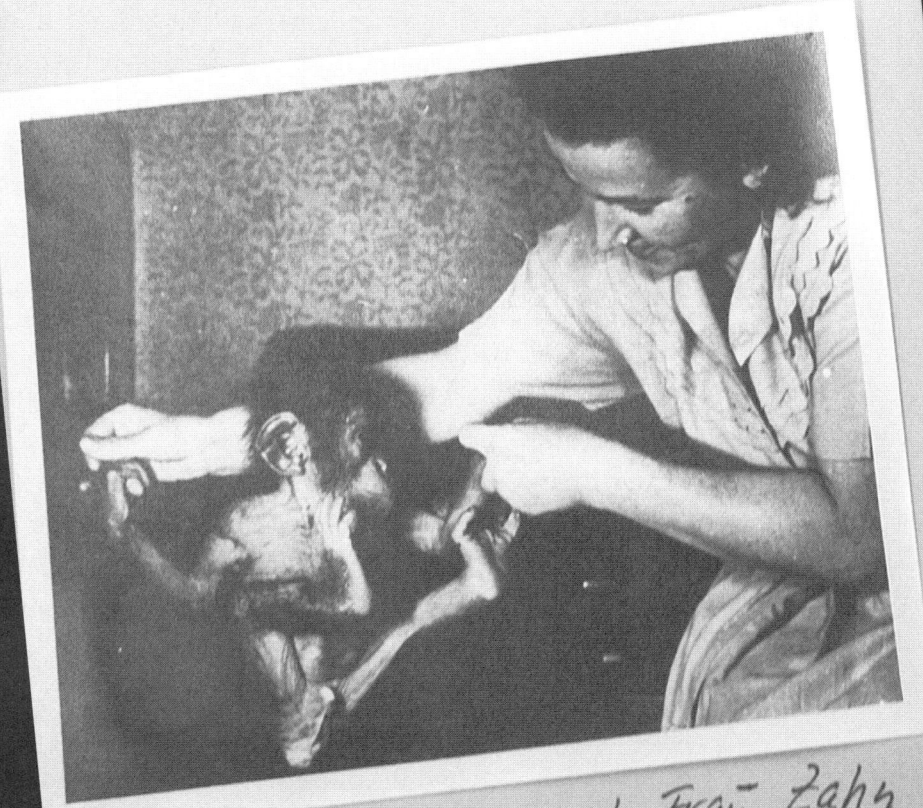

Petermann als Baby mit Frau Zahn

Verortung, Bestandsaufnahme, Selbstvergewisserung. Wo stehen wir? Was haben wir? Wer sind wir? Wie überall in Deutschland ist auch in Köln die unmittelbare Nachkriegszeit geprägt von einer vehementen Selbstfindungsanstrengung. Und wie überall ist auch in Köln unter materiellem Schutt und ideellen Trümmern nicht viel übrig, weder außen noch innen. Zur „Stunde Null" führt eine erste Inventur des unversehrt Gebliebenen nur zwei wesentliche Posten auf: den Dom und den Humor. Der Dom bietet Orientierung für den äußeren Wiederaufbau. Der Humor bietet Halt für den inneren Wiederaufbau. Beide sind erheblich beschädigt, aber nicht irreparabel zerstört. Mit Energie und Engagement sollen sie wieder in den Vorkriegszustand versetzt werden, wobei die Wiederherstellung des Humors zunächst Priorität hat. Das ist nur pragmatisch. Denn erstens benötigt man für die Restaurierung des Humors keine Baumaterialien. Zweitens kann der humoristische Aufbau den materiellen Aufbau unterstützen.

So gibt nur wenige Wochen nach Kriegsende im August 1945 der Heimatdichter Wilhelm Schneider-Clauß die Devise aus: „Pfleget wieder unsere Eigenart. Lehret sie durch Beispiel und Zuspruch wieder unserer Jugend: Heimat! Sei fürderhin ihr Marschlied. Und bei alledem läßt unser Labsal in des Tages Mühen uns nicht vertrocknen, unser Lebenselexier, den harmlosen, aber heilkräftigen altkölschen Humor!" – Harmlos und heilkräftig. Heilkräftig weil harmlos. Humor ist eine gute Medizin. Der Kölner Humor ist die beste, denn ihm fehlt jeder rizinusbittere Beigeschmack von Satire oder Zynismus und jede widerhakige Sperrigkeit, durch die das Lachen im Halse steckenbleiben könnte. Statt dessen geht der Kölner Humor runter wie Öl, und keine Bedeutungsballaststoffe machen ihn schwer verdaulich. Er kommt von Herzen, geht ins Blut, wirkt aufs Gemüt – und wird so vom ganzen Körper absorbiert. Nur der Kopf samt inwärtigem Hirn bleibt weitestgehend unberührt.

Die Kopflosigkeit macht den Kölner Humor zum idealen Aufbauanabolikum. Der von den Amerikanern bereits im Mai 1945 wieder in Amt und Würde gesetzte Oberbürgermeister Konrad Adenauer bemüht sich daher zuallererst, die Humorversorgung zu sichern. (Fünf Monate später entheben ihn die Briten, die die Amerikaner als Besatzer ablösen, wieder seines Amtes, weil er sich in ihren Augen zu sehr um den Spaß und zu wenig um die Ernährungsversorgung kümmert. Anscheinend reicht der englische Humor nicht, um sich die Sättigungswirkung des Kölner Humors vorzustellen.) Tatsächlich ist eine der ersten Amtshandlungen Adenauers ein Appell an die bewährten Spaßversorger der Stadt, den Vergnügungshunger der Kölner zu stillen. „Jen'se, Herr Millowitsch. Un bauen so schnell wie möglich, dat die Leut wieder wat zu lachen haben!" empfiehlt er dem Jungerben der Komödianten-Dynastie, der damals exakt so alt ist, wie Petermann wurde: 36 Jahre. Und dem stadtbekannten Straßenmusikanten-Quartett der „Vier Rabaue" erteilt der OB die Direktive: „Jeht auf die Trümmer und bringt den Kölnern wieder Humor." Die Musiker erfüllen ihren Auftrag von höchster Stelle und touren nicht nur über Schuttberge, sondern postieren sich auch vor dem Hauptbahnhof, um die Kriegsheimkehrer gleich zur Ankunft bänkelsingenderweise über die materielle und ideelle Situation der Stadt in Kenntnis zu setzen: „Vun all dä Hüüscher un Tööncher, Blevv uns allein nor dä Dom. / Wo eß Alt-Kölle geblevve, / Nä, mer vergesse Dich nie! / Fott eß dat Altkölsche Levve, Dat deiht em Häzze su wieh."

Affeninsel

Wo ist Alt-Köln geblieben? Die Frage, die seit Kriegsende als herzschmerzender Klagerefrain in Liedern, Reden und Appellen zigfach wiederkehrt, ist bereits vor dem Krieg gestellt worden. Schon 1930 hatte sich Volkssänger und Heimatidol Willi Ostermann über „dä fremde Krom" mokiert, der die kölsche Eigenart im allgemeinen und das kölnische Liedgut im besonderen bedränge: „Wer hätt dann fröher jet vum Jazz und Steppe, jet vun däm hochmoderne ‚Blus' gekannt?" heißt es in der heute weitgehend ungesungenen zweiten Strophe seines Lieds „Och wat wor dat fröher schön doch en Colonia". Ostermann meinte mit „fröher" die Mitte des 19. Jahrhunderts, als hinter Kölns dicken Stadtmauern kaum 120.000 Menschen lebten, die ohne Rheinbrücke wenig Weltanschluß hatten. Die Stadt bildete ein hermetisches Gehege, in dessen begrenzten Auslaufflächen biedermeierliche Charakterviecher wie „Fleuten Arnöldche" und „Orgels Palm", „Maler Bock" oder „Läsche Nas" ihr artgerechtes Revier fanden: sympathische Vertreter einer eher vegetativ gesteuerten Lebensauffassung, deren Horizont so beschränkt war wie die Sicht auf die Außenwelt. Der mittelalterliche Befestigungsgürtel stand seit sieben Jahrhunderten und hatte die Kölner an einen Panoramablick gewöhnt, der im wesentlichen Nahsicht und Selbstschau war. Fortschritt und Industrialisierung fanden draußen vor den Stadttoren statt und wurden drinnen lange nicht wahrgenommen, nicht einmal als klimatische Veränderung. Die Ausdünstungen der Kappeskleinbauern, die im Schatten der Stadtmauer Tag und Nacht ihren Kohl verkochten, bildeten einen Atmosphäreschild gegen die Qualmschwaden der auswärtigen Fabriken und verschafften der Stadt eine permanente Landluft, die durch kein 4711 überdeckt werden konnte. Den Rauchzeichen der Moderne gelang es nicht, durch den Provinzmief zu dringen. Nur wenn man die Stadt in nördlicher Richtung, an haushohen Misthaufen vorbei, durch das Eigelsteintor verließ und anderthalb Kilometer auf der Straße zum kleinen Örtchen Riehl weiterging, kam man an einen Ort, wo ein Duft von weiter Welt in der Luft lag. Im Sommer konnte er etwas strenger werden, aber immer hatte er einen Hauch von Exotik. Es war der Zoo.

1860 wurde die Attraktion eröffnet, die den Kölnern jenseits ihrer Ummauerung eine globale Perspektive verschaffte. Löwen aus Afrika und Tiger aus Indien gab es dort, ein (in Zahlen: 1) Känguruh aus Australien, ein Stachelschwein aus Java und – wie der erste Zoodirektor Heinrich Bodinus stolz vermerkte – „16 schwarzgrüne Enten von Buenos Aires". 1863 zog ein weiterer Exot ein: „das höchste und menschenähnlichste unter allen Tieren, der Orang-Utan von Borneo". Die Kölner staunten, aber nicht lange. Der Affe ging nach einem halben Jahr ein. Der Zoodirektor formulierte es pietätvoller: „Unser Orang-Utan erlosch wie eine Flamme, der es an Nahrung gebricht."

Ein derart menschelnder Trauerton beim Hinscheiden von Tieren war damals neu. Aber er kam nicht von ungefähr. 1860 war die deutsche Übersetzung von Charles Darwins „Entstehung der Arten" erschienen, die erstmals eine nähere Verwandtschaft zwischen Mensch und Affe behauptete. Bereits vier Jahre zuvor, 1856, hatte das menschliche Selbstbewußtsein durch die Entdeckung des Neandertalers einen erheblichen Knacks erlitten, da dessen Schädel einer-

seits ganz offensichtlich nicht sehr menschlich aussah, andererseits aber ebenso offensichtlich ein zu halbwegs intelligentem Tun fähiges Hirn enthalten hatte. Aber dieser sonderbare Ur-Halbmensch lebte bei Düsseldorf und also von Köln aus gesehen unendlich weit weg. Selbst ein Flecken wie Unterrenthendorf bei Neustadt an der Orla in Thüringen lag da gefühlsgeographisch näher. Dort wurde 1829 ein Mann namens Alfred Edmund Brehm geboren, der nach einer Maurerlehre und einem abgebrochenen Architekturstudium Blitzkarriere als Naturwissenschaftler machte. Nach zwei Jahren Studium hatte er seinen Doktortitel. Nach neun Jahren Fernreisen hatte er Material für ein Lebenswerk. 1863 – Brehm ist gerade erst 34 – erschienen die ersten Bände von „Brehms Tierleben", beginnend mit „Säugetiere I" und mit der Beobachtung: „Der Mensch, leiblich ein veredelter Affe, geistig ein Halbgott, will nur das letztere sein und versucht mit kindischer Ängstlichkeit seine nächsten Verwandten von sich abzustoßen, als könne er durch sie irgendwie beeinträchtigt werden. Es ist beachtenswert, daß wir bloß diejenigen Affen wirklich anmutig finden, welche die wenigste Ähnlichkeit mit den Menschen zeigen, während uns alle diejenigen Arten, bei denen diese Ähnlichkeit schärfer hervortritt, geradezu abscheulich erscheinen. Unser Widerwille gegen die Affen begründet sich ebensowohl auf deren leibliche wie geistige Begabungen. Sie ähneln dem Menschen zu viel und zu wenig."

Den Kölnern blieben nach dem Ableben ihres Orang-Utans irritierende Ähnlichkeitserlebnisse erst einmal erspart. Im Affenhaus zogen keine weiteren Menschenaffen ein, auch kein Schimpanse, so daß man mangels eigener Anschauung lange auf die Schilderungen von Alfred Edmund Brehm angewiesen blieb. Der beschrieb den Schimpansen so: „Einen solchen Affen kann man nicht wie ein Tier behandeln, sondern mit ihm nur wie mit einem Menschen verkehren. Sein Leib ist der eines Tieres, sein Verstand steht mit dem eines rohen Menschen fast auf einer und derselben Stufe. Er hält sich für besser, für höher stehend als andere Tiere, namentlich als andere Affen. Er hat witzige Einfälle und erlaubt sich Späße. Er ist listig, sogar verschmitzt, eigenwillig, jedoch nicht störrisch; er verlangt, was ihm zukommt, ohne rechthaberisch zu sein, ist heute lustig und aufgeräumt, morgen traurig und mürrisch. Bei Kränkungen gebärdet er sich wie ein Verzweifelter." Brehm zufolge scheint der Schimpanse also dem Kölner zum Verwechseln ähnlich. Aber es sollte noch knapp einhundert Jahre dauern, bis ein Petermann dafür sorgte, daß sich diese vorläufige Vermutung zur Gewißheit verdichten konnte.

Mit dem Schleifen der Stadtmauer und der gründerzeitlichen Stadterweiterung ab 1881 öffnete sich die Stadt. Der provinzielle Mief entwich. Doch mit ihm verdünnten und verdünnisierten sich auch die heimeligen Ausdünstungen familiärer Gemütlichkeit. Spätestens 1900 wurde Köln von derselben großstädtischen Luft durchweht wie jede europäische Metropole zwischen Porto und Perm und sah auch genauso aus: stuckreich verschmockte Prachtbauten an Promenierboulevards hier, beengte Mietshäuser fürs arbeitende und dienstleistende Volk dort und dazwischen ein wachsendes Geflecht aus Stahlkonstruktionen für Industrie und Verkehr. Äußerlich ließ sich Anfang des 20. Jahrhunderts die „typische" Eigenart von Städten nurmehr an wenigen solitären Bauten oder markanten Denkmälern festmachen, „Wahrzeichen" im Sinne des Wortes als Ausweis historischer Authentizität in einer ansonsten austauschbaren Stadtkulisse aus universalen historisierenden Versatzstücken.

In Köln war der Dom das alles überragende Identitätszeichen. Allerdings erlangte er erst seine volle Größe, nachdem die Stadt ihre Identität zu großen Teilen verloren hatte. Im Grunde erhielten die Kölner den Dom als Gegenleistung für diesen Verlust, als Ersatz für die Öffnung ihres hermetischen Geheges. Mit der von Preußens protestantischem König Friedrich Wilhelm IV. energisch geforderten und geförderten Vollendung der seit drei Jahrhunderten als Torso dastehenden Kathedrale wurde Köln von einer selbstzufriedenen und selbstgenügsamen Rheinprovinzstadt zum nationalen Symbolstandort aufgewertet und zu staatstragenden Aufgaben genötigt. „Meine Herren von Köln! Ihre Stadt ist durch diesen Bau hoch bevorrechtet vor allen Städten Deutschlands", rief der König den künftigen Ganz-Domstädtern bei der Grundsteinlegung zum Weiterbau der Kathedrale 1842 zu und schloß seine Rede mit den Worten: „Rufen Sie mit mir das tausendjährige Lob der Stadt: Alaaf Köln." Mit dieser Losung verschweißte Friedrich Wilhelm IV. nationale und lokale Identität und machte mit der Stadt einen schlauen Kompensationshandel. Für die nationale Annektierung Kölns als Standort des großdeutschen Symbolbaus erhielten die Kölner ein lokales Gemütsnutzungsrecht an der Kathedrale. Die Kölner gingen auf den Handel ein und nahmen ihr emotionales Nutzungsrecht bald ausgiebig wahr. Zwar blieben beim Fest der Dombauvollendung 1880 noch viele katholische Bürger aus Protest gegen den protestantischen König zu Hause, aber als ein Jahr später die Stadtmauer geschleift wurde und die Kölner sich mit der erschreckenden Weite der Welt konfrontiert sahen, vollzogen sie dankbar eine 180-Grad-Drehung, kehrten der Welt den Rücken zu und guckten auf den Dom, den sie nun als ganz und gar kölsch ansahen. Mehr noch: Sie verklärten ihn zusammen mit der nach wie vor mittelalterlich engen Altstadt zum Kern eines „ahle Kölle". Tatsächlich war dieses alte Köln schon Ende des 19. Jahrhunderts nichts als imaginierte Vergangenheit und der Blick darauf eine idealisierende Retrospektive im doppelten Sinn, nämlich als Rückwendung sowohl von der Außenwelt als auch von der Gegenwart.

Die Altstadt ist nach dem Krieg vernichtet. Der Dom aber steht wundersamerweise noch, erheblich beschädigt zwar, aber keinen Meter kürzer. Der Rest der Stadt ist derart bis zur Unkenntlichkeit zerstört, daß er falsch identifiziert wird. Man erklärt die Trümmer zu Überresten des „ahle Kölle", jener Ostermannschen Colonia der Biedermeierzeit, die schon vor dem Krieg längst nicht mehr existiert hatte. Das spätestens Ende des 19. Jahrhunderts verlorene Heimatgehege wird 1945 in die emotionale Verlustbilanz mit eingerechnet, während „dä fremde Krom", der seit dem frühen 20. Jahrhundert in die Stadt gekommen ist, verschüttet bleibt. Verschüttet und vergessen. Das gilt nicht nur für architektonische Importe, Bauten der internationalen Moderne etwa, sondern auch und gerade für weniger manifeste Kulturimportgüter. Der „hochmoderne Blus" kommt zwar mit den amerikanischen Besatzern sofort wieder, andere Errungenschaften der Moderne aber bleiben unter den Ruinen begraben. Allerdings buddelt man auch nicht allzu intensiv nach ihnen. Daß Köln keine 25 Jahre zuvor ein Zentrum der Dadaisten und ihrer etwas verzwackteren Scherze war, wird ebenso vergessen wie die intelligenten Aberwitzigkeiten, die im Schauspielhaus stattfanden, als 1924 Intendant Gustav Hartung die deutsche Erstaufführung von Luigi Pirandellos traditionen- und damit bahnbrechendem Stück „Sechs Personen suchen einen

Autor" auf die Bühne brachte oder einen Star wie Heinrich George aus Berlin an den Rhein holte, um ihn den „haarigen Affen" im gleichnamigen Stück des späteren Literaturnobelpreisträgers Eugene O'Neill machen zu lassen. Das Drama erzählt die Geschichte eines Schiffsheizers, der am Kapitalismus generell und speziell an der Liebe zu einer kapitalschweren Dame vom Oberdeck der Ersten Klasse zerbricht und sich fortan als minderwertige Kreatur begreift, die unter den Menschen nichts mehr verloren hat. Folgerichtig geht er in den Zoo, um sich mit den Affen dort zu verbrüdern, wird dabei jedoch von einem der haarigen Geschwister in spe in allzu fester Umarmung zu Tode gedrückt... Nachdem Hartung dann noch ein Stück über eine ebenso sinnliche wie tragische Geschwisterliebe inszenierte, war die Langmut des Publikums erschöpft. Erst Affentheater, dann Affenschande. Der Theaterchef durfte sein Kölner Gastspiel beenden.

Affekte
oder: das Kölner Geföhl

Als die Innenstadt 1945 eingeebnet ist, reicht die Sicht über die Trümmerlandschaft weiter, als man in Köln sehen konnte. Ein Panorama diffuser Leere eröffnet sich. Angesichts dieses Horror vacui wendet man sich erschrocken um und dem einzigen verbliebenen Fixpunkt zu, dem Dom. Er gibt die Perspektive vor für den Neuanfang. So wie er dasteht und stehen geblieben ist, steht er für das imaginäre alte Köln. Diese Imagination bildet den Kern des Aufbauprogramms. Eine genauere Klassifizierung der Trümmer teilt den Schutt in „altkölnisch" und „unkölnisch" ein. Dies führt zu einer materiell-ideellen Mischkalkulation, die vorgibt, was sich wieder aufzubauen lohnt und was nicht. In der gründerzeitlich metropolitanen Neustadt rund um die Ringe, wo nur 25 Prozent der Häuser zerstört sind, wird abgerissen, was nur abgerissen werden kann (und vieles, was nicht abgerissen werden muß), denn sie gehört ja nicht zum imaginären „ahle Kölle". Die fast völlig zerstörte Altstadt dagegen soll so weit wie möglich und nötig wieder aufgebaut werden. Dabei zeigt sich praktischerweise bald, daß die Imagination vom „ahle Kölle" außer dem Dom nur wenige Bauten wie Gürzenich und Rathausturm als reale Anknüpfungspunkte der Vorstellungskraft benötigt. Die „Hüsjer bunt om Aldermaat", die Karnevalsliedtexter Jupp Schlösser noch 1938 als „Zeuge kölscher Eigenaat" berief, brauchen durch vereinfachte Bauten nur grob nachskizziert zu werden, um den besungenen Effekt zu bewirken: „Et süht grad us em Dunkele / als wören se am Schunkele."

Die Fähigkeit der Kölner, sich ihre Stadt nicht nur bei Kriegs-Verdunkelung oder Alkohol-Benebelung schönzugukken, erweist sich als enorme Aufbauhilfe. Der in 700 Jahren Ummauerung eingeübte Blick des Kölners auf sich selbst und das eigene Befinden erzeugt eine Art inneres Köln, das auf schmucke Außenansichten nicht angewiesen ist. Nur so läßt sich die Nachlässigkeit erklären, mit der die Kölner beim Neuaufbau der Stadt zahllose Bausünden und architektonische Belanglosigkeiten durchgehen lassen. Sie nehmen sie einfach nicht wahr. Bis heute nicht. Ihre Außensicht ist ein Tunnelblick auf den Dom, ein extrem verengtes Gesichtsfeld, das alles rundum weitgehend wegblendet. Der Rest ist Innenschau auf die eigene heile Seelenlandschaft.

„Kölle, du bes e Jeföhl." Die psychische Diagnose des Karnevalshits der Höhner aus jüngerer Zeit gilt bereits in den unmittelbaren Nachkriegsjahren.

Als sensibles Emotionsgewächs ist das Kölner „Jeföhl" auf Pflege angewiesen. Wie jede zarte Pflanze benötigt es Düngemittel, um nicht als Trümmerblüte zu verkümmern, und eine schützende Umgrenzung, um nicht von irgendwo daherstiefelnden Ignoranten der heimischen Botanik plattgetreten zu werden. So errichten die Kölner eine Art Seelenbefestigungsanlage nach mittelalterlichem Vorbild als undurchdringliches Bollwerk des Eigenartenschutzes gegen gefährliche Außeneinflüsse, „damit unser urkölnisches Leben und Wesen nicht durch fremde Sprachen, Sitten und Gebräuche verwässert" wird, wie es der Ehrenvorsitzende der Ehrengarde Hans Molitor im Februar 1947 auf einer Karnevalssitzung fordert. Schon 1945 hatte der Präsident der Lyskircher Junge Albrecht Bodde gesungen: „Loht dat Kölsche nit verderve, Fremdes eß alles nur schal." – Daß solche lokalchauvinistischen Töne deutliche Anklänge an ein deutschnationales Gedröhn haben, dem die Stadt ihre Zerstörung verdankt, wird den Heimathütern nicht bewußt. Aus heutiger Sicht kaum nachvollziehbar ist auch, von wem und woher die Bedrohung des Brauchtums befürchtet wird. Von Flüchtlingen aus dem Osten? Oder von übriggebliebenen Nazis, die sich heimlich in die Stadt zurückschleichen wollen? Oder etwa von den Besatzern aus Großbritannien und den USA? Immerhin hatten sich junge amerikanische Soldaten unmittelbar nach ihrem Einmarsch an den wenigen überlebenden Affen des Kölner Zoos vergriffen, ihren Käfig aufgebrochen, die Tiere verprügelt und eines von ihnen entführt. „Der entwendete Affe saß friedlich bei der Militärpolizei, vermutlich in den Rang eine Maskottchens erhoben. Man hat nie erfahren, was aus ihm geworden ist", heißt es etwas mysteriös in einer Zoo-Chronik von 1960. Aber hätte der grobianische Ulk einer Affenschlägerei nicht auch eine Kölner Idee sein können?

„Die Hölle, das sind die anderen", heißt es in Jean-Paul Sartres 1944 uraufgeführtem Drama „Geschlossene Gesellschaft". 1949 hatte das Stück in Hamburg seine deutsche Erstaufführung. En suite und ohne Bühnenrahmen aber wird das Drama in Köln gegeben: Die Menschen scheinen dazu verdammt, nicht weg zu können – nicht von ihrem Ort und nicht voneinander. Eine durch Not zusammengeschweißte Gemeinschaft projiziert ihre inneren Ängste und Konflikte nach außen – auf die anderen. Das schafft einerseits Selbstbewußtsein, sorgt aber andererseits für den Verlust von Freiheit. Woher das Andere kommen mag, aus welcher Richtung man auch immer das gefährliche Fremde vermutet, es wird an den Wehrtoren der Kölner Seelenlandschaft strengstens kontrolliert. Zutritt zum „kölsche Hätz" erlangen ausschließlich jene Immigranten, die zugleich Imitatoren sind, also „Imis" im doppelten Sinn. Nur wer sich völlig der kölnischen Leitkultur verschreibt, wird toleriert. Dazu gehört zuallererst, die Sprache zu erlernen. „Sag' ens Blotwoosch" fordert der Titel eines Nachkriegsschlagers von Jupp Schlösser und Gerhard Jussenhoven Neu-Kölner zum Einbürgerungssprachtest für die Asylgewährung auf. Die Aufforderung ist nicht ohne eine gewisse Perfidie. Denn so einfach der Test als Vokabeltest ist, als Artikulationstest ist er für den Auswärtigen nicht zu bestehen. Die „unkölschen Tön" bei der Aussprache sind immer hörbar. So bleibt der Imi in den Augen der Kölner immer ein Behinderter und ist als Behinderter immer ein Bedauerter. Noch nach Jahrzehnten wird ihm der Kölner vorwerfen:

„Do küss evver bestemp nit vun he", um ihn im gleichen Atemzug zu trösten: „Dat määt ävver nix." Es handelt sich um die ersten beiden Stufen der Kölner Fünfstufenstrategie zum Umgang mit Fremden. Auf das vollständige Verfahren wird noch einzugehen sein.

Die Stadt, die sich heute gern auf 2000 Jahre Multikultur beruft, deren Beginn die fruchtbare Verbindung römischer Jungens mit ubischen Mädcher gewesen sein soll, gibt sich nach dem Krieg stur und strikt monokulturell. Nur durch radikale Abschottung glaubt man, die innere Identität der Stadt erhalten zu können, die – abgesehen vom Dom – keinerlei äußerlich sichtbare Identität mehr hat. Geblieben ist nur das „Jeföhl", das es zu hegen und zu pflegen gilt. Dabei verspricht man sich von speziellen Treibhäusern besonders günstige mikroklimatische Bedingungen für das Gedeihen der kölschen Empfindungsflora. Wiederaufbau und Neueinrichtung solcher Biosphären werden daher besonders vorangetrieben.

Im September 1945 eröffnet das Varieté-Theater „Tazzelwurm" auf der Zülpicher Straße, im Oktober nimmt das Millowitsch-Theater seine Schwankwirtschaft wieder auf, während der Stollwercksaal in der Annostraße im Wechsel abendliche Revue-Vorstellungen und morgendliche Boxkampfturniere bietet. Keine sechs Monate nach der Kapitulation Großdeutschlands geht Köln in die Lokaloffensive. Die Fausthelden des ältesten deutschen Boxclubs SC Colonia 06 beweisen ihre Schlagfertigkeit gegen die eher als Maulhelden angesehenen Athleten aus Düsseldorf und begründen so eine Gegnerschaft zwischen der Kraft der Gewalt und der Kraft des Gedankens, die sich wenig später auch in der unterschiedlichen Humor-Armierung der benachbarten Städte manifestieren soll. Während im Düsseldorfer Kom(m)ödchen mit gespitzten Satirepfeilen geschossen wird, schlägt in Köln Willy Millowitsch in seiner Paraderolle als „Meisterboxer" eher platt aufs Zwerchfell.

Affenartig
oder: das Kölner Vergnügen

Düngemittel und Treibstoff der speziell in Köln knospenden Kreuzung aus Vergnügen und Verprügeln ist schwarz gebrannter Zuckerrübenschnaps aus dem westlichen Versorgungsgebiet des Vorgebirges. Der sogenannte Knolli-Brandy, auch als Radau-Wasser bezeichnet, führt regelmäßig zu besonderen Auswüchsen, indem er die innere Stimmung derart hebt, daß es zu äußeren Handgreiflichkeiten kommt. Appelle, daß der Alkoholkonsum nicht zum „echten, traditionsverwurzelten Fasteleer" gehöre, verhallen weitgehend resonanzlos. Zumal es ja auch nicht stimmt. Zwar überliefern Brauchtumspfleger ungern die ungepflegteren Aspekte der Tradition, aber das bedeutet nicht, daß es sie nicht gibt. Der Kölner Humor ist nicht nur bodenständig. Er läßt auch manchen zu Boden gehen. Die rote Nase wird gern mit einem blauen Auge kombiniert. Das entspricht schließlich dem karnevalistischen Farbkalender, nach dem auf Rosenmontag Veilchendienstag folgt. Zwischen den Maßhalteaufrufen von Vereinspräsidenten und der handgreiflichen Realität der Volksstimmung klafft oft eine erhebliche Lücke. Der „würdige Rahmen", von dem honorige Karnevalisten der ersten Stunde gern sprechen, wenn ein Behelfssaal putzrißüberdeckend dekoriert ist, wird nicht selten mit fröhlichem Destruktionseifer gesprengt.

Beherzte Krawalligkeit gehört zum Kölner Frohsinn ebenso wie eine gewisse Kindlichkeit, genauer gesagt: Frühkindlichkeit. Wie bei Zwei- bis Vierjährigen gibt es starke orale und anale Fixierungen und ein lustvolles Interesse an Ausscheidungsvorgängen, also am Spucken und Scheißen beziehungsweise „speie" und „dresse". Die städtischen Charakteroriginale von Speimanes und Kallendresser markieren oben vorn und hinten unten die Demarkationslinien der Feuchtgebiete des Kölner Humors, der die stoffliche Konkretheit körperlicher Ausscheidungen gezielt (und zielgenau) gegen die Abstraktion der Sprache setzt, vor allem gegen die Sprache der Herrschenden, Politik und Obrigkeit. „Speie un dresse" sind anti-intellektuelle Affekte eines Humors, der sich archaisch und ursprünglich geriert, auch im ursprünglichen Sinne des Wortes. In der Antike bezeichnet Humor (lateinisch: „Feuchtigkeit") einen ausgeglichenen Körpersäftemix, der eine buchstäblich feucht-fröhliche Stimmung bewirkt – unter der Voraussetzung, daß die Säfte nicht innerlich gären und pressieren. Der Kölner sorgt für Druckausgleich durch regelmäßige Öffnung der Außenventile. Anders und deutlich gesprochen: Der Kölner Humor hat etwas durchaus Affenartiges. Allerdings können das die Kölner nach dem Krieg nicht wissen, denn ihr Spaßverständnis ist noch ebensowenig erforscht wie das der Affen.

Das Grundlagenwerk „Philosophie des Kölner Humors", verfaßt von dem Philosophen, Kunsthistoriker und Literaturwissenschaftler Heinrich Lützeler, erscheint erst 1954. Bis dahin müssen sich die Kölner mit dem geringschätzigen Urteil des Anglisten Herbert Schöffler abfinden, der ihnen in seinem 1940 veröffentlichten Buch „Der Witz der deutschen Stämme" bescheinigte, keinen Witz zu besitzen, son-

dern bestenfalls eine hohe Lachbereitschaft. Und was da be-
reitwillig belacht werde, sei pointenfrei, ohne literarische
Bildung und zeige überdies „einen unschönen Hang zum
Gemeinen, insbesondere zu den niederen Funktionen des
Körpers in unappetitlicher Koprophilie". Nichtsdestotrotz
hegte Schöffler für diesen Humor mit Hang zu Ausscheidungen durchaus Sympathie, sicher auch, weil er ihn besonders gut kannte. Bis die Nationalsozialisten auch an den
Hochschulen die Macht ergriffen, war der gebürtige Leipzi-
ger Dekan der Philosophischen Fakultät der Universität
Köln. Nach 1933 durfte er dort noch als Ordinarius tätig
sein, bis er 1942 wegen seiner Sauberkeitskritik am rheinischen Frohsinn von Kölns Gauleiter Josef Grohé nach Göttingen strafversetzt wurde – obwohl das Buch bereits zuvor
als Artikelserie in der Wochenzeitschrift „Das Reich" erschienen war, die immerhin unter direkter Obhut von Joseph Goebbels stand. Nach dem Krieg wurde Schöffler Dekan an der Universität Göttingen, erhängte sich aber –
angeblich wegen Amtsüberforderung – im Frühjahr 1946.
1955 gibt der Göttinger Soziologe Helmuth Plessner das
Witzstämmebuch unter dem Titel „Kleine Geographie des
deutschen Witzes" neu heraus (wobei er den Wunsch
Schöfflers, bei einer Wiederauflage das Kapitel über den
Kölner Humor wegzulassen, ignoriert). Plessner war 1926
bis 1933 Kölner Kollege Schöfflers, wurde dann wegen der
jüdischen Herkunft seines Vaters aus dem Amt entlassen,
emigrierte und kehrte erst 1951 nach Deutschland zurück.
Aus unerfindlichen Gründen ergänzte er Schöfflers Humor-
analyse in der Neuausgabe durch einen „Landkarte des
Humors" betitelten Aufsatz des 1947 gestorbenen, stramm
antisemitischen Kunsthistorikers und NS-Sprachrohrs Wilhelm Pinder. In diesem, bereits 1937 in der NS-Monatszeit-

schrift „Volk und Welt" erschienenen Text spricht Pinder dem Kölner Humor zwar „lebensmeisternde" Qualitäten zu, verortet ihn aber „noch unterhalb der Geisteskultur" „in der Zone unterhalb der Hüftgegend". Plessner tröstet im Nachwort der Ausgabe von 1955 die Kölner Leser und empfiehlt: „Sollten sie sich verkannt fühlen, so brauchen sie sich nur des unübertrefflichen Büchleins von Heinrich Lützeler zu erinnern. Ihre Position ist damit unangreifbar geworden."

Lützeler, der seit 1940 von den Nazis mit Lehrverbot belegt war, geht in seiner Schrift zum rheinischen Humor nicht auf Pinder ein, bezieht sich aber auf Schöfflers Buch in der Erstausgabe und erklärt, daß der Anglist bei der Darstellung des Kölner Frohsinns in der Sache zwar nicht falsch gelegen habe, seine Wertung jedoch völlig unangemessen sei. Allerdings muß auch Lützeler konzedieren: „Nun will es das Unglück, daß der Kölner Humor hat, nicht Witz." Unglücklich ist dieser Umstand für Lützelers Untersuchungen, weil er seine Studie als Anthropologie, also als Wissenschaft vom Menschen verstanden wissen will. Denn wenn man Witz als Sprachhumor versteht, rücken Menschen ohne Witz leicht in den Bereich zoologischer Zuständigkeiten und dort will Lützeler die Kölner selbstverständlich nicht verorten. Deshalb versucht er die Trennlinie zwischen Humanem und Animalischem so zu verschieben, daß auch der Kölner noch diesseits der Grenze unter der Menschheit eingeordnet werden kann. Lützeler gelingt das, indem er nicht den Witz zum Kriterium der Unterscheidung zwischen Mensch und Tier macht, sondern das Lachen: „Die Fähigkeit zum Lachen unterscheidet den Menschen vom Tier. Tiere können nicht lachen", stellt er apodiktisch fest und erklärt in bester scholastischer (und also Kölner) Tradition, daß das Lachvermögen ein „proprium" des Menschen, also eine wesenstragende Eigenheit sei und nicht etwa nur akzidentiell, also ein buchstäblich unwesentliches Merkmal.

Inzwischen hat die Forschung leider herausgefunden, daß dem nicht so ist. Das Lachen unterscheidet den Menschen nicht wesentlich vom Affen. So wie auch manches andere nicht. 1960 begann die englische Forscherin Jane Goodall in Gombe am Ostufer des Tanganjikasees in Zentralafrika Schimpansenhorden zu beobachten. Dabei entdeckte sie unter anderem, daß die Tiere nicht nur Werkzeuge benutzen, sondern auch Bruderschaften bilden, um Territorien gemeinsam zu verteidigen. (Im Grunde eine ähnliche Genossenschaftsbildung, wie sie im Mittelalter von den Kölner Gaffeln betrieben wurde, die nicht nur Berufszünfte waren, sondern auch eine allgemeine Wehrpflicht für den Stadtverteidigungsfall organisierten. Das wiederum wußte aber Jane Goodall nicht.) Goodalls Forschungen bildeten die Grundlage für weitere Untersuchungen, die mehr und mehr Gemeinsamkeiten zwischen Menschen und Schimpansen aufdeckten, nicht zuletzt eine über 96prozentige Übereinstimmung des Erbguts. (Manche Forscher sprechen sogar von mehr als 98 Prozent.) Inzwischen weiß man, daß Schimpansen sich verstellen können, verschlagen sind und gezielt für die Zukunft planen – eine relativ neue Erkenntnis, die einem Schimpansen namens Santino im Freizeitpark des schwedischen Örtchens Furuvik zu verdanken ist. Der wurde im Frühjahr 2009 dabei beobachtet, wie er nachts heimlich Steine sammelte und in Verstecken seines Geheges hortete, um damit tagsüber die Zoobesucher zu bewerfen. Eine solche Langzeitplanung war bei Schimpansen zuvor nicht beobachtet worden.

Lacht Petermann...

...ODER HAT ER ANGST?

„Affensprache" oft mißdeutet — Schimpanse biß Professor in die Nase

Der Tierpsychologe J. P. Foley zeigt 127 unbefangenen Menschen die Porträt-Fotografie eines zornigen Schimpansen. Nahezu die Hälfte der Betrachter war fest davon überzeugt, es werde ihnen ein freundlich lachender Affe gezeigt.

Einen besseren Beweis als diesen Test gibt es wohl kaum darüber, daß die Affenmimik von den meisten Menschen falsch gedeutet wird. Sie stehen vor dem Zoogitter und glauben, Freude oder Ärger vom Gesicht des intelligenten Menschenaffen ablesen zu können, und wissen nicht, daß der Ausdruck der Affen bei verwandten seelischen Regungen von dem der Menschen grundverschieden ist. Ein Orang-Utan z. B. lacht fast lautlos. Man hört nichts als sein erregtes Aushauchen, und er zeigt dabei sein prächtiges und gefährliches Gebiß in furchterweckender Weise. „Wehe", sagt der draußen hinter sicherem Gitter stehende Zoobesucher, „wenn er jetzt könnte, wie er wollte!" Falsch, unser Orang ist jetzt sehr guter Stimmung.

Handgreifliche Affensprache

Mit den Affen sind sogar schon Wissenschaftler hereingefallen. Der Forscher Johannes von Fischer glaubte vor langen Jahren, die Affen-

Was tut wohl der Fotograf? Petermann, der kleinste Schimpanse des Kölner Zoos, schaut ihm ängstlich entgegen. In seinen großen Augen spiegelt sich höchst lebendig seine Erregung wider. Er ist wirklich ganz Auge.

mimik und sogar die Affensprache zu beherrschen. Im Berliner Aquarium inszenierte er eine „Unterhaltung" mit einem Schimpansen in den „verschiedenen ihm bekannten Affen-

Petermann ist sehr verspielt und sehr gesellig. Er gibt sich gern mit Menschen ab und läßt sich auch gern auf den Arm nehmen. Die Halskette hat es ihm angetan, und da sie ihm gefällt, wird sie mit dem Gaumen geprüft.

sprachen und Dialekten". Obwohl der Professor, der den Affen auf seinen Schoß genommen hatte, mit regem Mienenspiel nachhalf, schaute der Prüfling den Menschen ob seines Gebarens nur verwundert an. Er sah und hörte dem Gemurmel und Fratzenschneiden des menschlichen

Fotos: Heinz Ockhardt

Petermann ist seinem Wärter zärtlich zugetan und zeigt das auch in Gesten, die menschlich gesehen, als Liebkosungen gedeutet werden könnten. Dennoch gibt sein Gesicht einen unbewegten Ausdruck wieder.

„Affenlinguisten" eine Weile lautlos gab schließlich dem Professor eine Ohrfei biß ihn in die Nase.

Keineswegs „äffen" die Affen das Au spiel der Menschen nach, sondern sie ha eigenen Gesten, wobei die Hände kaum s sind. Die Affen sind Augentiere, und spielt das Auge bei diesen beobachtung Tieren eine Hauptrolle. Auch bei Wesen bemerken sie als erstes die Aug zwar vielfach in angstbetonter Weise.

So ist Petermann im Kölner

Bei dem vom Verfasser fotografierter pansen Petermann des Kölner Zoos er beinahe Mitgefühl, wie er dem vor ihm den Fotografen ängstlich entgegen sah kannte er schon den Knipskasten, denn nicht zum ersten Male fotografiert word was der Mensch sonst noch im Schilde schien ihm der Besorgnis wert.

Keinen intensiven Ausdruck zeigte s sich dagegen, als er zu seinem Wärter wurde, mit dem er um den Mund heru Stülpt Petermann seine Lippen nach manch menschlicher Affendeuter könn meinen, er wolle jemand küssen —, c

Zweieinhalbtausend Mark

Großzügige Spende für einen jungen Autoschlosser — „Nur Sache hat" — Nächstes Ziel: Die M

Bernhard ist ein irischer blonder Junge. „Mit Mutter und fünf Geschwistern flüchtete ich 1946 von Königsberg in den Westen", sagt er. Aber er spricht nicht viel. Vor allen Dingen sagt er nichts, was er nicht vorher genau überlegt hat. „Er ist einer, der aufbaut", meint von ihm Walter Franz, Inhaber und Leiter der Firma Autohaus Jacob Fleischhauer KG.

Bernhard Arendt hat als erster die von der Firma neu gestiftete Spende von 2500 Mark für hervorragende Leistung erhalten. Es war für ihn eine ganz große Überraschung, als er am 15. Juni in der Feststunde im Kongreßsaal der Messe diese Auszeichnung entgegennehmen

durfte. Und auch jetzt hat er dieses gro Geschenk seelisch noch nicht ganz ver
... sprechen wir Ihnen unseren i Dank aus. Unser sehnlichster Wunsch den Jungen in seinem Vorwärtsstreben stützen, was uns aber durch die wirtsch Verhältnisse unmöglich ist und nun durc Ihre Hilfe in Erfüllung gehen kann ... I pendelt im Augenblick so zwischen K Erwachsenem. Sein Selbstvertrauen fir aber mehr und mehr durch Bewi schwieriger Aufgaben und Anerkennun Leistung", schreibt Vater Aren schinenbauschule besuchen mußte. in Ostpreußen verlassen mußte. es mit 19 Jahren zum Autoschloss gebracht und will auf Grund des Sti die Maschinenbauschule besuchen und englischen Sprachkursus mitmachen.

Höhlenwohnungen mit Komfort

Menschenaffen können lachen. Vergleichende Untersuchungen zwischen Menschenbabys und kleinen Orang-Utans, Gorillas, Bonobos und Schimpansen haben erwiesen, daß alle gleich verkichert sind und aus den gleichen Gründen anfangen zu giggeln, zum Beispiel wenn man sie kitzelt. (Was Affen ebenso wie Menschen nur zum Lachen bringt, wenn sie mit dem Kitzelnden vertraut sind. Ein krabbelndes Insekt am Körper läßt niemanden in Heiterkeit ausbrechen.) Schimpansen lachen besonders viel und gern. Allerdings tun sie es physiologisch auf andere Weise als der Mensch. Während Menschen beim Ausatmen lachen und dabei den Luftstrom in kurze Intervalle stückeln und stimmhafte Stöße („ha", „ho", „he") von sich geben, lachen Schimpansen, indem sie hecheln, also schnell zwischen Ein- und Ausatmen wechseln. Dieses Hecheln – so die Forschung – sei vor allem beim Spiel zu hören, wenn sich Schimpansen balgen. Es signalisiere, daß die Klopperei nicht ernst gemeint ist. Das mag nun nicht eben die feinsinnigste Form von Humor sein, sondern eher ein reflexhaftes Verhalten. Aber die Wissenschaft hat festgestellt, daß es beim menschlichen Lachen meist nicht viel anders ist. Nur zehn bis 20 Prozent menschlicher Lacher geht etwas Spaßiges voraus. Im Gegenteil: Späße sind – wie jeder Bühnenkomiker weiß – alles andere als zuverlässige Lachauslöser. Tatsächlich lacht der Mensch vor allem, um eine positive Stimmung herzustellen, etwa beim Small talk oder beim Telefonieren, also in Situationen, in denen er sein Gegenüber nicht kennt oder nicht sieht.

Die Lachfähigkeit gründet in bestimmten sozialen und kommunikativen Konzepten. Neueren Forschungen zufolge sind diese Konzepte zehn bis 16 Millionen Jahre alt. Damit liegen sie vor der entwicklungsgeschichtlichen Trennung der Linien von Mensch und Schimpanse vor etwa fünf bis sieben Millionen Jahren. Also ist das Lachen – anders als Lützeler glaubte – kein anthropologisches Unterscheidungskriterium. Die Lach-Evolution von Mensch und Affe ist deckungsgleich. Nur einen letzten Schritt haben die Affen nicht mitvollzogen. Sie können andere nicht auslachen. Allerdings ist auch dies eine neuere Erkenntnis. Noch in den fünfziger Jahren war sich die Primatenforschung sicher, daß Schimpansen Schadenfreude kennen. „Auch der Schimpanse strahlt über das ganze Gesicht, wenn er einem Menschen einen Schabernack gespielt hat", schreibt der Tierpsychologe Günter Tembrock in seiner 1949 erschienenen Untersuchung „Grundzüge der Schimpansen-Psychologie" und schildert Schimpansenstreiche, die an „entsprechende ‚Spiele' von Menschenkindern erinnern, die dann von Erwachsenen als ‚roh' und ‚gefühllos' bezeichnet werden".

Wie aber verhält es sich mit dem Humor? Da sind die Primatenforscher vorsichtiger. Die meisten sprechen bei Schimpansen nicht von Humor, sondern vermuten, daß sie ein „Konzept von Spaß" haben, das zumindest eine ungefähre Vorstellung dessen einschließt, was lustig ist. Das heißt: Sie machen Quatsch und wissen es. Bei ausgefeilterem Blödsinn wissen sie es allerdings erst durch die Reaktion der Menschen. Wenn sich ein Schimpanse mit der Zahnbürste die Haare kämmt, kapiert er erst durch ein lachendes Menschenpublikum, daß er wohl etwas Komisches getan hat. Seinen Schimpansenkumpeln ringt er mit derartigen Verwechslungsscherzen kein müdes Lächeln (beziehungsweise Hecheln) ab. Sie reagieren darauf überhaupt nicht. Anders verhält es sich, wenn einem Affenfreund ein Mißgeschick unterläuft. Auch wenn Schimpansen keine Schadenfreude kennen, so scheinen sie doch einen Sinn für Slapstick zu haben. Sie amüsieren sich, wenn wer stolpert oder auf einer Bananenschale ausrutscht – oder eins auf die Nase bekommt. Es gilt also nicht nur, daß der Kölner Humor etwas Affenartiges hat, der Affenhumor hat auch etwas durchaus Kölnisches.

Affenunartig
oder: das Kölner Verprügeln

Im Sommer 1947 wird die Kölner Zentralmanege für die parterreakrobatische Kombination aus Clownerie und Klopperei eingeweiht, der Williams-Bau am Aachener Weiher. Carola Williams, älteste Tochter des Zirkus-Dynasten Dominik Althoff, verhilft der britische Paß ihres Manns, des Jockeys und Tiertrainers Harry Williams, zur Lizenz, eine Vergnügungsstätte größeren Ausmaßes in der Besatzungsteilzone Köln zu errichten. Die winterfeste, überkuppelte Arena für 2500 Zuschauer wird mit Elefantendung aus zirkuseigener Naturproduktion beheizt und ragt als buntes Vergnügungszentrum über die graubraune Trümmerlandschaft. Binnen kürzester Zeit entwickelt sich die provisorische Mehrzweckhalle zum wichtigsten Treibhaus ebenso feucht-fröhlicher wie hitziger Auswüchse. Im Williams-Bau haben Operetten Premiere und werden Karnevalsprinzen proklamiert. Hier schenkt die Zirkuschefin dem 1. FC Köln einen Geißbock, der fortan sein Maskottchen ist. Hier findet der erste legendäre Medizinerball statt, bei dem die Doktoren selbstverschriebenes Höchstprozentiges aus dem eigenen Arzneischrank mitbringen und sich mit den Veranstaltern, die höchst verstimmt auf ihren Alkoholika sitzenbleiben, eine wüste Saalschlacht um das freie Besäufnisrecht liefern. Hier schwingen die Damen vom

Arbeiterklasseballett des „Tanzensembles der Sowjetunion" die schönsten Beine des Sozialismus – und Kölns eher krummbeinige, aber ebenso flink tänzelnde Boxer ihre Fäuste. Die meisten sind Nachkriegshungerhaken unter 70 Kilo, Weltergewichtler wie Klaus Wangemann, Josef Münnichhoff, Otto Profittlich, Albert Ganser, Hubert Krumm und Michael Nothelfer. Nur fünf Kilo mehr auf die Waage bringt der Mittelgewichtler Peter Müller. 1947 war er eher zufällig vom Boxzuschauer zum Boxprofi geworden. Als bei einem Meisterschaftskampf der Herausforderer nicht erschien, meldete sich Müller aus dem Publikum als Ersatz und schlug den Gegner in der zweiten Runde k. o.

Zwei Jahre später wird er Deutscher Mittelgewichtsmeister und ein Kölner Idol. Denn er verfügt über eine ganz besonders einschlagende Kombinationstechnik, mit der er Verprügeln und Vergnügen verbindet. Während des Kampfs schneidet er lustige Grimassen, zwinkert schelmisch ins Publikum oder wirft Zuschauerinnen Kußhändchen (beziehungsweise Kußfäustchen) zu.

Müller stammt – wie es das Magazin „Der Spiegel" damals unverbrämt und jenseits aller politischen Korrektheit ausdrückt – aus einer „asozialen Familie (Zigeunereinschlag)" und ist angeblich Analphabet. „Als er seine ersten Berufsboxer-Kontrakte unterschreiben sollte, konnte er noch nicht seinen Namen schreiben", meldet die Wochenzeitschrift des elaborierteren Schreibvermögens mit deutlichem Befremden. Müllers Fans kümmert das wenig. Warum soll einer, der die Fäuste sprechen läßt, auch noch schreiben können? Müller ist ein Mann der Tat und nicht des Wortes. Und er ist auch ein Mann der guten Tat, der Wohltat. Außerhalb des Rings gibt er sich als großzügiger Volksfürsorger. Mal kauft er an der Kinokasse eine komplette Vorstellung, um die Karten an

Arme zu verschenken. Mal räumt er auf der Kirmes den Würstchenstand leer, um das Gegrillte an die Umstehenden zu verteilen. (Mal vergißt er dabei zu zahlen und muß sich vom Wurstverkäufer verprügeln lassen.) Als Junge mit der Mundharmonika tourt er durch Waisenhäuser und spielt den Kindern kölsche Lieder vor. Als Junge mit goldenem Herzen tritt er bei Karnevalssitzungen auf und singt ebenso schlichte wie lebenskluge Lieder: „Jungens, dat Levve is hart wie im Ring, jeder muß boxen, Distanz oder Clinch und wird dir die Masche zu dumm, dann sing doch, liebe Jung: Rä-de-rumm, rä-de-rumm, rä-de-rumm, der Jung, der fällt nicht um." Allerdings kommt der Jung manchmal etwas ins Straucheln, wenn ihm die Gefühle durchgehen. Dann verliert Müller schon mal den Boden unter den Füßen, oder ihm rutscht die Hand aus. Da kann es ihm passieren, daß er eine Frau gewaltsam in den sexuellen Clinch nimmt (obwohl er doch eigentlich nur vor lauter Lebensfreude die Welt umarmen will), oder er schickt einen Mann versehentlich in die Bewußtlosigkeit (obwohl er eigentlich nur stolz demonstrieren will, daß er auch nach einer Flasche Sekt noch den Arm geradeaus strecken kann). Natürlich tun Müller diese Handgreiflichkeiten sofort leid, und er schämt sich sehr dafür, denn eigentlich ist er „ene leeve Jung".

Der „leeve Jung" ist der sympathischste Charakter, den das an Charakterdarstellern nicht eben arme Realfiguren-theater der Stadt kennt. Er ist die reinste rheinische Frohnatur, sowohl typologisch als auch moralisch betrachtet. „Der leeve Jung" ist eine Sonderform des „braven Kerls", wobei im Adjektiv „brav" noch Reste der französisch-romanischen Bedeutung von „brave" als „tapfer" und „tüchtig" mitschwingen (so wie beim „braven Soldaten Schwejk"). Er hat ein freundlich-sonniges Grundgemüt und verfügt über ei-

nen unerschütterlichen Glauben an das Gute. Voraussetzung dafür ist eine gewisse Naivität. Die bewahrt er sich
durch ein schlichtes Denken, das schwierige Zusammen-
hänge scheut und die Komplexität der Welt auf monokau-
sale Relationen herunterbricht. Die logische Formel dieses
Denkens lautet: „Dat es doför, dat..." Unmittelbar nach diesem Satz pflegt der leeve Jung seinem Gegenüber eine zu
scheuern. Denn obwohl er im Grunde lieb ist, kann er hin
und wieder recht impulsiv sein. Oder genauer gesagt: Nur
weil er hin und wieder sehr impulsiv ist, kann er im Grunde
lieb sein. Tatsächlich handelt es sich bei den gelegentlichen
Ausbrüchen des leeven Jung um einen ventilierenden Druckausgleich, der im Sinne der Humorsäftelehre dafür sorgt,
daß seine sanft-heitere Grundstimmung erhalten bleibt.
Wer fröhlich bleiben will, kann nichts in sich hineinfres-
sen. Natürlich bedauert es der „leeve Jung" hinterher, wenn
er Dampf abgelassen hat. Allerdings ist dieses Bedauern
nicht mit Reue zu verwechseln. Reue setzt Unrechtsbewußtsein voraus. Das hat der leeve Jung nicht. Sein fehlerhaftes
Tun wird ihm nicht durch Einsicht klar, weder durch innere Prinzipien noch durch Anerkennung einer höheren zivilen Ordnung des geregelten Miteinanders, sondern nur
durch die Reaktion seiner Umwelt. Sie allein zeigt ihm, daß
er irgend etwas falsch gemacht haben muß, worauf er tief-
ste Beschämung und höchste Zerknirschung zeigt. Auch
wenn er keinen blassen Schimmer hat, wofür er sich schä-
men soll, er weiß – oder besser: er spürt, daß man von ihm
eine Geste der Scham erwartet. Und diese Erwartung erfüllt
er. Denn der leeve Jung will vor allem eines: geliebt werden,
und zwar von allen.

So verhält sich der Mittelgewichtsboxer in der Kölner Gesellschaft wie ein mittelkräftiger Affe in der Horde. Im Über-

mut zieht er schwächeren Genossen schon mal eins über – und demonstriert Kleinmut, wenn er von Stärkeren dafür gemaßregelt wird und der Ausschluß aus der Horde droht. „De Aap" wird Peter Müller in Köln genannt, wegen seiner gebückten Kampfhaltung, seines lustig verknautschten Gesichts und seines Hangs, im Ring affenartig zu klammern. Womöglich verdankt er den Spitznamen aber auch seiner liebenswerten Instinkthaftigkeit, die einerseits völlig moralfrei ist, andererseits doch sozialverträglich – und in dieser Verbindung: typisch kölsch.

Die drei Affen

oder: Trifolium der Primaten

„De Aap" (also „die Affe", denn nicht-menschliche Primaten sind in Köln weiblichen Geschlechts, sonst würde es „dr Aap" heißen) ist 1950 der populärste Affenmensch am Rhein. Der zweitpopulärste – allerdings mit weitem Abstand – heißt Tarzan. Sein Auftrittsort ist das Kino. Vier Tarzanfilme haben 1950 in Deutschland Kinopremiere. Vier weitere folgen 1951. Sie alle stammen noch aus der Zeit zwischen 1934 und 1948, als Johnny Weissmüller den muskulösen Lianenartisten spielte. Der Ex-Schwimmweltrekordler und Gewinner diverser Jodelwettbewerbe kann seinen Überschlagsschrei in Deutschland erst mit tausendjähriger Verspätung erschallen lassen, da er den Nazis zu unarisch vorkam. So werden hierzulande Anfang der fünfziger Jahre noch Weissmüller-Filme nachgereicht, während in den USA bereits Lex Barker die Thronfolge als Urwaldkönig angetreten hat. Kurioserweise hält man sich bei den deutschen Tarzan-Premieren nicht an die Logik der Film-Reihenfolge (die gibt es tatsächlich), sondern zeigt zunächst die späteren Filme, als Tarzan vom wilden Urwaldeinzelkämpfer zum deutlich zivileren Baumhausbesitzer avanciert ist, der mit seiner Freundin Jane eine zwar weitestgehend hüllenfreie, aber völlig asexuelle Zweisamkeit pflegt, die im Film „Tarzan und sein Sohn" durch ein Findelkind namens „Boy" zum Patchwork-Familien-Trio erweitert wird. Schimpanse Cheeta als kluges Haustier macht das glückliche Kleeblatt komplett.

Cheeta ist nach Müller und Tarzan die dritte affenartige Primatenprominenz am Rhein und gilt als berühmtester Affe der Welt. Lange hielt man ihn auch für den ältesten. Das Guinness-Buch der Rekorde verzeichnete den Schimpansen in seiner Ausgabe von 2001 als Altersrekordler. Als Geburtsdatum wurde der 9. April 1932 angegeben. Cheeta lebte – und lebt immer noch! – in Palm Springs, dem Hollywood-Rentnerparadies Kaliforniens, unweit der ehemaligen Altersresidenzen von Frank Sinatra und Ava Gardner in einem Seniorenheim für pensionierte Show-Affen aller Art aus Film und Fernsehen, Zirkus und Werbung. Die betreute Wohnstätte ist nach ihm benannt: C.H.E.E.T.A., wobei die Buchstaben seines Namens zugleich die Abkürzung bilden für „Creative Habitats and Enrichment for Endangered and Threatened Apes", was sich etwas holprig mit „Schöpferisch bereichernder Lebensraum für gefährdete und bedrohte Affen" übersetzen läßt. Dort feierte Cheeta 2007 mit erheblichem Medienrummel und in Anwesenheit von Johnny Weissmüllers vierter Ehefrau (von insgesamt fünf) seinen 75. Geburtstag. Die nur zwei Jahre jüngere Schimpansen-Forscherin Jane Goodall schickte eine Videobotschaft zur Gratulation, in der sie dem alten Affen ein „Happy Birthday" in der von ihr erforschten Schimpansensprache vorsang. Aber

UNSER PFINGSTFEST-PROGRAMM

TARZAN

und sein Sohn

JOHNNY WEISSMÜLLER · MAUREEN O'SULLIVAN · JOHN SHerFIELD

REGIE: RICHARD THORPE

Der einzige echte Tarzan im Dschungel

Atemberaubende Abenteuer, herrliche Dschungel- und
Tieraufnahmen

Aufregende Unterwasserszenen — spannende
Eingeborenenkämpfe — lustige Tierabenteuer

IN DEUTSCHER SPRACHE — JUGENDFREI

ERSTAUFFÜHRUNG AB HEUTE

TÄGLICH: 10.00 12.30 15.00 17.30 20.00 Uhr
VORVERK. 9.00 — 20.00 Uhr einen Tag im voraus

SCHWERTHOF

LICHTSPIELE · ZEPPELINSTRASSE 2 · RUF 72330

kann ein Lebensraum derart schöpferisch bereichernd wirken, daß ein Schimpanse darin 75 Jahre alt wird, also 15 Jahre älter als alle seine bestgehegten Artgenossen? Ende 2008 enthüllte der amerikanische Journalist Richard Dean Rosen die wahre Identität Cheetas als ebenso multiplen wie überzeitlichen Kollektivcharakter. Rosen fand heraus, daß es nicht einen (oder eine) Cheeta gibt, sondern mindestens ein Dutzend Affen, die den haarigen Tarzan-Sidekick dargestellt haben, oft sogar in ein und demselben Film, weil je nach geforderten Kunststück derjenige aus dem Schimpansenteam vor die Kamera geholt wurde, der es am besten konnte. Und in welchen Filmen trat der angeblich fünfundsiebzigjährige Affe aus dem Altersheim einst auf? Höchstwahrscheinlich in gar keinem. Die einzige Rolle, die er je gespielt hat, war wohl die des pensionierten Stars in Palm Springs. Und in Wirklichkeit war er höchstens 50 Jahre alt. Cheetas Altenpfleger Dan Westfall mußte schließlich eingestehen, daß er sich nie genau nach der Herkunft des Schimpansen erkundigt hatte. Sein Onkel Tony habe ihm den Affen vererbt, und er könne sich nicht vorstellen, daß Onkel Tony ihn beschwindelt habe. Freunde des Onkels wußten es besser: Tony hatte den Schimpansen 1967 von einem Vergnügungspark in Santa Monica gekauft, der dichtgemacht hatte. Da war der Affe sechs oder sieben Jahre alt und konnte daher frühestens 1960 geboren sein. Journalist Rosen hatte bereits die Geschichte von Cheetas Ankunft in Amerika stutzig gemacht. Es hieß, er sei 1932 mit einer Pan-Am-Maschine von Liberia in die USA eingeschmuggelt worden. Doch 1932 gab es ebensowenig Transatlantik-Passagierflüge von Afrika in die USA, wie es 1947 Bananendampferfahrten von Afrika nach Deutschland gab...

Leider hat sich mit dieser „Lüge des Dschungels", wie Rosens Enthüllungsartikel in der Washington Post betitelt ist, auch eine andere schöne Legende erledigt. Nämlich die, daß Cheeta nach seinen Auftritten in den dreißiger und vierziger Jahren als Tarzans juveniler Laufbursche im reiferen Alter von fast 30 noch eine Titelrolle in Hollywood bekam. In der Komödie „Bedtime for Bonzo" soll er den Pflege- und Versuchsaffen eines Professors für Verhaltensforschung gespielt haben, der nachzuweisen versucht, daß Umwelteinflüsse stärker sind als vererbte Anlagen, und seinem Schimpansen daher eine menschliche Moralerziehung angedeihen läßt. Darsteller des Professors war Ronald Reagan, der später eine ziemlich reale Hauptrolle in den USA spielen sollte. „Bedtime for Bonzo" war sein größter Kinoerfolg. Dennoch mochte Reagan den Film nicht leiden und hat ihn später nie mehr gesehen. Vielleicht weil er als Politiker seine moralerzieherischen Kriterien beim Umgang mit Affen und Menschen änderte. Als Gouverneur von Kalifornien sagte er über die Hippies: „Sie sehen aus wie Tarzan, sie bewegen sich wie Jane und sie riechen wie Cheeta."

Cheeta, Tarzan, Peter Müller – das sind also die drei etablierten äffischen Stars, als Petermann seine Showkarriere in Köln beginnt. Alle drei sind keine Verbalartisten, alle drei sind keine Feingeister, alle drei sind keine Unterhaltungskünstler des filigraneren Vergnügens. Statt dessen pflegen sie eine nonverbale, körperbetonte Ausgelassenheit. So wie man sie in Köln liebt. So wie sie in der baulichen und ideellen Leere um den Dom viel Raum findet. Genug Spielraum, um noch einem vierten äffischen Charakterdarsteller Platz zu bieten. Zumal einem, der seinen drei Konkurrenten gegenüber erhebliche Platzvorteile hat: Petermann ist nämlich ungleich wirklicher als die anderen. Peter Müller ist kein realer Affe, Cheeta ist nur ein fiktiver, und Tarzan ist bestenfalls ein Affen-Imi – von Affen zwar aufgezogen, doch

von Geburt ein adliger Brite: John Clayton III., Lord Grey-
stoke lautet sein unbürgerlicher Name, als er im Babyalter
bei einer Schiffstour von Meuterern gekidnappt und an der
afrikanischen Küste ausgesetzt wird, wo sich die Äffin Kala
als Supernanny seiner annimmt. (So jedenfalls erzählt es
der Tarzan-Erfinder Edgar Rice Burroughs in seinen Geschichten.) Petermann dagegen ist in jeder Hinsicht echt.
Echt Affe. Echt aus Afrika. Und echt gewillt, sich komplett
zu assimilieren und ein Kölner zu werden, wie Kölner Kölner mögen: als Imi(tator), als leeve Jung, als Rabau (der lie-
benswerteren Variante des Rabauken als einer ausgelassen
übermütigen Person, im Gegensatz zum „Prinzrabau", der
es definitiv zu weit mit seinen Späßen treibt). Schon bald
wird Petermann noch mehr sein, nämlich der einzige überregional anerkannte und unbezweifelte Spaßbotschafter
Kölns...

Nachgeäfft
oder: der leeve Jung

Die humoristische Selbstsuche und Selbstverortung Kölns ist
mit der Währungsreform und der Wiederaufnahme des
Spielbetriebs im Hänneschen-Theater 1948 weitestgehend abgeschlossen. Dort heißt es programmatisch im Lied „Et Hän-
nesche eß widder do": „Un de Hauptsaach wor am Engk de
schönste Schlägerei." Damit knüpft die Stadt an ihren einzigen Karnevalsbrauch an, der seit dem Mittelalter kontinuier-
lich belegt ist. Kostüme wechselten über die Jahrhunderte
ebenso wie Rituale und Sinnbestimmungen des Fests, aber
gekloppt hat man sich immer. Und immer mit gröbstem Ver-

gnügen. Dieses handfeste Humorverständnis konsolidiert sich 1949 mit der Gründung der Bundesrepublik und der Ernennung Düsseldorfs zur Landeshauptstadt und Bonns zur Bundeshauptstadt. Zwischen den hochmögenden Kapitalen im Norden und Süden versteht sich Köln als Bastion des unpolitisch Bodenständigen. Als solche verbittet sie sich strikt jede Einmischung von außen, verzichtet zugleich aber auf jegliche hegemoniale Ambitionen nach außen. „Ess uns doch ejal" lautet der Grundsatz dieses Selbstverständnisses. Unter weiträumiger Umgehung der Krawallspaßzone Köln wird Politik in Bonn gemacht und in Düsseldorf belacht. Was das Hohe Haus des Parlaments verhandelt, kommt im kleinen Haus des Kom(m)ödchens zur kabarettistischen Wiedervorlage. Dort bieten Lore und Kay Lorentz schon seit 1947 Humor für ein Bildungsbürgertum, das sich intelligenter zu amüsieren wünscht. In Köln gibt es kein Kabarett, sondern Millowitsch. Und während man sich in Düsseldorf kritische Reime auf die seit 1950 von Bundeskanzler Adenauer geplante Wiederbewaffnung macht, lautet in Köln die sitzungspräsidiale Anweisung ans närrische Volk nach besonders gelungenen Darbietungen: „An die Gewehre". Dann werden trampelnd und pfeifend sinnbildliche „Raketen" zur Würdigung der Auftretenden abgeschossen, die im weiteren Verlauf der fünfziger Jahre auch schon mal zeitgemäß zu „Atomraketen" aufgerüstet werden, deren Zündung man den Jecken im Saal befiehlt. Die Kölner lassen es gerne krachen – und lieben Späße mit urangleicher Halbwertszeit: je oller, je doller. Aktualität ist ebensowenig gefragt wie Wirklichkeitseinmischung. Als das Hänneschen einmal eine politische Spitze wagt, wird es von den Stadtvorderen umgehend zurückgepfiffen: „Mir ist berichtet worden, daß unser edles Hänneschen sich eine ganze Menge politischer Witze geleistet

hat", erklärt CDU-Fraktionschef Peter Schaeven in einer Stadtverordnetensitzung im September 1950. „Wir werden da
nach dem Rechten sehen müssen."

„Die Schimpansen zeigen uns, was es bedeutet, Tier zu
sein", weiß die Affenforscherin Jane Goodall. Doch als Petermann nach Köln kommt, ist sie noch ein Teenager und
macht eine Lehre als Sekretärin. Deshalb gilt hier wie überall
noch die umgekehrte Lehre: Der Mensch zeigt dem Schimpansen, was es bedeutet, Mensch zu sein. Und der Schimpanse läßt sich den Weg zum Menschsein gerne weisen.
Petermann unterscheidet sich dabei nicht von seinem auch
namentlichen Schimpansenvetter Rotpeter, der in Franz Kaf-
kas 1917 veröffentlichter Erzählung „Ein Bericht für eine
Akademie" Auskunft über seine Menschwerdung durch Dressur und Selbstdisziplin gibt. Wie Petermann ist auch Rotpeter auf einem Schiff nach Deutschland gekommen, und
wenn man seinen Ausführungen über die Männer an Bord
folgt, könnte man annehmen, es habe sich um eine Kölner
Crew gehandelt: „Sie hatten die Gewohnheit, alles äußerst
langsam in Angriff zu nehmen. Wollte sich einer die Augen
reiben, so hob er die Hand wie ein Hängegewicht. Ihre
Scherze waren grob, aber herzlich. Immer hatten sie im
Mund etwas zum Ausspeien." Mit solcherart gemütlichen
Speimanes-Genossen als Begleitung kommt Rotpeter nach
Deutschland, um hier eine Karriere als Varietékünstler einzuschlagen. Gut vorstellbar, daß sein Eindruck bei der ersten
Begegnung mit Menschen genau der ist, den später Petermann hat: „Es war so leicht, die Leute nachzuahmen. Spuk-
ken konnte ich schon in den ersten Tagen." So wie der Affe
von Kafka lernt auch der Affe zu Köln zuerst, aus der Flasche
zu trinken – wenn es auch nur die Milchflasche von Frau
Zoodirektor Dr. Zahn ist. Rotpeter gelingt es in fünf Jahren,

völlig menschlich zu werden. Petermann benötigt zwei Jahre, um zumindest menschlich zu wirken. „Es verlockte mich nicht, die Menschen nachzuahmen; ich ahmte nach, weil ich einen Ausweg suchte", erklärt Rotpeter und meint damit einen Ausweg aus der Gefangenschaft, der nicht Flucht bedeutet. Dieser einzige Ausweg ist das genaue Gegenteil von Flucht, nämlich Anpassung, das Leben eines immigrierten Imitators, eines Imis.

Kaum der Flasche entwöhnt, setzt man den kleinen Petermann vor einen Teller und gibt ihm einen Löffel in die Hand. Die Übung findet öffentlich statt, an jedem Schönwettertag werden im Zoo vor dem Flamingoweiher Tisch und Stuhl aufgestellt. Petermann bekommt einen adretten Ringelpulli angezogen, ein Lätzchen umgebunden und einen Löffel in die Hand. So löffelt er öffentlich vor Publikum seinen Brei. Manchmal ist er ein bißchen unkonzentriert dabei, manchmal wirft er aus Unmut über das komplizierte Verfahren den Löffel weg und packt einfach mit beiden Händen den Teller, um ihn auszulecken. Aber im Prinzip ist er gelehrig und freut sich auf den Brei. Die Zoobesucher sehen es mit Vergnügen. Und im Vergnügen sehen sie sich selbst. Was nicht bedeuten muß, daß sie sich auch erkennen. Doch eine Intuition, ein Gefühl für eigentümliche Ähnlichkeiten mag es gegeben haben. Denn: Sind die Deutschen nicht auch gerade von freundlichen Erziehern umgezogen und umerzogen worden? Haben sie nicht auch das Unkultivierte abgelegt (in Gestalt von Uniform, Stiefel, Koppel und SS-Abzeichen), um sich zivil zu kleiden? Haben sie nicht ebenfalls gelernt, sich bescheiden hinzusetzen, statt eroberungswütig durch die Welt zu wildern? Und geben sie sich nicht auch redliche Mühe vorzuführen, wie brav sie geworden sind? Löffeln sie nicht auch gehorsam ihre Suppe aus? Ist die Entnazifizierung als Reha-Maßnahme zur Wiedereingliederung in die Menschheit nicht auch eine Art Affendressur? Oder zumindest eine oberflächliche Entlausung? Und bemühen sich Kölner und Deutsche nicht auch, als Imis gelobt zu werden? Als Imitatoren US-amerikanischen Lebensstils, die Luckys rauchen, Coca-Cola trinken und Kaugummi mümmeln. 1952 gerät Byron E. Wrigley, Sproß der amerikanischen Bubble-Gum-Dynastie, eher zufällig auf einer Deutschlandreise in den Kölner Karnevalstrubel und ist davon so angetan, daß er 1953 eigens zum Besuch des Rosenmontagszugs wiederkommt. „I love Köln", verkündet er einer neugierigen Journalistenschar in der Lobby des Excelsior-Hotels. Oder sollte es „Alaaf Köln" heißen? Jedenfalls erklärt Wrigley, daß er den Kaugummikonsum in der Bundesrepublik für durchaus steigerungsfähig halte. Eine Umrüstung der Rosenmontagszugsteilnehmer von Kamelle auf Chewing Gum als Wurfgeschoß fordert er angelegentlich zwar nicht, erwägt aber die Möglichkeiten einer deutschen Wiederbewaffnung mit Gummikugeln. Sollte es einmal wieder eine deutsche Armee geben, wäre es doch schön, wenn die Soldaten – so wie die amerikanischen Kameraden – Wrigley's im Sturmgepäck hätten. Die versammelte Kölner Presse nickt und schweigt. Sie hat den Mund voll mit Kaugummi...

Als moralfreier, aber eifriger Nachäffer menschlichen Tuns erlangt Petermann bald denselben Status wie Peter Müller. Er wird zum „leeve Jung" erklärt und damit von jeder Einsicht in ethische Normen suspendiert. (Der Freibrief ist in Köln leicht zu bekommen. Die meisten Kölner stellen ihn sich selbst aus.) Er muß nicht verstehen, warum etwas gut ist oder böse, schicklich oder unschicklich, gesittet oder ungesittet. Er muß nur zeigen, daß er redlich versucht, sich richtig zu verhalten. Streben nach Kenntnis genügt. Erkenntnis ist nicht nötig. „Er hat sich stets bemüht." – Der schlimmste Satz, der in einem Arbeitszeugnis stehen kann, gilt in Köln als höchstes Lob. Mehr kann der leeve Jung nicht leisten. Mehr wird von ihm nicht verlangt. Er darf mit den Zumutungen der Zivilisation hadern, solange ein Restehrgeiz erkennbar bleibt, deren Regeln zu folgen. Den hat der leeve Jung. Mangels innerer Einsicht ist er dabei allerdings auf äußerliche Nachahmung angewiesen. Ob sie gelungen ist oder nicht, erkennt er durch die Reaktion der Außenwelt. Gibt es Applaus und Zustimmung, ist die Nachahmung offenbar gut gewesen. Gibt es Schelte, ist anscheinend etwas schiefgelaufen und nicht so gut angekommen. So und nur so erkennt der leeve Jung Petermann, daß es sich beim Essen nicht gehört, seinem Pfleger den Löffel ins Gesicht zu schmeißen. So und nur so erkennt „de Aap" Peter Müller, daß es sich beim Boxen nicht gehört, den Schiedsrichter k. o. zu schlagen.

Das Mißgeschick unterläuft dem leeven Jung 1952 „in der blau-schwarzen Nacht eines Juniabends", wie es der Radioreporter in einer poetischen Anwandlung formuliert. Da steht Peter Müller im Finale um die Deutsche Meisterschaft gegen Titelverteidiger Hans Stretz aus Berlin im Ring vor 12.000 Zuschauern im ausverkauften Eis- und Schwimmstadion. Im April erst hatte „de Aap" den Titel an Stretz verloren, obwohl er ihn k. o. geschlagen hatte. Leider schickte Müller dem schon fallenden Gegner im Eifer des Gefechts (oder vielleicht auch, um dessen Leiden zu verkürzen) noch eine Gerade hinterher, die den Berliner in die schmerzfreie Bewußtlosigkeit schickte, noch bevor er den Boden erreichte und sich durch den Sturz auf die Bretter abermals weh tun konnte. Darauf hatte der Schiedsrichter Müller disqualifi-

ziert. Genau dieser Schiedsrichter, Max Pippow aus Hamburg, steht jetzt wieder störend zwischen ihm und seinem Gegner. Sieben Runden läßt sich Peter Müller das Meckern des Mannes in Weiß gefallen. In der achten wird es ihm zu bunt, und als er glaubt, das Wort „Zigeuner" aus dem Mund des Schiedsrichters zu hören, gibt er ihm eins auf denselben und schlägt ihn k. o. Die Folge: lebenslange Sperre für de Aap und monatelange Selbstzweifel der Kölner. Sollte es einer von ihnen – und ausgerechnet der Vorzeige-Jung – in seiner direkten, treffenden Art so übertrieben haben, daß Schluß mit lustig ist? „Selbst wir am Mikrophon sind fassungslos, wir können nichts mehr sagen", stammeln die Radioreporter am Ende ihrer Reportage. Schweigen, wo vorher Fäuste sprachen. Peter Müllers Kinnhaken hat den Kölner Boxsport praktisch mundtot gemacht. „Auch die gewisse menschliche Tragik, die darin liegt, daß Müller geistig mit seinem boxerischen Können nicht Schritt halten konnte, hat bei dem gemütvollen Kölner ein Verständnis gefunden, das nur in der urkölschen Atmosphäre im Schatten der Domtürme möglich war", schreibt der „Spiegel" und weiß nicht, was er befremdlicher finden soll: Müllers Verhalten oder das der Kölner. Der „Spiegel" erscheint in Hamburg, und dort weiß man wenig über die besondere Kölner Befindlichkeitslandschaft, über die Position des Doms darin und über die Beschaffenheit der mentalen Areale, auf die er seinen Schatten wirft.

Affront

Nicht nur im Norden, auch andernorts in der jungen Republik herrscht Irritation angesichts der speziellen Kölner Gefühlsgeographie ohne ethische Leitlinien und Orientierungspunkte. Die Stadt, die sich gern von äußeren Einflüssen abschottet, sieht sich umgekehrt zunehmend geächtet. Vor allem das Kölner Hauptexportgut Humor gilt mehr und mehr als zweifelhafte Billigware. Und da es seine Hersteller beharrlich als Qualitätsprodukt anpreisen, wird auch deren Seriosität stark in Zweifel gezogen. Glauben die Kölner ernsthaft, ihre krawalligen Scherze als Esprit unter die überregionale Menschheit versprühen zu können? Das wäre ja, als würde man behaupten, 4711 sei dasselbe wie Chanel No. 5. (Allerdings tun die Kölner genau das auch.)

Als im Frühjahr 1951 der Bundestag zu entscheiden hat, in welcher Stadt die „Bundeszentrale für Waren" angesiedelt werden soll, wird die Bewerbung Kölns abgeschmettert mit dem Hinweis, „daß die Kölner doch offenbar wenig bundesfreundlich seien, wie doch deutlich der letzte Kölner Karneval gezeigt habe". Die Büttenredner hätten auf den „bekannten Ohne-mich-Komplex abgestellt" und dabei jedesmal „den begreiflichen Beifall der Menge gefunden", was bei auswärtigen Besuchern „doch recht verhängnisvoll gewirkt" habe. Karnevalisten-Chef und Festausschußvorsitzender Thomas Liessem watscht umgehend zurück und fordert angesichts derart bornierter Spaßbremsen im Bundestag „Neuwahlen mit kürzestem Termin". Doch unbeeindruckt regiert die Regierung weiter, worauf sich in Köln Separatistenbewegungen bilden. Im Herbst 1951 wird der „Stammtisch Kölner Karnevalisten" gegründet, wo Albrecht Bodde, Vorsitzender der Großen Kölner Karnevalsgesellschaft, eindringlich eine „Zusammenfassung aller Kräfte" gegen die „zunehmende Überfremdung" der Stadt fordert. „Insbesondere die Überfremdung in den Kölner Behördenbüros muß als beängstigend und außerordentlich befremdend bezeichnet werden."

Befremdende Überfremdung? Daß ausgerechnet in Kölns Amtsstuben die kölsche Eigenart gefährdet sein soll, erschließt sich Außenstehenden kaum. Im Gegenteil: Gerade die vertrauliche Verknüpfung von Karneval, Behördenapparat und lokaler Politik scheint besonders charakteristisch für die Stadt – und besonders besorgniserregend. Nicht ohne Verdachtsindizien mutmaßt man, daß das „festordnende Komitee" der heimliche Rat der Stadt sei und Thomas Liessem eine Art Richelieu sowohl der saisonal wechselnden Prinzen als auch des Oberbürgermeisters. Schon 1950, als Thomas Liessem sein Amt antrat, stellte ihn der „Spiegel" als multipel mit Stadt und Unternehmen verbandelten, verstrickten und verknäuelten (Knäuel = althochdeutsch „klungelin" = Klüngel) Strippenzieher dar und listete nicht nur jede Mark auf, die er für den Rosenmontagszug bei Stadt und Spendern kassierte, sondern auch die Alkoholika, die er in seiner Eigenschaft als „Generalvertreter großer Marken" unters amüsierwillige Volk brachte – von Pommery bis Söhnlein, von Spaten-Bräu bis Scharlachberg. Selbstverständlich sparte sich das Hamburger Nachrichtenmagazin auch nicht ein Zitat aus Thomas Liessems nonchalantem Bekenntnis bei der Entnazifizierung: „Ich bin Mitglied von vier Sportvereinen und treibe keinerlei Sport. Ich gehöre drei Gesangsvereinen an und kann weder singen noch spielen. Warum sollte ich als Mitglied der NSDAP schuldig geworden sein?"

Mit solchen laxen Sprüchen empfiehlt sich Thomas Liessem geradezu als Zielscheibe einer Kritik, die ausgehend
vom Karneval bald auf das gesamte kölnische Wesen erweitert wird und zu einem medialen Domstadt-Bashing führt,
das bis heute weiterwirkt. Die Kölner müssen es sich gefallen lassen, als moralfreie Profit-Wurschtler, bauernhaft li-
stige Vetternwirtschafter und lautsprecherische Großtuer
und Rüpel charakterisiert zu werden, deren häßliche Eigen-
schaften regelmäßig im Karneval besonders hervortreten.
Vor allem der „Spiegel" betätigt sich als Organ ätzendster
Karnevalskritik, deren giftspritzige Säureanschläge immer
wieder Thomas Liessem gelten.

1958 verführt das Nachrichtenmagazin den Kölner
Oberkarnevalisten, der zugleich Vorsitzender des „Bundes
Deutscher Karneval" ist (der „Spiegel" tituliert ihn als
„Reichsmarschall des deutschen Narrenvolkes"), zu einem
Streitgespräch mit dem Kabarettisten Wolfgang Neuss. Der
drängt den wackeren Spaßfunktionär rhetorisch derart in
die Ecke, daß der sich schließlich genötigt sieht, die Witz-
schwäche des Kölner Karnevals kleinlaut einzugestehen:
„Herr Neuss, so viele Leute sind leider nicht da, denen so
viel einfällt." Ein Jahr später tauft das Blatt den Karneval
zur „Karnequal" um, mit der das Fernsehpublikum „schi-
kaniert" werde, und ruft den Kölner Spaßverantwortlichen
in Anlehnung an Sachsens letzten König Friedrich
August III. trotzig zu: „Belacht euern Dreck alleene." Der
Unmut der Hamburger wird nicht geringer, als 1962 der
Rosenmontagszug fröhlich durch die Straßen zieht, obwohl zwei Wochen zuvor bei der Sturmflut an der Nordsee
340 Menschen ums Leben gekommen sind und Tausende
ihr Obdach verloren haben. Noch eine Woche früher sind
beim Grubenunglück im saarländischen Völklingen 299

Schimpanse auf Elferratstisch

Herrensitzung der Lyskircher Junge mit 1400 Männern

®-Fotos: Lambertin

Schimpanse Petermann macht auf dem Elferratstisch Prost

Die Lyskircher Junge haben der Karnevals-session 1954 mit ihrer traditionellen Neujahrs-Herrensitzung einen vielversprechenden Auftakt gegeben. Nicht weniger als 1400 Männer füllten den Sartory-Festsaal. Keiner war glücklicher und frohgestimmter darüber als Präsident Jean Küster, der davon sprach, daß dies wohl die größte Herrensitzung sei, die Köln jemals gesehen habe. Er versprach, sie auch zu der schönsten werden zu lassen. Es kann ihm, um es vorwegzunehmen, bescheinigt werden, daß er Wort gehalten hat. Zahlreiche Stadtvertreter, 20 Spätheimkehrer und die erste Garnitur des 1. FC Köln weilten als Ehrengäste unter dem Männerschmölzgen, das in eine Bombenstim-mung kam.

sondern führt auch einen Schimpansen, nämlich Petermann vom Kölner Zoo, auf die Bühne, wo die Aap wirklich die Aap macht. Das Steingass-Terzett mit einem neuen musikalischen Sketch und die Hellige Knächte und Mägde mit ihrem neuen modernisierten Tanz beschlossen die erste Abteilung der Sitzung. Zahlreiche nam-hafte Karnevalisten, die die ® später be-sprechen wird, füllten das Programm der zwei-ten Abteilung.   av.

Köln - Brennpunkt ke

Jahresschlußansprache von Ka

Bergleute getötet worden. Am Haus Thomas Liessems kleben über Nacht Unbekannte ein Plakat an, das einen Totenkopf mit Narrenkappe zeigt, darunter die Worte „Völklingen, Hamburg, Köln". Das Evangelische Männerwerk warnt mit einer öffentlichen Plakataktion unter dem Motto: „Gott sieht hinter deine Maske". Und die Jugendzeitschrift „twen" titelt in ihrer Februarausgabe schlicht und deutlich: „Der Kölner Karneval ist doof." Der Satz prangt bundesweit an tausenden Kioskauslagen und Litfaßsäulen – auch in Köln. Der Spruch auf dem Orden des Festkomitees hält dagegen: „Wat solle m'r maache? M'r laache." Allerdings lachen sie unter Ausschluß der nicht-rheinischen Öffentlichkeit. 1962 verzichtet das Fernsehen auf die Übertragung der Karnevalssitzung „Kölle Alaaf" und der Prinzenproklamation. „Vieles, was in der Stadt Köln familiär und vertrauenserweckend wirkt, wird blaß und fade, wenn es an zehn Millionen transportiert wird", erklärt die WDR-Fernsehdirektion und bietet Thomas Liessem an, die Proklamation über einen Sonderkanal regional zu übertragen, was der Jeckenchef als „Diffamierung" ablehnt und ihn zum Gegenschlag für die nächste Session veranlaßt. Unter dem Motto „Köln läßt grüßen kunterbunt, Presse, Fernsehen und den Funk" läuft der Rosenmontagszug 1963 als Antimedienkundgebung. Clowns tragen Transparente mit der Aufschrift „Loß se schmiere, mer fiere". Thomas Liessem als grinsende Großfigur aus Pappmaché hält eine Maschinenpistole in der Hand. Seit 11 Uhr 11 wird zurückgeschossen? Liessem wiegelt ab: „Mir han nix jäjen die, ävver mer föhle uns och unger uns wohl." Doch die Offensive der Karnevalisten zeigt Wirkung. Der WDR verspricht, die Prinzenproklamation 1964 wieder zu übertragen, wenn die Karnevalisten zur bundesweiten Verständlichmachung ihres Humors ein artikulierteres „Fernseh-Kölsch" sprechen. Das sprachliche Entgegenkommen erweist sich allerdings als kontraproduktiv für den Spaß-export. Weil das Publikum jedes Wort versteht, begreift es auch, wie unlustig die Büttenreden tatsächlich sind. Auch dem WDR scheint durch die Spaßübersetzung ins Halb-hochdeutsche erst aufzugehen, was er seinen Zuschauern zumutet. Noch während der laufenden Sendung entschul-digt sich der Kommentator für das Dargebotene. Die über-regionale Kritik ist vernichtend. Die Süddeutsche Zeitung schreibt: „Wer sich hierzulande in dieses Programm verirrt haben sollte, der muß entweder ein heimwehkranker Exil-Rheinländer gewesen sein oder spätestens beim ersten Köl-ner Männer-Chor die Flucht ergriffen haben." Halb zer-knirscht, halb froh, wieder unter sich sein zu können, beenden die Kölner Karnevalsfunktionäre bis auf weiteres ihre missionarische Sendung im Fernsehen. „Worüber wir problemlos und herzlich lachen, darüber kann draußen leider noch lange nicht jeder lachen." (Unterdessen küren die Fernsehzuschauer in einer Infratest-Umfrage die Karne-valssitzung aus Mainz zur besten Unterhaltungssendung des Jahres.)

Die Exportmarke „Kölner Humor" ist dauerhaft beschädigt. Das Markenzeichen der Stadt wird zum Brandzeichen, der Ruhm zum Fluch. Der Karneval wird für Kölner, was der Schuhplattler für Bayern ist: ein zwiespältiges Klischee für ein zwiespältiges Gütesiegel. „Provinziell" pappt auf allem, was sie tun. Damit lockt man zwar Touristen, die auf der Suche nach uriger Folklore sind, aber um international mit-spielen zu können, ist ein solches Image hinderlich. Während es jedoch den Bayern durch intensives Marketing über die Jahre hinweg gelungen ist, das Markenzeichen Lederhose halbwegs plausibel durch ein Laptop zu ergänzen, haben es die Kölner bis heute nicht geschafft, dem Krach-und-Klüngel-Image ein nachhaltiges positives Image gegenüberzustellen. Provinzialismus ist wie Treibsand. Je mehr man strampelt, um sich daraus zu befreien, desto tiefer sinkt man hinein. Denn nichts beweist die Provinzialität eines Orts besser als die permanente Behauptung, keine Provinz zu sein. Eine Weltstadt, die sich selbst so nennt, ist keine.

Bereits 1952 zeichnet sich diese Entwicklung ab. Kaum gewinnen die deutschen Großstädte im Wiederaufbau baulich ebenso wie geistig Kontur, haftet Köln der Ruf an, ein vergleichsweise diffuseres Charakterweichbild zu zeigen, einen etwas zielloseren Kurs zu verfolgen, mit etwas gebremsterem Ehrgeiz und mit einem etwas aufhaltsameren Tempo, allein schon durch die alljährliche Generalunterbrechung des Wiederaufbaus während der Karnevalszeit. Köln wird nicht ernst genommen. Spätestens seit 1952 findet sich die Stadt gegenüber der gesamten Bundesrepublik in der Situation eines leeve Jung wieder, der ständig über die Stränge schlägt, aber eigentlich doch nur geliebt werden will. In der Silvesterausgabe 1952 des Kölner Stadt-Anzeigers formuliert ein Sportjournalist in kleinlauter Poesie die Sehnsucht nach überregionaler Anerkennung: „Der Boxfreund hofft vom neuen Jahr / Köln wieder Hochburg, wie es war." Die insgesamt acht Strophen des Gedichts sind ein einziges Lamento darüber, daß die Stadt sportlich nirgendwo mehr richtig mitspielt, weder im Boxen noch in der Leichtathletik, noch im Fußball, noch im Radsport oder im Eiskunstlauf. Damals gibt es noch keine Image-Berater, die der Stadt hätten erklären können, daß der Boxsport genau jene Disziplin ist, die nur allzu gut zum schlechten Ruf als K.-o.-Kapitale der etwas derberen Handfestigkeit paßt. Wahrscheinlich aber wären die Kölner ohnehin beratungsresistent gewesen.

Affenliebe
oder: kölsche Mädcher könne bütze

Doch es gibt einen Trost für die Kölner und Hoffnung. Sie haben ja neben Peter Müller noch einen zweiten Affen und leeven Jung: Petermann. Der bekommt Silvester 1952 die Chance, den Humorruf der Stadt bundesweit zu rehabilitieren, im „Zauberspiegel". So technikfern romantisch nennt man einen kleinen, bulligen Kasten mit bauchig gewölbter Glasscheibe, der später weniger märchenhaft Pantoffelkino heißen soll. Kurz vor Mitternacht erscheint der Schimpanse dort mit Frack und Zylinder, Luftschlangen um den Hals und Sektglas in der Hand, um der gesamten Fernsehnation von Köln aus auf das Jahr 1953 zuzuprosten. Zwar ist diese Nation noch nicht allzu groß, denn in der ganzen Bundesrepublik gibt es kaum 4000 Geräte (200 davon in und um Köln), aber was zählt, ist die mediale Pioniertat. Petermann ist der Star der ersten Fernsehsilvestershow, die sieben Tage nach Beginn des regulären Programms des NWDR ausgestrahlt wird. Schon der Start des Fernsehens am 25. Dezember 1952 stand ganz im Zeichen kölschen Sendungsbewußtseins mit der Übertragung des „Kölsch Kreppespillche" des Altermarktspielkreises. Nach dieser heimatlichen Ensembleleistung wird Petermann der erste Kölner Solostar der Flimmerkiste, noch zehn Monate vor Willy Millowitschs fulminantem Einstieg ins frühe Fernsehzeitalter mit der Live-Übertragung des „Etappenhasen" im Oktober 1953.

Ein Live-Auftritt im Frack vor der Kamera mit Sektglas ist etwas anderes als eine Breilöffelvorführung im Ringelpulli. Da darf Petermann nichts verschütten, da darf er sich nicht an heiklen Stellen kratzen, da darf er vor allem nicht aus dem schmalen Bildausschnitt der Kamera hinaushampeln. Er muß schön auf seinem Platz sitzen bleiben. Und dort wiederum muß jede Geste und jeder Gesichtsausdruck sitzen. Der Schimpanse bewältigt die schwierige Aufgabe mit Professionalität und Bravour. Offensichtlich hat er unterdessen mehr gelernt, als seine Suppe auszulöffeln. Die Fortschritte des Affen verdanken sich einem Backfisch. 1952 fängt eine nachnamentlich nicht weiter bekannte Käthe als siebzehnjährige Tierpflegerin im Kölner Zoo an und leistet dort – allein durch ihr Alter, Aussehen und Geschlecht – hervorragende Pressearbeit. Die ebenso fürsorgliche wie fotogene Teenagerin lockt Reporter immer wieder zu Stippvisiten in den Zoo, zumal sie offenbar noch nicht vergeben ist. Zumindest nicht an einen menschlichen Jüngling. Hat sie Petermann eventuell durch Bützchen gefügig gemacht? Jedenfalls hegt sie – wie es im Kölner Stadt-Anzeiger heißt – „eine stille Liebe zu den Affen, jenen gelenkigen, klugen und zuweilen so komischen Geschöpfen aus den afrikanischen Urwäldern. Sie werden im Kölner Zoo am liebenswürdigsten durch den zweieinhalbjährigen Pittermann repräsentiert. Kurz vor Jahresschluß stieg Käthe zum erstenmal zu Pittermann in den Affenkäfig und legte ihm liebevoll Hemd und Hose an. Pittermann ließ es sich mit stoischer Ruhe gefallen und blickte die neue Pflegerin mit seinem altklugen Affenblick an." So berichtet die Zeitung in ihrer Silvesterausgabe 1952 vom fügsamen Schimpansen, der sich von zarter Hand willig zum Anziehpüppchen machen läßt, ohne zu zappeln, zu strampeln oder sonst affenartige Widerstandsbewegungen

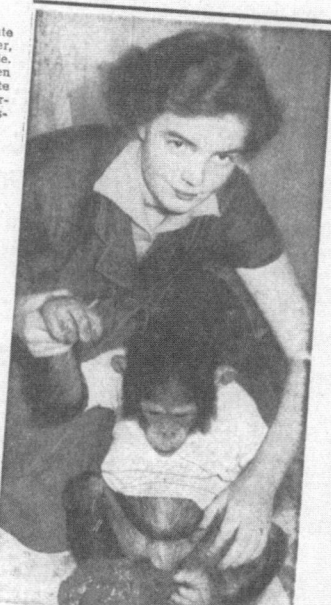

Kölner. Auch ein „Kleiner Frauenzimmer
Taschenkalender" befindet sich 1793—1801 in
der Kölner Kalenderliste. Nur wenige Jahre
erschien ab 1800 der „Mildrheinische Volks-
kalender zur Beförderung der Tugend, des
Frohsinns, des Gewerbefleißes und häuslicher
Glückseligkeit".

In der Franzosenzeit machte sich neben der
gregorianischen Zeitrechnung auch der französische Revolutionskalender in Köln bemerk-

Der Alt-Köln-Kalender
als „Neujährchen"

Als wertvollster Beitrag zur Heimatgeschichte
erschien 1913 bis 1932 der Alt-Köln-Kalender,
der von Dr. Josef Bayer begründet wurde.
Dieses Kalender-Jahrbuch wurde von vielen
Kölner Firmen als „Neujährchen" an Bekannte
und Geschäftsfreunde verteilt. Nach dem Versuch, 1951 einen „Kölner Almanach" heraus-

1821 entnommen.

Kleine Liebe zu Affen
Die junge Dame Käthe wird Tierpflegerin

Ein junges Mädchen geht über einen der gepflegten Wege des Kölner Zoos. Es ist Vor-
mittag und zudem ganz kurz vor Jahresschluß.
Das rotblonde kurzgelockte Haar des Mädchens leuchtet auf. Die junge Dame ist keine
Besucherin; sie trägt einen blauen Kittel und
hat unter dem Arm eine Futterschüssel; sie
kommt vom Vogelhaus und betritt wenig später
die kleine Küche des Affenhauses. Ein wenig
verlegen begrüßt sie uns. Sie ist noch jung, sehr
jung: 17 Jahre.

Aber die junge Dame Käthe ist gar nicht so
schüchtern und zart, wie es auf den ersten Blick
scheinen mag. Zudem ist sie dabei, einen Beruf
zu erlernen, der ganz und gar kein Reservat
des zarten Geschlechts ist: sie wird Tierpflegerin.

Seit dem 1. Dezember vervollständigt Käthe
ihre zoologischen Kenntnisse im Kölner Tiergarten. Zweieinhalb Jahre hat sie schon die
Fische des Düsseldorfer Aquariums betreut. Um
Ostern ihre Prüfung vor der gestrengen Kom-
mission ablegen zu können, muß sie sich aber
auch noch um die vielen anderen Tiere kümmern, die in den Zoologischen Gärten des Kon-
tinents gepflegt werden. Zuerst macht sie nun
einmal Dienst im Vogelhaus. Die anderen Sta-
tionen liegen noch vor ihr. Raubtiere und Elefanten wird sie allerdings nicht praktisch bear-

beiten. „Das ist Männersache", bestätigen ihre
Kollegen; außerdem ist es mühevoll.
Käthe ist von Hause aus vorbelastet. Die Tier-
liebe hat sie von ihrem Vater geerbt, der in
Palenberg bei Aachen das Handwerk des
Tierpräparators ausübt. Papa hätte auch in
seiner Jugend liebend gern praktische Zoo-
logie betrieben, aber die Eltern waren dagegen. Käthe hat den Nutzen aus der
großelterlichen Unerbittlichkeit gezogen. Ihr
Vater hat ihr keinen Stein in den Weg gelegt;
ganz im Gegenteil.

Seit jenen Kindertagen hegt sie eine stille
Liebe zu den — Affen, jenen gelenkigen, klugen
und zuweilen so komischen Geschöpfen aus den
afrikanischen Urwäldern. Sie werden im Kölner
Zoo am liebenswürdigsten durch den zweieinhalbjährigen Pittermann repräsentiert. An diesem Dezembervormittag, kurz vor Jahresschluß,
stieg Käthe zum erstenmal zu Pittermann in den
Affenkäfig und legte ihm liebevoll Hemd und
Hose an. Pittermann ließ es sich mit stoischer
Ruhe gefallen und blickte die neue Pflegerin
mit seinem altklugen Affenblick an.

Käthe macht die Arbeit Spaß. Wenn sie
Ostern nach drei Lehrjahren ihre Prüfung abgelegt hat, möchte sie gern noch einige Zeit
im Kölner Zoo bleiben. Papa würde sie lieber
ins Ausland schicken, aber das ist ihr zu weit.
Köln ist auch ganz nett.

*Von allen Tieren hat Käthe die Affen am lieb-
sten. Pittermann läßt es sich gefallen, daß sie
ihm Hemd und Hose überstreift.*
Foto: Spielmans

zu machen. Ganz im Gegensatz zu einigen „extravagant gekleideten jungen Damen und Herren in Ringelsocken, buntbedruckten Buschhemden und dreiviertellangen Cordhosen", über deren „turbulentes, wildes, halsbrecherisches Bewegungsspiel" die Zeitung in derselben Ausgabe berichtet. Es handelt sich um eine Reportage über einen Jitterbug-Tanzwettbewerb, bei dem sich die Jugend „kaugummikauend, wirren Haares, gelenkeverrenkend und verzückten Blicks in einen gänzlich unalkoholisierten und unerotischen Rausch tanzt, der vom scharfen Rhythmus unserer turbulenten Zeit zur Ekstase hochgepeitscht wird". Der Artikel kommentiert mit viel Sympathie das Treiben einer Jugend, die „springt, tobt und zuckt", und empfiehlt mit nobler kölscher Toleranz: „Laßt ihnen den Spaß." Denn insgesamt sei der wilde Tanz „harmlos und liebenswert".

„Liebenswürdig" das Treiben des jungen Affen, „liebenswert" das Treiben junger Menschen. Es soll das letzte Mal sein, daß Affenverhalten und Jugendbewegung mit ähnlich freundlichen Attributen charakterisiert werden.

Affenzahn
oder: kölsche Junge könne flitze

Ein „erschütterndes Bild abgesunkener Nachkriegsjugend" bietet sich im Frühjahr 1953 einem Kölner Staatsanwalt angesichts eines Trios 20- bis 22jähriger, die als „Autospringer" vor Gericht stehen. Autospringer nennt man während der Besatzungszeit Banden junger Männer, die von Brücken oder Überführungen hinab auf die Ladefläche fahrender Versorgungslaster springen, um Säcke mit Lebensmitteln oder Zigaretten zu erbeuten, die sie Komplizen am Straßenrand zuwerfen. Nach 1948 wird der Begriff auf alle möglichen Formen mobiler Raub- und Gewaltdelikte an und mit Fahrzeugen erweitert. Autospringer knacken PKWs ebenso wie Laster, um sie entweder direkt auszuräumen oder erst kurzzuschließen und dann zu einem Versteck zu fahren, wo sie in Ruhe geplündert und zerlegt werden. Die be- oder gestohlenen Wagen dienen oft zugleich als Fluchtgefährt und als Spielzeug. Gern rasen die halbwüchsigen Kriminellen mit ihren Beuteautos nach der Tat noch ein wenig durch die Stadt, um sie schließlich mutwillig und möglichst spektakulär gegen eine Mauer oder einen Laternenmast zu fahren. Dann entsteigen die Nachwuchsganoven dem Schrotthaufen und „springen" auf den nächsten Wagen. Manche beschränken ihre Untaten auf diesen zweckfrei destruktiven Teil. Sie klauen nichts aus den geknackten Autos, sondern fahren sie gleich zu Schrott.

So wird aus der Beschaffungskriminalität der Notzeit ein illegaler Extrem-Motorsport der ersten Wohlstandsjahre, den die Akteure mit fröhlicher Ausgelassenheit betreiben. Auch die im Frühjahr 1953 in Köln Angeklagten sind sich des Ernstes der Sache vor Gericht offenbar nicht bewußt. „In bedauerlicher Unreife und völligem Verkennen der Situation hatten die Angeklagten in der Beweisaufnahme mit großer Geständnisfreudigkeit ihre Rolle gespielt", notiert ein Gerichtsreporter. „Lachend, sogar prustend hatten sie sich besonderer Schelmenstücke erinnert. Die Verbindung zum überfüllten Zuschauerraum war außerordentlich rege, und offensichtlich war vieles von diesem Spiel auf Wirkenwollen in den Hörerkreis berechnet." Kein Unrechtsbewußtsein, aber ein gutes Gespür für Showeffekte. Offenbar haben die Täter ein ähnliches Verhältnis zu ihrem Tun, wie es Petermann zu seinen Vorführungen im Zoo hat: Er weiß nicht, was er tut, aber er merkt, wie es beim Publikum ankommt. Justiz und Pädagogik bescheinigen den jugendlichen Gewalttätern folgerichtig eine affenartige Unreife: „gute intellektuelle Begabung einerseits, starke Triebhaftigkeit und fehlender geistiger Überbau andererseits", doziert ein Sachverständiger bei einem anderen Kölner Prozeß gegen zwei jugendliche Straftäter 1953. Nicht anders hatte bereits Alfred Edmund Brehm das Wesen von Schimpansen charakterisiert. Die Ursache für den „fehlenden Überbau" nennt der Sachverständige auch. Dem 19jährigen habe während der entscheidenden Reifezeit der Vater gefehlt. Aber ist das allein die Ursache für Gewalttaten Jugendlicher?

Im August 1953 stehen wieder drei Jugendliche vor Gericht, „alle Söhne achtbarer Eltern mit ordentlicher Ausbildung", wie der Richter betont. Monatelang hatten sie Autos aufgebrochen und zu Spazierfahrten entliehen, wobei sie die Wagen allerdings nicht zu Schrott fuhren, sondern einfach irgendwo stehenließen, nachdem sie das eine oder andere Extra wie etwa Autoradios ausgebaut hatten. Anders als andere Autospringer erfahren die drei aus „achtbaren" Verhältnissen erstaunliche Milde – sowohl von der Justiz, als auch von der Presse. „Autofahren war ihre Leidenschaft", lautet die Überschrift des Prozeßberichts im Kölner Stadt-Anzeiger. Und der Umstand, daß die Autoknacker in einem Fall mit acht Freundinnen und Freunden an Bord mit Tempo 100 durch die Stadt gerast sind, wird vom Gerichtsreporter lustig-launig mit der Liedzeile „Hab mein Wage vollgelade..." kommentiert. Auch das Gericht befindet, es handele sich eigentlich nicht um Verbrecher, sondern um „Autonarren", und bedauert, daß ihm dennoch nach „neuerer strengerer Rechtsprechung nichts anderes übrigbleibe", als die närrischen Spritztouren als Diebstahl zu verhandeln. Es muß sich wirklich um Sprößlinge sehr „achtbarer" Kölner gehandelt haben. Oder es sind einfach nur leeve Junge...

Allerdings scheint es auch, als profitierten Autodiebe – anders als Autodemolierer – von den Wertvorstellungen der frühen fünfziger Jahre. Wer ein Auto für eine fröhliche Spritztour entleiht, folgt der gängigen materiellen Wertordnung. Er strebt zu höheren Gütern und nimmt gewissermaßen nur eine Kostprobe von jenem Luxus, den er sich künftig erarbeiten will. Der Autodiebstahl wird zur Probefahrt wirtschaftlichen Aufschwungs. Wer dagegen ein Auto zu Schrott fährt, der verweigert sich ökonomischen Aufschwungprinzipien. Er akzeptiert die Wertordnung nicht.

Das Auto steht in der Ordnung der Nachkriegswerte unangefochten ganz oben. Es darf einfach alles. Und in Köln darf es vielleicht noch etwas mehr. So viel jedenfalls, daß man auf die aus heutiger Sicht unfaßbaren Unfallbilanzen eher gleichmütig reagiert. An manchen Tagen kommt es in der Stadt zu mehr als 50 Verkehrsunfällen. Im Monat Mai 1953 sind es insgesamt mehr als 1000 mit 637 Verletzten und 19 Toten. In der täglichen „Unfallchronik" der Zeitungen werden die Verkehrsopfer gelistet wie Kriegsgefallene: bedauerlich, aber nicht zu vermeiden. Kollateralschäden des Fortschritts. Tatsächlich sind die Verhältnisse auf den Straßen weitgehend gesetzlos. Es gibt keine Anschnallpflicht (es gibt ja auch keine Gurte). Es gibt keine Fußgängerüberwege. Es gibt nicht einmal eine innerörtliche Geschwindigkeitsbegrenzung. Im Gegenteil, das Tempolimit von 40 Stundenkilometern in der Stadt – eine Hinterlassenschaft der nationalsozialistischen Verkehrsordnung, die seit 1939 auf diese Weise den Verbrauch von kriegswichtigem Treibstoff reduzieren wollte – wurde Ende 1952 aufgehoben. Seitdem gelten nur allgemeine Gebote der Rücksicht und Umsicht, und die sind weit auslegbar. Wer nichts und niemanden im Weg sieht, kann mit Vollgas 120 übers Kölner Kopfsteinpflaster karriolen. So wie jener junge Mann, der am 20. Juni 1953 durch Christophstraße, Gladbacher und Subbelrather Straße brettert – in weiten Schlangenkurven unter Einbeziehung der Bürgersteige. Als er von einem Streifenwagen verfolgt wird, wendet der Raser seinen Wagen, um das Polizeiauto zu rammen, worauf die Beamten ihre Pistolen ziehen und seine Reifen zerschießen: Wildwest in Ehrenfeld. (Im Kino hat 1953 übrigens „High Noon" Premiere.) „Die Ermittlungen sind noch nicht abgeschlossen", heißt es später im Polizeibericht lapidar. Möglicherweise hat der Rennfahrer ja auch nur zuviel getrunken.

Aber ob Alkohol die Fahrtüchtigkeit tatsächlich beeinträchtigt? Da ist man sich noch nicht ganz sicher. Zwar wird empfohlen, nicht unbedingt volltrunken Auto zu fahren. Doch wer es nach einem Unfall schafft, unter amtlicher Aufsicht zu demonstrieren, daß er auch besoffen halbwegs geradeaus fahren kann, gilt als fahrtüchtig. Immerhin wird im September 1953 eine generelle Promillegrenze eingeführt. Sie liegt bei großzügigen 1,5 Promille. Das entspricht – wie die Kölnische Rundschau exakt ermittelt – „12 großen Schnäpsen oder zwei Flaschen normalen Moselwein". Außerdem definiert der Bundesgerichtshof den Begriff Fahrerflucht neu. Bis dahin galt die alte reichsgerichtliche Auffassung, daß ein Fahrer nur dann Unfallflucht begeht, wenn es am Unfallort jemanden gibt, vor dem er flieht, einen Beteiligten oder Augenzeugen, der zum Unfallhergang Stellung nehmen könnte. Wo kein Verfolger, da kein Flüchtling. Nach dieser Logik ist es zum Beispiel erlaubt, einen Fußgänger zu überfahren und – nach-

29 v. H. mehr Verkehrsunfälle

Die Anzahl der Unfälle im Kölner P... ...bezirk wächst weiter

..., drittes Drittel 35,3 v. H. De...
...g im dritten Vierteljahr wa...
...besseren Ver... ...meisten Unfälle ereignen sich...

1002 Verkehrsunfälle im Mai

. Jacobs (FDP) erklärte, es
artige Verkehrsleistungen vo...
aber es dürfe nicht überse...
in Klagen zahlreicher Bürg...
k komme. Auf der Deutzer F...
iger zu Stockungen gekomm...
auch zahlreiche Unfälle erei...
1. Juni 50 Verkehrsunfäll...
...rden, die höchste Zahl seien...
Verkehrsunfälle gewesen. D...
...rden möglich, „weil wir eine...
...e Verkehrsregelung haben ...
...art in Deutz ... an der Abfal...
...Unglücklich sei z. B. die V...
...Neumarkt, wo sich der V...
...cilienstraße
...enden Verke...
...sse hin s...
...hnitten sich ...
...ch an der Ze...
...nbahnverkeh...

Wilde Jagd
in der Subbelrather Straße

Radiostreifenwagen verfolgte fliehenden Personenkraftw...

In der Nacht zum 20. Juni kam es gegen versucht...
2.40 Uhr an der Ecke Gereonshof — von ...
Straße zu einem anf...
...

Eine Tote
und drei Verletzte

Schwerer Verkehrsunfall auf der Autozubringerstraße in Gremberg

bringer einbiegenden Volks
streifen, überschlug sich und ...
...mer 2. Es prallte auf der...
...rde ein Ehepaar schwer ...

3 Radfahrer tödlich überfahren

Fahrer des Unglückswagens wird gesucht

Am 10. November gegen 6.35 Uhr wurden auf
der Bundesstraße 221 in einer Kurve an der
Rurbrücke in Orsbeck bei Wassenberg (Bezirk
Aachen) drei Radfahrer von einem entgegen-
kommenden Lastzug überfahren und auf der
Stelle getötet. Ohne sich um den Vorfall zu
kümmern, setzte der Fahrer des Lastzuges seine
Fahrt fort. Da die Möglichkeit besteht, daß...
Fahrer des Unglückswagens den Unfall nicht er-
merkt hat, wird er aufgefordert, sich unver- und
lich bei der Polizei des Unfallortes oder bei nen
der anderen Polizeidienststelle zu melden.]Des
Lastzug wird wie folgt beschrieben: Ho...ung
Motorwagen mit hohem Anhänger (wahrschei Der
lich von grüngrauer Farbe). Auf dem Führe Ge-
haus soll ein Leuchttransparent angebracht se... den
Der Anhänger hatte rechts ein weißes und link ...ung
ein rotes Schlußlicht. Der Motorwagen und besonders der Anhänger müssen links Blut- und
Kratzspuren aufweisen. Zweckdienliche Angaben nimmt jede Polizeidienststelle entgegen.

Minuten brannte auch schon ein Teil der Anlage. Durch das schnelle Eingreifen der Werks-
feuerwehr, die unverzüglich die weitere Gas-
zufuhr abstellte, konnte ein Übergreifen auf die
gesamte Anlage verhütet werden. 7...
mit einem Löschzug de... ...
gelang...

Sechz...

Schlechten ...

Die Nacht der Unfäll...

Serie von Verkehrsunfällen auf der Neußer Landstraße

Der Unglückswagen, der e...
in einem Gartengelände s...
Stehen kam. Der Fahrer ha...
verletzt konnte er das Fü...
molierten Wagens verlasse...

...ter-
sky.
...iber
Ur-
seit
ma-
...idio
...ück
in
and
Tha
...ang
...ach
die
...gen
...gs-
...mer

Schwerer Zusammenstoß mit einem Lastkraftwagen in Ehrenfeld — 31 Verletzte

Bei den Aufräumungsarbeiten geriet der Lastkraftwagen in Brand

Insassen näherte, der in Richtung Stadtausgang fuhr.

Auf der Kreuzung stieß der mit 15 Tonnen Fleisch beladene Lastzug mit voller Wucht seitlich gegen den Omnibus. Der Anprall war so heftig, daß beide Wagen erst etwa 25 Meter weiter auf der Mittelpromenade der Ehrenfeldgürtels zum Halten kamen.

Die auf der Promenade aufgebaute Signal- und Fernmeldeanlage sowie eine Gaslaterne wurden umgerissen und zertrümmert. Weiter wurde ein Mast der Straßenbahn zerstört, wobei die Oberleitung abriß.

Alle 29 Insassen des Reiseomnibuses erlitten bei dem Zusammenprall teils schwere, teils leichte Verletzungen. Der Lenker des deutschen Lastzuges erlitt einen Schädelbruch. Sein Beifahrer wurde nur leicht verletzt.

Die Unglücksstelle bot ein Bild der Verwüstung. Polizeibeamte des 14. Polizeireviers sperrten die Unfallstelle ab.

Der gesamte Fahrverkehr auf dem Ehrenfeldgürtel und der Venloer Straße wurde vorerst eingestellt.

Inzwischen hatte man die Berufsfeuerwehr ... kurze Zeit danach mit einem ...

Der zerstörte Fahrersitz des Lastkraftwagens aus Quakenbrück (Oldenburg).

...ten begonnen, als sich plötzlich das aus der zerstörten Laterne ausströmende Gas entzündete. Der mit Fleisch beladene Anhänger des Lastzuges fing Feuer. Durch das schnelle Eingreifen der Feuerwehr konnte der Brand als... ...cht werden. Störtrupps der Gas- und ...Kölner Verkehrs-...

Schwarze Fahne
...r 513 Opfer des Verkehrs

...erkehrssicherheitswoche wurde eröffnet — Eine Feierstunde am Rudolfplatz — Polizei fuhr durch die Stadt

...it einer Feierstunde auf dem Rudolfplatz wurde am Samstagvormittag, 14. Mai, die Ver... ...ssicherheitswoche in Köln eröffnet. Sie steht unter dem Leitsatz: „Achtgeben — länger ...” Durch zahlreiche Veranstaltungen der Verkehrspolizei und der Verkehrswacht sollen ...Verkehrsteilnehmer ermahnt werden, durch umsichtiges und rücksichtsvolles Verhalten ...Straßenverkehr Unfälle zu vermeiden. Die motorisierte Verkehrspolizei und eine Staffel ...berittenen Polizei führten am Sonntagvormittag, 15. Mai, eine Korsofahrt durch die Innen...

...l innerhalb von zwei Jahren sei am ...mast der Verkehrswacht auf dem Rudolf... ...e schwarze Fahne hochgezogen worden, ...r zur Mahnung, daß ein Menschenleben ...r des Verkehrs zu beklagen sei, führte ...rsitzende der Kölner Verkehrswacht, ...olf Hecker, bei der Eröffnung der Ver... ...herheitswoche am Samstagvormit... ...dolfplatz ...

Am Sonntagmorgen fuhr die motorisierte Verkehrspolizei mit mehr als 30 Fahrzeugen, darunter zwei Lautsprecherwagen, über die Wallstraßen, über die Hansaring und vom Ebertplatz zum Chlodwigplatz. Mit Plakaten und mit Lautsprecherdurchsagen wurde die Bevölkerung auf die Verkehrssicherheitswoche hingewiesen. Zur selben Zeit zog eine Staffel von vierzehn berittenen Polizisten durch die Innenstadt. Die Zuschauer mußten dabei allerdings raten, welchem Zweck dieser nicht besonders gekennzeichnete Umzug diente. Foto: Die (neutrale) Reiterstaffel am Dom.

Unglücksauto soll mahnen

...ien ...der Köl-...gehört ...rogramm ...herbeizu- ...le ...t einem ...n bei ...schwer ...wagen ...rten...

Vor 150 Jahren:

Gottesdienst in der Antoniterkirche

Am Sonntag Rogate, 15. Mai, beging die Evangelische Gemeinde Köln den Tag, an dem vor 150 Jahren, am Sonntag Rogate 1805, der erste evangelische Gottesdienst in der Antoniterkirche gefeiert wurde. Den Festgottesdienst am Sonntagvormittag in der Antoniterkirche hielt Superintendent Encke. Bei diesem Gottesdienst ertönte zum erstenmal die neue Orgel.

An die historische Bedeutung des Tages, an welchem der erste evangelische Gottesdienst in ...

...hriger stahl vier Autos

...nterlegen — Ein Jahr sechs Monate Jugendstrafe

... vor Gericht, diesmal vor der ... ...Reihe von Straftaten urteil... ...rten des Rheinlandes begange...

...nommen wurden. Auf dieser ... ...ler 16jährige so, daß er nicht ... ...te. Ein Freund, der ebenfalls k... ...n besaß, übernahm den Rüc... ...ens, den man in Köln-Ehren...

...n 23. April verspürte der 16 ... ...zum Autofahren. Er stahl ... ...gen und startete in Richtu... ...r Tankstelle ließ er sich 30 l...

...Beamtin

Er knackte 14 Autos

Elternhaus versagte — Ein Jahr, acht Monate Gefängn...

Beamte eines Funkstreifenwagens bemerkten am 22. Oktober 1955 in der Bismarckstraße einen Mann, der mit der Taschenlampe in einem parkenden Kraftwagen umherleuchtete. Als sie zum Auto kamen, war d... mehr zu s...

...stände hatte er allerdings für sich ... halten. Eine gescheiterte Ehe — ... Angeklagte hatte mit 21 Jahren g... heiratet ... ...rei Jahre spät... ...trennt — schie... ...Zusammenbruc... ...ohne Bedeutung ... ...i seinem Berich... ...ngen u. a. fü... ...siktruhe usw... ...tungen aufge... ...onatlichen Ein... ...nden schließ... ...bzahlungsver-...

Wilde Jagd auf Autodiebe

Verfolgter Wagen überschlug sich — Drei Jugendliche festgenommen

Am Donnerstagmorgen bemerkte eine Funkstreife auf der Hitzelerstraße in Raderthal einen Personenkraftwagen, der in schneller Fahrt in Richtung Rondorf fuhr. Als der Fahrer des Personenkraftwagens im Scheinwerferlicht das Polizeifahrzeug sah, wendete er und fuhr mit erhöhter Geschwindigkeit in Richtung Köln zurück.

Bei der anschließenden Verfolgung geriet der ... Insassen besetzte Personenkraft-...

Fahrer des Wagens habe sich nach dem Unfall entfernt.

Im Fahrerhaus des Kraftfahrzeuges fanden die Polizeibeamten Blutspuren, die darauf schließen ließen, daß der Kraftfahrer schwer verletzt sein mußte. Wie festgestellt wurde, war der Lastkraftwagen, der starke Beschädigungen aufwies, kurze Zeit vorher auf der Bonner Straße gestohlen worden. Die Fahndung nach dem Autodieb wurde eingeleitet.

Wenig später meldete sich ein Taxifahrer bei der Polizei und gab an, er habe einen ver... ...„Mann vom Chlodwigplatz aus ... zum... ...Der Fahr-...

...s Einzelkind ... worden. Er...

dem man sich vom Tod des Überfahrenen überzeugt hat – seine Fahrt fortzusetzen. Der Tote kann ja zur Klärung des Unfallhergangs nichts mehr beitragen. (Bescheid geben sollte man aber schon.) Da müssen Autofahrer umlernen. Genauso wie bei der Beschilderung. Ebenfalls im September 1953 werden unter anderem Zeichen für das bislang unbekannte Überholverbot, für Schleudergefahr und für die frisch auf die Straße gepinselten Markierungen für Fußgänger eingeführt. Der sogenannte Zebrastreifen gilt vielen als unzumutbare Verkehrsbehinderung. Allen voran der ADAC fordert die strikte Trennung von Autofahrern und Fußgängern, so wie er sich ein paar Jahre später vehement gegen Tempo 50 in der Stadt aussprechen wird. Der Verkehr werde zusammenbrechen, wenn man nur noch mit 50 durch die Straßen schleichen dürfe. In Köln gibt es Schleichwege ebensowenig wie Umgehungen. Der gesamte Fernverkehr von Süd nach Nord und von Holland ins Ruhrgebiet rollt durch die Innenstadt. Beliebtester Rasthof und Übernachtungsplatz der Brummi-Fahrer ist der Heumarkt, wo es Dank Kriegszerstörung viel Parkfläche gibt – und in den Kaschemmenbaracken der Altstadt jede Menge Vergnügungsmöglichkeiten.

Natürlich ist die Diskussion um den zunehmenden Verkehr kein kölnspezifisches Phänomen. Aber hier hat sie eine besondere Dimension. Die Stadt steht nämlich an der Spitze der Unfallstatistik – und zwar weltweit! Seit Ende 1952 kursiert international eine Weltrangliste der Verkehrs-Nekropolen, und da liegt Köln auf dem ersten Platz, noch vor Städten wie London, Paris, New York. Woher die Liste kommt, wer die Zahlen wie ermittelt hat, ist nicht ganz klar. Um so klarer ist den Kölnern jedoch, daß die Statistik nicht korrekt sein kann. „Weltrangliste stimmt nicht", erklären trotzig die städtischen Unfallstatistiker und liefern dafür eine sehr plausible Begründung: Köln könne nicht die meisten Verkehrstoten haben, weil sie noch gar nicht gezählt seien. So erklärt auch die Stadtverwaltung im Januar 1953 nicht ohne Stolz: „Hinsichtlich der Verletzten oder der Todesopfer hat Köln nicht die höchste Zahl." Daß auch ein Platz im Mittelfeld der Totentabelle zu Überlegungen Anlaß geben sollte, wird offenbar nicht gesehen. Verkehrsopfer gelten häufig als „selber schuld". Verkehrstäter kommen meist glimpflich davon. So wie jener 26 Jahre alte LKW-Fahrer, der auf dem Weg von Liblar nach Essen auf der Luxemburger Straße bei Rot über die Ampel fährt und zwei Menschen anfährt, von denen einer seinen Verletzungen erliegt. „Ich dachte, ich komme noch ’rüber", erklärt der Fahrer im Prozeß und erfährt sachverständige Unterstützung. Die betreffende Ampel schalte „sehr abrupt" von Grün über Gelb auf Rot, bezeugt ein Polizeibeamter im Prozeß. „Der Schmierfilm aus dem vom Braunkohlegebiet in die Luxemburger Straße hineingewehten Staub" sei bei nassem Wetter besonders gefährlich, erklärt ein Sachverständiger und bezeugt damit einmal mehr, wie unberechenbar gefährlich, ja geradezu schmutzig und schmierig der „fremde Krom" ist, der den Kölnern von außen droht. Und so kommt selbst der Staatsanwalt zum Schluß, der Unfall sei zwar auf unvorsichtige Fahrweise zurückzuführen, aber das Verschulden nicht sehr groß. Der LKW-Fahrer wird wegen fahrlässiger Tötung, Körperverletzung und Verkehrsübertretung zu 450 Mark Geldstrafe verurteilt. Die Kölnische Rundschau versteigt sich sogar zu der These, daß Köln noch viel zuwenig Verkehr habe, denn erst eine gewisse Verkehrsdichte nötige die Automobilisten, umsichtig zu fahren. Zum Vergleich berichtet die Zeitung von den Verhältnissen in Paris, wo bei dichterem Verkehr viel weniger Unfälle passierten. Ist Köln also doch Crash-City Number one?

Zwischen Tempo und Toten sieht man in den frühen fünfziger Jahren wenig Zusammenhang. Als Hauptunfallursache gilt nicht zu schnelles Fahren, sondern gelten zu enge Straßen. Aber sind enge Straßen nicht Hauptmerkmal des „ahle Kölle"? Sind die Straßenzüge und ihre kleinteiligen Raster nach der fast völligen Zerstörung der Innenstadt nicht sogar die einzige Erinnerung an die vielbeschworene enge Gemütlichkeit? Auf der Jahreshauptversammlung des Vereins Kölner Bürger im November 1953 wird das Dilemma thematisiert. Der bezeichnende Titel der Veranstaltung lautet „Unser altes Köln und der neue Verkehr". Die Vorschläge, wie man beides vereinen könnte, beweisen Beharrlichkeit und Traditionsbewußtsein der Kölner ebenso wie ihre Fähigkeit zu Improvisation und Pragmatismus. Straßenverbreiterungen oder neue Straßendurchbrüche möchte man nicht, statt dessen überlegt man, ob sich die Bürgersteige nicht ein wenig verschmälern lassen, in den Gassen um 20 bis 30 Zentimeter, an den Ringen um einen Meter. Auf jeden Fall dürfe es nicht Ziel sein, den Verkehr zu begrenzen, sondern im Gegenteil die Geschwindigkeit zu erhöhen.

Affengesellen
oder: mir schenke dem Zoo e paar Diercher

Im motorisierten Straßenkampf Kölns bleibt der Zoo die einzige verkehrsberuhigte Zone, auch fürs angespannte kölnische Gemüt. Wer die Zeitungen der frühen fünfziger Jahre durchblättert, kann verfolgen, wie die Presse bemüht ist, die zahlreichen Unfallmeldungen regelmäßig durch heitere Geschichten aus dem Zoo zu kompensieren. Kein Anlaß ist dazu zu geringfügig. Getreulich werden Nistvorbereitungen von Enten ebenso vermeldet wie der Umzug eines Spieß- flughuhns in einen anderen Käfig. Das normale Alltagstun der Wasservögel wird als „das quirlende Leben auf den Tei- chen" zum darstellungswürdigen Stimmungsbild. „Die Al- ten zeigen ihren Sprößlingen, wie ein richtiger Gänserich seinen Kopf ins Wasser zu tauchen hat. Da ist recht lustig zuzuschauen." Wenn im Zoo wenig passiert, dokumentiert man das Wenige: „Im Zoologischen Garten ist es stiller ge- worden. Der Herbstwind streift das Laub von den Bäumen." Wenn gar nichts im Zoo passiert, schreibt man eben das: „Als unser Bildreporter den Wickelbär um die Mittagszeit fotografieren wollte, traf er ihn beim Schlafen an." Neu an- gekauften Tieren und neugeborenen werden stets umfang- reiche Artikel gewidmet, egal ob es sich „nur" um ein paar Tauben handelt oder – immerhin – eine „an der Mosel ein- gefangene Wildkatze". Das erste Freiluftwasserbad der Nil- pferde nach dem Winter wird ebenso haarklein dokumen- tiert wie der Umstand, daß sich die Zoodirektion „nach vielen Überlegungen" entschieden habe, die Trompetervö- gel nicht den Hühnern, sondern den Kranichen zuzuord- nen. Als Sensation gefeiert wird eine Reptilienschenkung aus dem „Neuyorker Zoo". Aber auch ein buchstäblich ver- giftetes Geschenk des Düsseldorfer Aquariums wird arglos und ohne Gespür für Nebendeutigkeiten dankbar angenom- men: „Zwei nordafrikanische Skorpione, die selbst von den Eingeborenen gefürchtet werden, weil ein Stich des giftigen Stachels genügt, die unangenehmsten Entzündungen zu verursachen." Die Kölner freuen sich über die Gabe, ohne deren toxischen Bedeutungsmehrwert zu erkennen. Doppelbödigen Spaß versteht man eben nicht. Auch das Geschenk von drei „Maskenschweinen" aus dem Ost-Berliner Zoo inspiriert die Lokalpresse nicht zu scherzigen Anspielungen auf das Gesicht des Kommunismus.

Lebenden Geschenken anderer Tiergärten widmet die Lokalpresse stets besonders umfangreiche Artikel, denn die Präsente aus aller Welt beweisen eine Anerkennung, die Köln auf allen anderen Gebieten versagt bleibt. Bei den Leistungen des Zoos wird die Humormetropole ausnahmsweise ernst genommen, nicht nur in der Bundesrepublik, sondern in der ganzen Welt. Während in Bonn die Besuche von Vertretern anderer Staaten noch spärlich sind, kommen in Köln beinahe wöchentlich ausländische Delegationen an. Stolz begrüßen die Zeitungen jeden neu eingetroffenen Gesandten: chilenische Flamingos, kubanische Flamingos, nordafrikanische Flamingos. Regenpfeifer aus Kopenhagen, Zwergseidenreiher aus Italien, chinesische Fasane, ein Paar australischer Mähnengänse, Schopftauben aus Südaustralien, „vier Steißhühner aus Kolumbien", „zwei siamesische weiße Tempelkatzen". Der Zoo von Reichenberg in der Tschechoslowakei schickt ein Hirschpaar. Aus Chicago treffen eine Plattschwanznatter und zwei Dosenschildkröten ein. Der Antwerpener Zoo läßt ein Antilopenpaar antraben. Aus Peru kommt ein Tapir angetapert. Frankreich sendet ein „reichhaltiges Geschenk aus Paris" (unter anderem drei „Toulouser Gänse"). Kanada empfiehlt sich mit acht Bibern und einem Büffel (der ist sogar ein „Geschenk der kanadischen Regierung"). Ein Flugzeug aus dem brasilianischen Pernambuco bringt zwei Dutzend Kolibris, beweist damit die globale Luftverkehrsanbindung Kölns und verschafft dem Zoo „von allen deutschen Tiergärten die größte

Sammlung der kleinsten Vögel der Erde". (Sie werden gepäppelt wie Nachkriegskinder und bekommen als Futter „kondensierte, gezuckerte Milch, Fleischextrakt, Kindernährmehl und Vitaminpräparate gut umgerührt in kleinen Fläschchen".)

Geradezu rührend kindlich ist die Euphorie über Zuwendungen aus den USA. Da geriert sich die Stadt stolz wie ein Dreikäsehoch in der Schule, dem der größere Bruder, der zwei Klassen höher ist, etwas von seinem Pausenbrot abgibt (das dem eventuell bloß nicht schmeckt). „Köln hat gute, sogar freundschaftliche Beziehungen zum Wilden Westen, zu Texas nämlich. Wer es nicht glaubt, der möge zum Zoo gehen und sich überzeugen. Dort findet er im Vogelhaus eine Reihe großer Vögel, die vor einigen Tagen als Geschenk des Zoologischen Gartens von San Antonio, Texas, im Kölner Tiergarten eintrafen: zwei prachtvolle amerikanische Silberreiher, zwei Nachtreiher, zwei Louisiana-Reiher, einen Löffelreiher, zwei Zwergschmuckreiher. Die guten Beziehungen hat Zoodirektor Dr. Windecker vor einiger Zeit bei einem Besuch in den USA angeknüpft."

Im Gegenzug hat der Kölner Zoo Hyänenhunde zu verschenken. Als erstem Tiergarten der Welt gelingt ihm die Nachzucht der raren, bissigen Kläffer aus der afrikanischen Savanne. Europäische Zoodirektoren putzen gleichsam die Gitterriegel in Köln, um einen der Welpen zu ergattern. Täglich meldet der Zoo neue Interessenten: Frankfurt, Amsterdam, Antwerpen, Basel, Mailand und Helsinki. Internationales Renommee genießen auch die gefiederten Bewohner des Kölner Zoos. Der Baedeker vergibt 1952 für die „größte Vogelsammlung Deutschlands" als besondere Sehenswürdigkeit einen Stern. Die Vielfalt von Wasservögeln gilt sogar als „bunteste in Mitteleuropa". „So viele tropische Schönhei-

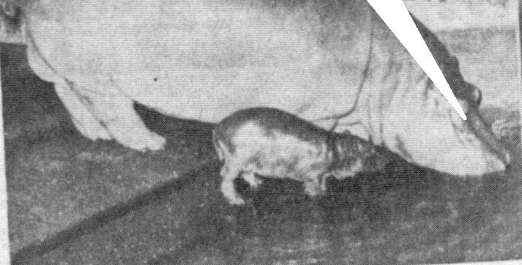

Links: Noch keine Woche alt ist das Nilpferdbaby von Mutter „Änni". Es wurde im Kölner Zoo geboren, ist wohlauf und hält sich immer an der Seite seiner 40...
Mama. — Mitte: Mit ihrem Wärter versteht sich das einjährige Pumaweibchen mit dem klangvollen indianischen Namen Mita ausgezeichnet. Der Puma kommt
hier im Kölner Zoologischen Garten an der Leine geführt jeden Tag für einige Stunden spazierengehen. — Rechts: Aus dem Dschungel Südamerikas traf d...
ungefährlich und läßt sich von den Menschenkindern streicheln. Die Vorfahren dieses Tapirs lebten schon zu Zeiten, da die Gattung Mensch noch nicht auf der W...

Zoo-Neuheiten des Sommers

Der Silberl...us an der Leine – Geboren wurden: ein Nielpferd und einige Frischlinge

...lich Geschäft"

Die 40-Zentner-M...
Junges — vorläu...
Öffentlichkeit — i...
tenhauses. Nilpfe...
Wasser zur Welt...
unter Wasser. D...
sich immer stärke...
die kleinen Ohre...
ist eine für Nilp...
wahrscheinlich ...
Insekten abzuw...
Ohren sehr em...

Vögel aus dem 5. Erdteil

Der „Lachende Hans" — Grundstock für zukünftige Fasanerie des Zoos

Die Vogelsammlung des Kölner Zoologischen Gartens, eine der größten und bedeutendsten
Sammlungen dieser Art in Deutschland — nicht zuletzt auf dem Gebiet der exotischen Vogel-
welt — erfährt durch ständige Neuerwerbungen eine sich...

So brachte ein Transport...

Nachwuchs hat es beim...

DER ZOO
vervollständigte *Flamingosammlung*

Vier rote Flamingos aus Kuba — Seltsamer Geselle
von den australischen Inseln: ein Kasuar

Das ist eine böse Miene
zum freundlichen Spiel.
Eine Wildkatze liebt es
...wenn...

...behälter im Rundhaus eingeschlossen, erscheinen sie dem Besucher jedoch recht friedlich und
ungefährlich.

An der Mosel gefangen

Ein anderes Geschenk ging von Freunden
...des Zoos aus Croev an der Mosel ein, eine
...vier Monate alte Wildkatze, die
...chen Moselland einge-
...bestand in

...ungen und
...en in ihrer
...ren Reiz auf
...ock zu der
...anden. Mit
...hinesischen
... Swinhoes-
...und Jagd-
...garten ver-

...Zoo zwei
...r in den
... Sumpf-
...n zu ver-
...gehündin
...at es im

Ein Toter, ei...
in L...

Am 10. Juni stieß...
Kreuzung Stadtwalde...
Straße in Lindentha...
belgischen Personenk...
dem heftigen Anpr...
Jahrer und sein auf...
gleiter zu Fall. Beid...
und fanden Aufnahm...
Der Personenkraftwa...
Fahrbahn ins Schleue...
gegen einen Baum...
zeuges erlitt leichte...

Kurze Zeit nach s...
Krankenhaus ist de...
fahrer, ein 23jährige...
estorben. Die stark...

NEUE *Schlangen*
AUS SÜDAMERIKA

Zwei siamesische Tempelkatzen — Kölner Zoo zählte 150000. Besucher

Der Kölner Zoo zählte am Sonntag seinen 150 000. Besucher in diesem Jahr. Diese Besucher-
zahl wurde bereits sieben Wochen früher als im Vorjahr erreicht. Laufend treffen neue Tier-
transporte ein, die den Tierbestand des Kölner Zoos ergänzen und bereichern. Mit der Anlage
des ersten neuen Freigeheges — und zwar für Wildschweine — ist jetzt begonnen worden.

Am Samstag traf eine weitere Tiersendung
mit Schlangen aus Südamerika ein. Als pracht-
vollstes Exemplar — seiner eigenartigen roten
Farbe wegen — ist die zwei Meter lange
Sipo, eine brasilianische Baumschlange, anzu-
sprechen. Sie gesellt sich zu den beiden süd-
amerikanischen Riesenschlangen, der Boa con-
strictor und dem graugelben Hühnerfresser
in der Schlangengrotte des Rundhauses.

...Kölner Zoo kann seinen Besuchern eine
...weiterer Neuerwerbungen vorstellen.
...einem Dromedarhengst, der am Freitag
...en Tiergarten eingetroffen war (der
...-Anzeiger" berichtete darüber in der
...agausgabe, 21. November), sind in den
...en Tagen vier rote Flamingos aus Kuba, ein
...Kasuar (Straußenvogel aus der australischen
...elwelt) und eine an der Mosel eingefangene
...ildkatze eingestellt worden. Das Düssel-

Ein Bild wie am Amazonas

Kölns unternehmungslustiger Zoodirektor
hatte vor etwa zwei Wochen eine Rotflügelara,
die zu den lebhaft gefärbten großen Papageien-
arten Brasiliens gehört, in Freiheit gelassen.
„Papageien sind Gesellschaftstiere und fliegen
nicht weg, solange andere Papageien in der
Nähe sind, sagte er. Das hat sich bewahrheitet.
So konnte der Zoodirektor nunmehr auch zwei
afrikanische...chrostgraue...
...weißen gelbköp...
Südamerika nach Köln ...ton...

Die vier roten Flamingos sind im Rundhause...
untergebracht. Im nächsten Frühjahr werden sie
den Flamingoteich am Zooeingang bevölkern.
Die roten Flamingos vertreten eine Art, die über
das tropische Nord-, Mittel- und Südamerika
verbreitet ist. Sie vervollständigen damit die
Flamingosammlung, die bereits zwölf chilenische und sechs nordafrikanische Flamingos um-
faßt. Die nordafrikanischen Flamingos stellen
mit ihren langen Beinen und Hälsen die größte
Flamingoart...

Freiliegende Papageien, drei Aras und ein Kakadu, sind die neueste Attraktio...
Zoos. Sie fliegen von Baum zu Baum und zeigen sich zuweilen so zutraulich, daß...
Hände und Schultern der Besucher setzen...

der ...
...banischen Flaming...
...eine grazile, fast zer-
...brechlich anmutende
...Gestalt mit dünnen
...Beinen und einem lan-
...gen Hals.

Kleinbären
VOM
Himalaja-Gebirge

Pandapärchen kam in den Zoo
Vögel aus mehreren Erdteilen

Dienstag, 17. März 1953

Brauner „Moritz" kam aus Berlin

Im Zoo geboren:

vier Hyänenhunde

Erwartet werden:

Klapperschlangen

aus den USA

Im Austauschverfahren nach Köln gekommen
Jetzt auch wieder Chamäleons in unserem Zoo

40 starben

Das Statistisch
vom 1. bis 7. M
130 Lebendgebor
Einwohner und
in der Berichtsw
Lebendgeborene.

Es starben in
über 1 bis 15 Ja
über 40 bis 60
38, über 70 bis
Jahre 27 und ü

Es starben
Zuckerkrankhei
krankheiten 40,
entzündung 5, A
Unglücksfall 3.

An

Wie bereits b
drei Männer im
wegen eines Ein
kellerei im nör
worden. Im Ve

♔ ♔ ♔ Freitag, 11. September 1953

Der Kölner Zoo hat zwei
im Tauschverfa
Jahre alten Kra

Links:
Wie die Affen hä
beiden einjährig
genbären des
Zoos auf einem
Der eine schaut s

Kölner

Mittwoch, 8. Juni 1955

Klapperschlangen als Geburtstagsgaben

Ein Jungtiger vor der Kamera — Das Affenhaus wird renoviert

rd der Kölner Zoo 95 Jahre
nd die ersten Geburtstags-
Sie kommen aus dem Bronx-
mit dem der Kölner Tier-
freundschaftliche Beziehun-
euyorker Zoo sandte außer
amantklapperschlangen drei
n, zwei Rotohrschildkröten
kenschildkröten. Die Reptilien
s ausgestellt.

ren Geschenken zählen zwei
Korallenschlangen, die das
seum (Frankfurt) schickte. Diese
ird von den Zoologen
zeichnet. Die Reptilien besitzen
aber sie stehen weit hinten im
hn bis zwölf ungiftigen Zähnen.
olchen Schlange ist deshalb nicht
wie der Biß einer sogenannten

gesetzt werden. Diese Maßnahme bezweckt, die
Tiere vor Krankheiten, welche durch falsche
Fütterung und Infektion entstehen können, zu
schützen. Bisher waren nur die Käfige der
empfindlichen Affen durch Glas von den Besuchern abgeschirmt. In den ersten Monaten
dieses Jahres breitete sich unter den Affen die
sogenannte Fütterungstuberkulose aus, eine
Krankheit, die in diesem Jahr aus vier euro-
päischen Tiergärten gemeldet wird. Eine Anzahl Affen starben. Es waren die Affen, die allgemein weniger empfindlich gegen Ansteckun-
gen sind. Nicht befallen von der Krankheit
wurden dagegen die ansonsten sehr empfindlichen Affen, die aber durch vor die Käfige
gesetzte Glaswände vor Infektionen geschützt
waren.

Vier Stürze auf Ölspuren

Auf der Aachener Straße geriet am Montagabend, 6. Juni, ein Motorrad in Höhe der Uni-

hlangen aus Chikago

askenschweine aus Ost-, ein Pekari aus Westberlin

Von unserem Mitarbeiter Helmuth Falter

Zoo unterhält freundschaftliche Beziehungen mit vielen in- und
chen Tiergärten. Oft trafen in den vergangenen Jahren Ge-
zahlreicher zoologischer Gärten im Kölner Zoo ein und halfen
ie Tiersammlung, die nach dem Krieg völlig neu aufgebaut
mußte, wesentlich zu bereichern. Auch in den letzten Tagen
am eine Reihe neuer Tiere in unserem Zoo an.

Da ist einmal das Geschenk des
zoologischen Gartens Lincoln Park in
Chikago, USA. Die Transportkisten
enthielten verschiedene nordameri-
nische Schlangenarten, u. a. zwei ge-
fleckte Wassernattern, eine Platt-
schwanzwassernatter, drei Königs-
nattern, Schlangen, die vom Vertilgen
kleiner Giftschlangen leben, zwei
Rattenschlangen und eine Pilotschlange. Alle diese Schlangen sind
ungiftig. Die Pilotschlange pflegt in
Freiheit mit den sehr giftigen Klapperschlangen zusammenzusein. Bei
der Annäherung von Menschen nimmt
die flinke Pilotschlange stets als erste
Reißaus, und die Klapperschlange
folgt hinterher. Es scheint so, als
ließe sich die Klapperschlange

Geschenk
aus Neuyork

Eine von drei Diaman

klapperschlangen.

Wenn die Rasseln

Schwanzende des P

tils zu hören sind, d

ist Vorsicht geb

Der Biß der Schl

wirkt tödlich

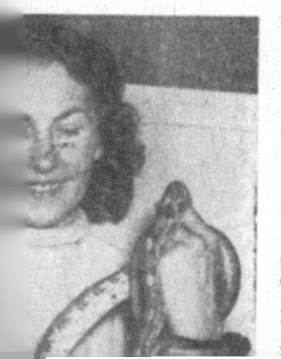

ten sieht man nur selten beieinander", schwärmt selbst die Hamburger Morgenpost, obwohl man dort ja sonst wenig Sinn für die schönen Seiten Kölns hat und mit dem Tierpark Hagenbeck selbst über einen der spektakulärsten Zoos der Welt verfügt, dessen Tiere sich sogar beim Wiederaufbau nützlich gemacht hatten. Hagenbecks Elefanten halfen beim Abräumen der Kriegstrümmer in Hamburg mit.

Doch so groß die nationale und internationale Anerkennung der Zucht- und Forschungserfolge des Zoos ist und so begeistert auswärtige Besucher über die Vielfalt der Arten sind, die einheimischen Zoogänger nehmen es mit gelassener Gleichgültigkeit hin. Und die in der Presse so gefeierten exotischen Immigranten begutachten sie mit nur mäßigem Interesse. Die Tiere mögen aus dem südlichsten Südaustralien kommen, sie mögen schillernd bunt und fabulös bizarr aussehen, die merkwürdigsten Verhaltensweisen an den Tag legen und die wundersamsten Fähigkeiten haben – das alles interessiert den Kölner nicht, wenn er keine persönliche Beziehung zu ihnen aufbauen kann. Nur als Kommunikationspartner sind für ihn Tiere interessant. Folgerichtig werden alle Neuankömmlinge im Zoo von der Lokalpresse als „Gesellen" vorgestellt. Da gibt es „sonderbare" Gesellen (Chamäleons), „hochbeinige und grazil daherstolzierende Gesellen" (Kraniche), „gefiederte Gesellen" (Emus), „muntere Gesellen" (Leoparden), „unzähmbare Gesellen" (Wildkatzen), „beißlustige Gesellen" (Hyänen).

Wer diese Gesellenprüfung nicht besteht (zum Beispiel Krokodile und Kaimane, die ausschließlich als „Bestien" bezeichnet werden), dem bleibt das Herz der Kölner verschlossen. Sie werden von der Imi-Grenzkontrolle an der kölnischen Seelenummauerung abgewiesen. Denn für das Tier an sich, sein Wesen, seine Art und seine Herkunft bringt der

Kölner keine Neugier auf. Er interessiert sich auch im Zoo nur für sich selbst. Das legen jedenfalls die Ergebnisse eines bundesweiten Tierfotowettbewerbs nahe, den der Kölner Zoo zusammen mit der „photokina" im August 1953 startet. „Liebe zum Tier ist Vorbedingung" heißt es in der Ausschreibung, und der Appell an die Hobbyknipser lautet: „Wenn wir uns immer wieder über ein gutes Tierfoto freuen, so doch hauptsächlich deshalb, weil uns bei seinem Anblick etwas anspricht, das wir im Getriebe der Zivilisation und der Großstadt immer mehr verloren haben: das Erlebnis der Natur. Das Tierbild vermag die Brücke zu schlagen zum ‚verlorenen Paradies', zum kreatürlichen Leben und Sein um uns. Im Zoo bietet sich dem Fotofreund ein nahezu unerschöpflicher Reichtum an Themen und Motiven, und er hat die Chance, mit Geduld und Liebe ein wirklich originelles Tierdokument zu schaffen." Aus allen Zoos der Bundesrepublik gehen darauf massenweise Fotos ein – nur nicht aus Köln. „Anscheinend wissen im Zoo alle, daß dieser Wettbewerb ausgeschrieben ist – nur die Menschen nicht", kommentiert launig der Kölner Stadt-Anzeiger das Tierknips-Desinteresse. Der Schimpanse Petermann gebe Extravorstellungen, aber die Kölner drückten einfach nicht auf den Auslöser. Zwar habe jeder fünfte Zoobesucher eine Kamera dabei, doch die meisten fotografierten nur die eigene Familie. Offensichtlich benötigt man in Köln keine Brücken zum „verlorenen Paradies", offensichtlich vermißt man nicht das Erlebnis der Natur, offensichtlich kann man auf die Chance, mit Geduld und Liebe das kreatürliche Sein um einen herum zu entdecken, ohne weiteres verzichten. Warum? Weil man diese Kreatürlichkeit gar nicht verloren hat. Weil man sie ebenso in sich trägt wie das verlorene Paradies des „ahle Kölle".

Donnerstag, 6. August 1953 — Kölner Stadt-Anzeiger

Originellste Tieraufnahme wird gesucht

Fotowettbewerb des Kölner Zoo und der „photokina" hat begonnen
Preise für die besten Arbeiten — Liebe zum Tier ist Vorbedingung

Mit Beginn der Sommerferien ist nun auch in Köln der große Fotowettbewerb angelaufen, der — wie auch in anderen Städten der Bundesrepublik — vom Zoologischen Garten in Verbindung mit der „photokina", Internationale Foto- und Kino-Ausstellung Köln, 3. bis 11. April 1954, ausgeschrieben wurde. Gesucht wird das beste und originellste Tierfoto.

Wenn wir uns immer wieder über ein gutes ~~besten~~ Tierfoto freuen, so doch ~~...~~

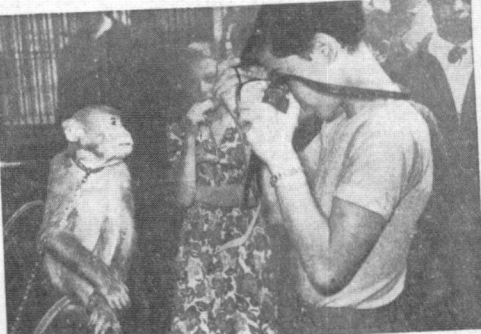

Zoo und photokino

suchen das beste
TIERPHOTO

Samstag, 15. August 1953 — Quer durch Köln — K. — Nummer 189 — Seite 13

„Bitte recht freundlich"
IM ZOO

Es winken Preise, aber zu wenige Besucher zücken den Fotoapparat

Einige Zoodirektoren haben die Amateurfotografen zu einem Fotowettbewerb um das beste Tierbild aufgerufen. Die guten Fotos sollen erst von den Zoos, dann von der „photokina" ausgezeichnet werden, sie sollen sogar öffentlich ausgestellt werden. Das ist eine Sache, bei der — neben den Preisen — über die weiß man noch nichts — auch Fotoamateurruhm zu gewinnen ist. Aber irgend etwas bei der Geschichte kann nicht stimmen.

Vielleicht ist es in anderen Zoos anders. Es wäre denkbar, daß sich dort die Löwen aus Angst vor den übereifrigen Fotografen längst in die äußerste Ecke zurückgezogen haben. Im Kölner Zoo warten sie noch immer auf das große Schnappschießen.

Der braune Bär in Knipsstellung

Anscheinend wissen im Zoo alle, daß dieser Wettbewerb ausgeschrieben ist — nur die Menschen nicht. Der Schimpanse Petermann gibt Extravorstellungen, die Mantelpaviane auf dem Affeninsel lausen sich demütiger, der Löwe legt sich zum Schäfen an die vorderen Gitterstäbe, der braune Bär kratzt sich vornehm am Bauch, und sein Kollege im anderen Käfig schickt die etwas weniger fotogenen Artgenossen in die äußerste Ecke und frißt das zugeworfene Brot ganz allein, immer hübsch rund und gesund auszusehen — aber davor stehen täglich Tausende von Zuschauern, Hunderte davon mit einem Fotoapparat, und vergnügen sich beim Zusehen. Worü strengen sich die armen Viecher nur so an?

„Blende 8, Einhundertundzwanzigstel, wenn die Zebra jetzt noch stillhielten, ist das schon ein Meisterfoto. Vielleicht »Gestreifte hinter Gittern« oder so. Für Schwarzweißfilm sind das ja die besten Modelle."
Foto: Spielmans

Der Elefant bestreut sein Haupt mit Asche

Man kann sich an den Eingang stellen und nachzählen. Grob gerechnet hat ungefähr jeder fünfte Zoobesucher, ob Kind eingeschlossen, irgendein Fotoinstrument bei sich. Und, über den Daumen gepeilt, zückt bestenfalls ein Dutzend der Besucher die Kamera, dreht auf und knipst. Und wenn der Zoodirektor Windschließt hat, dann ist schließlich der Preise wegen. Glück hat, dann ist wohl eine seiner Tiere das Objekt, das da auf dem Rollfilm gebannt wird, sondern die Familie am Schildkrötenrasen oder das Jüngste beim Elefanten. Der schüttet sich ~~...~~

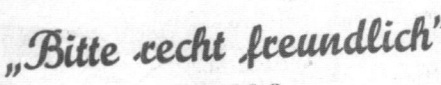

„Ob das Viech mit der Kette sich auch gut macht", fragt sich der junge Fotoamateur im Affenhaus. „Ob er heute noch mal fertig wird mit Fotografieren!" fragt sich der Affe. Das nennt man dann Verschiedenheit der Perspektive

Ende der Feriengemeinschaft

Die Feriengemeinschaft „Rhein-Ruhr", die einige hundert Jugendliche nach Berchtesgaden verschickte, um sie dort in Scheunen bei unzureichender Verpflegung kampieren zu lassen, hat mit der Festnahme des Leiters Hans Maas aus Neunkirchen (Kreis Moers) ein Ende gefunden. Die Verhaftung erfolgte, als Maas im Sozialministerium vorsprach auf Grund eines Haftbefehls des Amtsgerichts Berchtesgaden. Man schätzt, daß etwa 500 Eltern durch die Feriengemeinschaft geschädigt worden sind. Wegen der unzulänglichen Unterbringung und Verpflegung wurden die Jugendlichen, die im Alter von 6 bis 18 Jahren standen, vor dem Ablauf des Ferienaufenthalts größtenteils wieder nach Hause geschickt. Etwa 25 Erziehungsberechtigte haben bisher bei der Polizei gegen die Feriengemeinschaft Strafantrag gestellt. Die Polizei fordert alle Personen, die sich geschädigt fühlen, zur Meldung auf.

„Kinderluftbrücke" beginnt am Montag

Am 17. August beginnt die von der amerikanischen Luftwaffe eingerichtete „Kinderluftbrücke". Über 1000 Flüchtlingskinder aus dem sowjetischen Besatzungsgebiet und erholungsbedürftige Kinder aus Berlin werden in die Bundesrepublik geflogen und für vier Wochen in westdeutschen Familien untergebracht. Es werden die Flugplätze Köln-Wahn, Frankfurt, Hannover und Hamburg angeflogen. Das erste für das Gebiet Nordrhein-Westfalen bestimmte Flugzeug wird Berlin am Montag, 17. August, um 10.03 Uhr verlassen und wird auf dem Flugplatz Köln-Wahn um 12.07 Uhr erwartet.

Af(f)rikaner

oder: die Kölner Exotik

Der Zoo ist für den Kölner in den frühen fünfziger Jahren keine Erinnerungsstätte an ein verlorenes Paradies, kein Erlebnispark unschuldiger Kreatürlichkeit und schon gar kein naturwissenschaftliches Informationszentrum, sondern ein fest integrierter Teil seiner inneren Gemütsstube, eine Art jecke Ecke für das Seeleninventar, das etwas buntscheckiger gefärbt ist. In weiter Ferne so nah, nur 15 Minuten vom Ebertplatz entfernt, bildet der Zoo ein Alt-Köln der besonderen, aber keineswegs anderen Art. Als Sammelsurium von Bauten, die Stile aller möglichen Kulturen munter vermengen, ohne es mit der Originaltreue genau zu nehmen, präsentiert sich der Zoo als architektonische Kostümschau. Die Tierhäuser sind nur bunt verkleidet und bilden daher keine fundamentale kulturelle Zumutung. Sie gehen der städtischen Eigenart nicht an die Substanz. Solange der „fremde Krom" nur Mummenschanz ist, macht ihn sich der Kölner gern zu eigen und zieht ihn bequem über. Das Elefantenhaus gleicht einem maurischen Palast, das Vogelhaus einer russischen Kathedrale. Die Bären hausen in einer Art Burgzwinger, zinnenbewehrt mit vergitterten Rundbögen. Im Büffelgehege stehen Wildwest-Blockhäuser, wie sie Karl May nicht rustikaler hätte erfinden können. Die Paviane tummeln sich auf einer pittoresken Abenteuerinsel aus übereinandergeschichteten Felsen, die Seelöwen schwimmen durchs saphirfarben schimmernde Naß einer künstlichen Grotte. Als ebenso prachtvoller wie hohler Kulissenzauber gleicht der Zoo einer Dauerausstellung von Karnevalsprunkwagen ohne Räder.

Alle größeren Tierhäuser und Gehege stammen Anfang der fünfziger Jahre noch aus der Zeit vor dem Ersten Weltkrieg, als der Zoo weniger Tier- als Vergnügungspark war. Anfang der fünfziger Jahre ist das gar nicht so lange her. Sechzig- oder siebzigjährige Besucher des Zoos wissen im Jahr 1953 noch, wie es Ende des 19. Jahrhunderts dort aussah, als vor dem Eingangsportal Kirmesorgeln plärrten, unter Böllerschüssen Fesselballons aufstiegen und ein Dutzend umliegende Gartenwirtschaften gebratenen Rheinfisch zum damals noch hefetrüben Kölsch anboten. Doch auch wer erst 50 ist, kann sich noch an den Zoo zur Kaiserzeit erinnern, als dessen „freundliche Restauration" Treffpunkt der besseren Gesellschaft war, wo sich – wie es in einem frühen Zooführer heißt – die „Spitzen der Civil- wie der Militärbehörden, die Offiziere der großen Garnison und die ersten Kreise der Bürgerschaft" trafen: „Ein erstklassiges Publikum, das dem Garten ein gutes Renommee gibt und ein taktvolleres Auftreten zeigt, als ein solches zweiter oder dritter Güte. Es kommen weniger Roheiten und dergleichen vor."

Selbst Dreißigjährige haben 1953 noch Kindheitserinnerungen an einen Zoo, der sich nicht nur für die Tierwelt zuständig fühlte. Bis 1932 wurden im Zoo noch sogenannte Völkerschauen gezeigt. Dort konnte man „Negerfamilien" und anderen ethnischen Gruppen bei ihrem angeblich authentischen Leben zugucken – eine Mischung aus Zirkusshow und Big-Brother-Camp. 1906 – auch das noch keine 50 Jahre her – begannen die Völkerschauen mit der „Präsentation" einiger Familien aus Indien. 1910 waren es Samoaner, die im Palmblattröckchen zu Kokosnuß-Rhythmen tanzten. 1912 simulierten Beduinen einen Brautraub mit anschließender Hochzeit. Die Kölner quittierten die „Darbietungen" mit der ihnen eigenen Mischung aus heiterer Neugier und meinungslosem Staunen: Wat et nit all jitt.

Natürlich ist die Zurschaustellung von Menschen als Kolonialwaren Resultat des imperialen Welteroberungsdenkens Ende des 19. Jahrhunderts, wie es nicht nur in Köln verbreitet war. Allerdings bildete Köln ein Zentrum der kolonialen Ambitionen. Hier engagierte sich der Zuckerfabrikant Eugen Langen als Vorstand, Abteilungsleiter oder Anteilseigner diverser Kolonialgesellschaften. Hier residierte mit Max Esser der Direktor der größten deutschen Plantagengesellschaft in Kamerun. Hier ließen die Gebrüder Stollwerck, führende Mitglieder in der „Deutschen Kolonialgesellschaft", einen dienstbaren Mohren für ihre Sarotti-Schokolade Reklame laufen. Hier propagierten die überregional bedeutende „Kölnische Zeitung" (auch die „Deutsche Times" genannt) und ihr Kriegs- und Kolonial-Korrespondent Hugo Zöller nicht nur die weltweite Annektierung von „Kafferngebieten" – von den „löstigen Afrikanern" Kameruns bis zu den „Minschefresser" Neuguineas –, sondern betrieben sie auch. Zwischen Zeitungsberichten schrieb Zöller immer wieder auch „Schutzverträge", auf die leseunkundige Stammesführer ein Kreuz kritzelten – und damit ihr Land abtraten. (Worauf es der gewiefte Eroberer sogleich umtaufte. In Neuguinea „entdeckte" er einen Zöller-Berg und für seinen Verlegerchef in Kamerun die „Neven-DuMont-Fälle".) Auf ähnliche Weise war der Bremer Kaufmann Adolf Lüderitz 1883 an seine Lüderitz-Bucht in Südwestafrika gekommen, die im März 1884 zu Deutsch-Südwestafrika (auf dem Gebiet des heutigen Namibia) erweitert wurde. Im Juli 1884 kamen Kamerun und Togo unter deutschen „Schutz". Im November begann in Berlin die Kongo-Konferenz, deren Schlußakte die Grundlage für die koloniale Aufteilung Afrikas bildete.

Aktuell wie selten lautete das Motto des Kölner Rosenmontagszugs 1885 „Held Carneval als Colonisator". Die Zugwagen waren buchstäblich „schwarz vor Menschen", denn alle Teilnehmer hatten sich mit Schuhwichse eingeschmiert. Ein Solidarakt für die Kolonisierten? Wohl kaum. Aber ein Bekenntnis zu Bismarcks Aneignungspolitik war der Zug auch nicht gerade. Einerseits spottete man zwar über die kindlichen Wilden, denen jetzt preußische Kultur beigebracht werden sollte. Andererseits spottete man aber auch über die Preußen, deren Kulturexport im wesentlichen aus Drill und Marschmusik bestand. Da verband die Kölner allein schon durch die „decke Trumm" mehr mit der traditionellen Musik Afrikas. Und sie erkannten durchaus, daß das „Wilde" seine Vorzüge hatte. Im Mottolied von 1885 hieß es: „Barfooß un ohne Sorge / Läv mer en Freud und Glück / Weil einem fröh am Morge / Nit gleich der Schooh als dröck. / Hanswoosch eß och gekumme / Jitz an der Congostrand, / Se jöcken ald de Trumme / Em Labberitzeland" (eine Verballhornung des Namens Lüderitz). Der Refrain des Liedes lautete: „Heut sehn wir uns zum allerletzten Mal / Jetzt geht's nach Afrika. Jetzt geht's nach Afrika."

Seither traten immer wieder schuhcremekolorierte Kölner im schwarzen Feinripp als „Minschefresser", „Kannibale", „Dschungelbröder", „Böschräuber", „Negerköpp", „Koppjäger" oder „Löstige Afrikaner" im Karneval auf, ohne daß sich klar entscheiden ließe, ob da Schwarzafrikaner einfach nur tumb karikiert werden oder ob sich dabei nicht auch eine gewisse Sehnsucht nach einem wilden Leben ausdrückt. So oder so sind die Kostümierungen derb und klischeehaft, aber Karneval ist kein ethnologisches Seminar. Knochen im Haar und Bananen am Hals sind natürlich weder kulturell noch politisch korrekt. Andererseits: Verkleidet man sich zu Karneval nicht als jemand, der man gerne sein möchte – und nicht als jemand, den man verachtet?

Jedenfalls sahen sich die Schwarzkölschen mit Afroperücke nach dem Krieg weder Rassismusvorwürfen ausgesetzt, noch zwackte sie selbst ein gewissensbissiger Gedanke unterm lockigen Fifi. Die 1929 gegründeten Negerköpp machten nach dem Krieg – wie sie auf ihrer Homepage treuherzig mitteilen – einfach „da weiter, wo sie vor dem Krieg aufgehört hatten". Andere Karnevalisten fingen nach dem Krieg erst an, die Wilden zu entdecken – als einzige Bündnispartner, die einem von der zivilen Welt verachteten Deutschland blieben. Weltberühmt wurde Karl Berbuers Ersatznationalhymne „Wir sind die Eingeborenen von Trizonesien" von 1948. Da gelang es ein einziges Mal, das Kölner Selbstverständnis als „löstige Exoten" („doch fremder Mann, damit du's weißt, ein Trizonesier hat Humor") zum Leitbild der (West-)Deutschen zu machen. Für einen kurzen historischen Moment zwischen Währungsreform und Gründung der Bundesrepublik waren alle so wie Kölner – beziehungsweise umgekehrt die Kölner so wie alle. „Wir sind zwar keine Menschenfresser, doch wir küssen um so besser" – nach wie vor eine der treffendsten Selbsteinschätzungen der Kölner als spaßaffektgesteuerte Zärtlichkeitsbedürftige ohne ethisches Konzept, eben: leeve Junge.

Im März 1953 demonstrieren die Kölner ihre Afrikabegeisterung, als die in den USA geborene französische Sängerin Josephine Baker in die Stadt zu Besuch kommt und von den „Löstige Kölsche Afrikaner" zum Ehrenmitglied ernannt wird. „Die milchkaffeebraune Dame ist ein Weltstar", erklärt der Kölner Stadt-Anzeiger eventuell unkundigen Lesern, die die „schwarze Venus" für ein hungerleidendes Mohrenkind halten könnten, für das man sonst in Kirchen Geld in den „Nickneger" der Afrika-Mission wirft – Sammelbüchsen, auf denen die Figur eines schwarzen Kindleins kniet, das nach Einwurf eines Groschens dankbar das Krausköpfchen senkt. Josephine Baker hatte 30 Jahre zuvor halbnackt im Bananenmini in den Pariser Folies Bergère als Burlesktänzerin für Furore gesorgt, war unterdessen aber längst als Schauspielerin und Jazzinterpretin mit eigenem Orchester ins seriösere Unterhaltungsfach gewechselt. Im Krieg war sie in der Résistance aktiv, nach dem Krieg engagierte sie sich für die amerikanische Bürgerrechtsbewegung, sie hatte den Rang eines Leutnants der französischen Armee, besaß den Pilotenschein und logierte bei ihrer Kölnvisite im noblen Excelsior-Hotel. All das aber hinderte die „Kölschen Afrikaner" nicht daran, sie mit Wumba-Tumba als Eingeborene zu empfangen. „12 Damen und Herren legten die farbenprächtigen, nach dem Vorbild afrikanischer Negerstämme selbstgefertigten Gewänder an. Lange Speere und fellbespannte Trommeln standen zur afrikanischen Ovation für Josephine bereit." „Josephine Baker ist eine Farbige", erklärt der löstige Oberafrikaner Alois Liesenfeld vor Presse, Hotelleitung und Management des Stars, „wir wollen zeigen, daß wir es nicht für unter unserer Würde halten, uns mit den Sitten und Gebräuchen afrikanischer Stämme zu befassen."

Noch 1957 – 25 Jahre nach der letzten Völkervorführung! – kündigt im Zoo der Rhythmus „dumpfer Trommelschläge" den „schwarzen Kontinent" an. Zwischen Affenhaus und Affenfelsen präsentiert „Negerprinz Ahuma von der Goldküste" eine Afrikaschau, die vor allem eine „Lehrschau für die Schulen sein soll". Tatsächlich betätigen sich der Prinz und sein Gefolge weniger als Ethnologie-Pädagogen, sondern als folkloristische Akrobaten, indem sie Feuer schlucken und barfuß über Glasscherben laufen. Körperbe-

Montag, 15. April 1957

Afrikaschau und neue Rentiere

Geschenk aus Finnland — Negerprinz Ahuma schluckt Feuer

Von Helmut Falter

„Ich bin überzeugt, daß die beiden finnischen Mädchen eine gute Unterkunft in Köln finden werden", sagte Generalkonsul Munkki von der Handelsvertretung der Republik Finnland zu Kölns Oberbürgermeister Burauen. Mit den beiden „finnischen Mädchen" waren zwei weibliche Rentiere gemeint. Sie sind ein Geschenk der finnischen Handelsvertretung an den Kölner Zoo. Generalkonsul Munkki und sein Begleiter, Konsul Honkaranta, übergaben sie am Sonntagvormittag im Zoo dem Kölner Oberbürgermeister. Zoodirektor Dr. Windecker zeigte bei einem Rundgang seinen Gästen aus dem Norden die Sehenswürdigkeiten des Kölner Tiergartens, und wies bei dieser Gelegenheit nicht ohne Stolz darauf hin, daß der Kölner Zoo gute und freundschaftliche Beziehungen zum Tiergarten der finnischen Hauptstadt Helsinki pflegt. Dr. Windecker führte den beiden Gästen zwei finnische Blaufüchse und einen Wolf vor, die der Zoo von Helsinki vor einiger Zeit dem Kölner Zoo als Geschenke zugesandt hat.

Mit mächtigem Sprung ins Freie

Dann stand man schließlich in einem Gehege in der Nähe der Affeninsel vor ─── hohen Holzkisten. Der Inhalt: die ─── Rentierdamen ─────

Man erfreute sich noch am Anblick der schönen, stolzen Tiere, deren heimatliche Regionen während des größten Teils des Jahres von Eis und Schnee bedeckt sind, da dröhnte aus einer anderen Ecke des Tiergartens einer dumpfer Trommelklang herüber. Im dumpfen Rhythmus der Schläge kündigte sich der schwarze Kontinent an: Der Negerprinz Ahuma eröffnete die Afrikaschau im Kölner Zoo.

Schnell hatte sich eine große Schar von sonntäglichen Zoobesuchern vor der aus Holz und Stroh errichteten „Residenz" des schwarzen Prinzen eingefunden. Unermüdlich schlugen Ahuma und seine beiden Gefolgsleute von der Goldküste, dem jetzigen Staat Ghana, auf die Trommeln und sangen dazu in ihrer Sprache. Dann erschien eine schwarze Schönheit, die 25jährige Frau des Prinzen, und tanzte zum Takt. Ahuma zeigte dann seinem verblüfften Publikum, was ein Prinz aus Afrika kann: Er betätigte sich als Feuerschlucker und tanzte mit bloßen Füßen und ohne sich zu verletzen auf den Scherben einer zerbrochenen Flasche.

Der Duisburger Zoodirektor, Dr. Tiernemann, hat die Afrikaschau im Kölner Zoo arrangiert. Als „Ausstellungspavillons" dienen Hütten aus Stroh, die in ihrer Form dem Negerkral nachgebildet sind. Ausgestellt sind Jagdtrophäen, so die Felle eines Zebras und eines Löwen, die Schädel eines Elefanten, eines Nashorns, eines Krokodils und eines Flußpferdes, bemalte Speere und Schilde, riesige, bemalte Masken, Trommeln, Kultplastiken und Dinge des täglichen Gebrauchs, wie Schalen und Körbe.

Die Afrikaschau soll während des Sommers in Köln bleiben.

Eine Lücke im Gesetz?

Freispruch kostete mehr als der Strafbefehl

„Der Angeklagte wird freigesprochen." Im allgemeinen atmet jeder, der vor Gericht gestellt wird, erleichtert auf, wenn dieses Urteil verkündet wird. Bei einem älteren Baublitarbeiter, der dieser Tage von einem Kölner Einzelrichter freigesprochen wurde, war das

hängen der Lampen beauftragt hatte, mitschuldig sei. Der Arbeiter, der inzwischen in Trier beschäftigt ist, erhielt einen Strafbefehl über 30 DM. Da er sich schuldlos fühlte, erhob er Einspruch, und so kam die Sache vor den Einzelrichter. Dieser sprach den Mann frei.

Er braucht nun die 30 DM nicht zu ─────her die Kosten für die ──── ─────── zurück.

Josephine
und Kölsche Afrikaner

Josephine Baker, charmant, liebenswürdig und
natürlich

**Josephine Baker
in Köln
Kein Star, sondern
eine charmante,
liebenswürdige
Frau**

Die kölschen Afrikaner bereiten sich auf die Ovation für Madame vor und legen die farbenprächtigen Gewänder an, die sie nach dem Vorbild afrikanischer Negerstämme selbst gefertigt haben.

Fotos: Spielmans

...nd zwei Lampen

„Dort links neben dem Gobelin", bemerkte der Herr in der Halle des Excelsior Hotels Ernst und blickte diskret zum kleinen runden Tisch hinüber, an dem eine milchkaffeebraune Dame im Gespräch mit einem Herrn saß.

Die dunkelhäutige Dame mit dem helmartigen tiefschwarzen Haarschopf trug einen schlichten silbergrauen Pullover, von dem sich ein goldglänzendes Schmuckstück abhob. Die milchkaffeebraune Dame ist ein Weltstar, die seit 30 Jahren die Revuebesucher in den Großstädten dieser Erde begeistert: Josephine Baker.

Dann lächelte Madame freundlich in die Kamera, und wir verabschiedeten uns von einem Star, der kein Star ist, sondern eine Persönlichkeit, ein liebenswürdiger und liebenswerter natürlicher Mensch.

Während Josephine in der Halle des Excelsior saß, rüsteten sich in Rodenkirchen die Mitglieder des Vereins „Kölsche Afrikaner", um Josephine Baker am Abend eine afrikanische Ovation zu bereiten und ihr ein ─────

tonte Völkerkunde bietet auch die Frau des Prinzen, eine – laut Ankündigung – „Schönheit ihrer Rasse", die im Leopardenfellbikini im Show-Kral posiert. Die Prinzenresidenz besteht – wie der Kölner Stadt-Anzeiger gut gelaunt mitteilt – „aus Holz und Stroh, wie es sich für einen afrikanischen Potentaten gehört".

Klammeraffe
oder: die Kölner Zuwendung

„Neger, Neger, Schornsteinfeger!" Naiver Rassismus ist in der pubertierenden Bundesrepublik der fünfziger Jahre gang und gäbe. In Köln allerdings ist er noch etwas naiver – und entfaltet dadurch einen speziellen Charme, der von Perfidie kaum zu unterscheiden ist. Josephine Baker durfte ihn erfahren. Erst wird sie als „Eingeborene" diskriminiert. Dann reicht man der Diskriminierten die Hand, zieht sie zu sich, drückt sie an sich und schenkt ihr Zuwendung. Die Herabwürdigung wird zur Würdigung erklärt mit der Begründung, daß man es selbst nicht würdelos findet, sich mit Entwürdigten zu befassen. Das ist die Logik des kölnischen Umgangs mit Fremden und Fremdem. Das praktische Verfahren dazu ist eine Sozialchoreographie in fünf Schritten: Hinabstoßen – Runterbeugen – Umarmen – Vereinnahmen – Bekümmern.

Im einzelnen geht das so:
Erstens wird der andere als minderwertig klassifiziert.
Zweitens wird der derart Klassifizierte wegen seiner Minderwertigkeit bedauert.

Drittens wird dem derart Bedauerten erklärt, daß er trotz seiner Minderwertigkeit anerkannt werde.

Viertens wird der derart Anerkannte als Beweis der eigenen Toleranz gegenüber Minderwertigen betrachtet.

Fünftens wird der derart Betrachtete zum Gegenstand besonderer Zuwendung.

So geht der Kölner mit Unbekanntem um. Und unbekannt ist dem Kölner alles..., was er nicht kennt. Doch er ist stets bestrebt, es sich bekannt zu machen. Was nicht zu verwechseln ist mit Kennenlernen. Der Kölner möchte nichts lernen, er möchte nur kennen. Und am liebsten möchte er wiedererkennen. Nämlich das, was er sich schon vorher gedacht hat. Deshalb geht er nicht auf andere zu, sondern holt sie zu sich. Deshalb läßt er sich nicht auf andere ein, sondern lädt sie ein. Deshalb hört er nicht zu, was andere sagen, sondern teilt ihnen mit, was sie seiner Ansicht nach sagen müßten.

Hinabstoßen – Runterbeugen – Umarmen – Vereinnahmen – Bekümmern.

Nach diesem Muster nehmen die „Löstige Afrikaner" Josephine Baker freundlich energisch unter ihre Fittiche. Und ganz ähnlich kann es – in milderer Form – noch heute der dunkelhäutige Köln-Besucher erleben, wenn er sich jenseits der touristischen Hauptwege in eine Kneipe verirrt und zum Kölsch einladen läßt, um sich freundlich vorurteilsvoll umsorgt zu sehen. („Do bess us Afrika? Da häste sicher Hunger ... Donn dem Jung ens en Frikadell.")

Hinabstoßen – Runterbeugen – Umarmen – Vereinnahmen – Bekümmern.

Nach diesem Muster geht auch Willy Millowitschs Schwester Lucy missionarisch vor, als sie Mitte der fünfziger Jahre vom Theaterbetrieb anderthalb Jahre Pause macht und nach Venezuela geht, wo sie immer wieder die Warao-Indianer besucht: „Ach, die Wilden waren so freundlich, so lieb, so zahm", berichtet die promovierte Tiermedizinerin nach ihrer Rückkehr. Zum katholischen Glauben habe sich der Stamm zwar nicht bekehren lassen, aber zum rheinischen Frohsinn. Lucy Millowitsch bringt den Indianern das Lied „Einmal am Rhein" bei und lehrt sie das Schunkeln. (Der Indianerhäuptling lädt sie darauf zum Fischefangen ein und bietet ihr eine Hängematte an, doch die Theaterfrau schlägt das verlockende Angebot aus. Sie hat erfahren, daß Fisch- und Mattenofferte bei den Waraos als Heiratsantrag gelten... Die Zeitschrift „Neue Illustrierte" berichtet dagegen von mehreren Heiratsanträgen, die Willy Millowitschs Schwester „mit ihrem Charme und ihrer frischen Art, die Menschen zu bezaubern", erhalten haben soll – unter anderem von einem „venezolanischen Millionär".)

Hinabstoßen – Runterbeugen – Umarmen – Vereinnahmen – Bekümmern.

Nach diesem Muster erfährt auch Petermann, der „löstigste" Afrikaner in Köln, die Zuwendung der Kölner. Erst erklärt man den Schimpansen zum zurückgebliebenen Menschen. Dann schließt man ihn ins Herz und läßt ihn in der Menschenwelt mitspielen. So macht man mit dem Affen den Affen. Und aus dem geäfften Affen macht man einen Kölner.

Nach seinem Silvesterauftritt in förmlicher Gesellschaftskleidung internationalen Zuschnitts wird Petermann zunehmend in regionale Tracht gekleidet. Man steckt ihn in Funkenuniform, Prinzenornat oder Köbesmontur und schickt ihn hinaus auf die Bühne, in die Bütt oder in die Kneipe. Zunächst sind es eher Fototermine als Auftritte. Für längere Rollendarstellungen fehlt dem Schimpansen noch die Routine.

Lucy schunkelt mit Indianern

Willy Millowitschs Schwester bei den Warraos — „Einmal am Rhein" mitten im südamerikanischen Urwald — Heiratsantrag von „Bruder" Hieronymus

Von unserer Mitarbeiterin Hilde Bold

Halbdunkel, flackerndes Kaminfeuer, eine Reiseschreibmaschine auf der Couch, eine winzige graue Siamkatze spielt mit Gorgo, dem Boxer. Die Hausherrin schenkt Feuerwasser ein, Feuerwasser aus Venezuela. Und vor der Haustür wartet Konrad, der schwarze Wagen. Hausherrin Lucy Millowitsch, bekannte Kölner Schauspielerin, ist vor wenigen Tagen aus Venezuela heimgekehrt. „Ich will wieder Theater spielen, Geld verdienen und mit Konrad spazierenfahren", sagt sie.

Im Mai 1955 schiffte sie sich in Antwerpen auf einem Frachter nach Trinidad ein. Stammquartier während der anderthalb Jahre wurde Caracas. Von dort aus unternahm Lucy Trips in die trockenen und feuchten Urwälder. Einmal lebte sie wochenlang unter den Warraos, einem Indianerstamm im Deltagebiet. „Si", sagt sie und erzählt, daß sie ein kleines Buch über ihre Erlebnisse geschrieben hat. „Erfüllte Wünsche" heißt der vorläufige Titel.

Einst ein Kindertraum ...

Erfüllt wurde nämlich ein Kindertraum, als sie nach Südamerika fuhr. „Ein kleiner Freund besaß damals eine Indianerfeder. Und ich las viel im Karl May. In meiner kindlichen

„Hieronymus" ist Verbindungsmann zwischen der Mission und dem wilden Stamm der Warraos. Er machte Lucy einen Heiratsantrag und brachte ihr auch bei, aus Fasern der Morichepalme eine Kordel zu drehen. Mit diesen Kordeln werden die Hängematten, die Chinchorros, geknüpft.

Vorstellung entdeckte Alexander von Humboldt mit Kolumbus Venezuela und Winnetou war der Häuptling. Dieser Traum ließ mich nicht los. Und zu meinem eigenen Erstaunen war es dann eines Tages soweit." In Caracas arbeitete Lucy für die Organización Hamilton Wright de Venezuela, hielt Vorträge über den Aachener Domschatz und fotografierte, was ihr vor die Linse kam. Mit dem Jeep fuhr sie einmal nach Tovar, einer alten Schwarzwaldstadt im Urwald.

„Alexander von Humboldt hatte diese Stadt vor über hundert Jahren gegründet. Die Bevölkerung spricht alemannisch. Die Stadt liegt 1800 m hoch und ist vom Hauptverkehr völlig abgeschlossen. Die Menschen leben unter sehr primitiven Verhältnissen. Es war sehr schwer für mich, sie zu verstehen. Die Sprache erinnert ans Schwäbische. Die Leute dagegen verstanden mich ganz gut."

Nachwuchs beim Zauberer

Viel primitiver — nach unseren Begriffen — leben die Warraos. „Aber ich war schon daran gewöhnt, einfach zu leben. In Caracas war ich einmal beim Friseur gewesen. Für Dauerwelle, Gesichtsmassage und einige Kleinigkeiten mußte ich 120 Bolivar, nach deutschem Geld 150 DM, bezahlen. Daraufhin beschloß ich: Nie mehr zum Friseur." Mit einem Diktionär, den ihr ein alter Pater geliehen hatte, reiste Lucy ins Deltagebiet. 20 000 Indianer werden von zwei Missionen betreut. Aber nicht alle lassen sich bekehren. „Mein Verbindungsmann war der Indianer Hieronymus, er brachte mich zu dem wilden Stamm. Denn nachdem mich auch im Missionshaus trotz Schutzvorrichtungen Vampire angesaugt hatten, dachte ich, mehr kann dir bei den Wilden auch nicht passieren. Ach, die Wilden waren so freundlich, so lieb, so zahm, als ich mit ihnen Kontakt hatte. Ich wurde Ma Dakoi, meine Schwester, von ihnen genannt. Sie leben in Pfahlbauten und werden von einem Häuptling regiert. Doch die größte Macht hat der Medizinmann. Ich habe Nachwuchslehrgänge beim alten Zauberer besucht: Er bildet die jungen Medizinmänner aus."

„Ich suche dir Fische"

Die Stämme leben polygam, und beim Abschied machte Hieronymus der Lucy aus Köln einen Heiratsantrag. „Das habe ich aber gar nicht gemerkt. Er war so bedrückt. »Hallo«, sagte ich, »was hast du?« »Oh, warum du gehen fort?« »Ich muß heim.« »Ach«, sagte er, »ich würde für dich Fische fangen, anbieten von mir eine Chinchorros (Hängematte).« Ich erzählte von unserem Gespräch in der Mission. Alle lachten und sagten: Fischesuchen und Hängemattenanbieten bedeute bei den Warraos einen Heiratsantrag." Wahrscheinlich hatte sich Hieronymus so gefreut, als Lucy den Warraos das Schunkeln beibrachte: „Mir fiel gerade das Lied

Regenschirm

Lucy traf auch einen dreifachen Mörder, einen Franzosen, der von einer Strafinsel in Guayana geflohen war. „Er lebte jetzt 18 Jahre bei den Warraos und hatte eine Indianerin zur Frau. Mit ihm philosophierte ich ganze Nächte hindurch." Bruder Inbanasico (Regenbogen) war der beste Freund Lucys. Mit ihm unternahm sie eine achtstündige Fahrt in einem klei-

Aber an die wechselnden Verkleidungen gewöhnt er sich gut und gern. Sie verschaffen ihm Aufmerksamkeit. Die genießt er. Und an den Genuß gewöhnt er sich auch. Erst wenn er in den Zoo zurückkehrt und der Zoo seine Pforten schließt, wird er – zumindest äußerlich – zum Vertreter einer Spezies, zum nackten Affen. Am nächsten Morgen zieht man ihn wieder an. Und mit Hemd und Hose ist er wieder ganz Mensch und kann sich auch so fühlen. Denn nur angekleidet darf er den Käfig verlassen. Angekleidet ist Petermann ein Kölner wie alle anderen, die im Zoo herumspazieren und sich vergnügen – mit ihresgleichen und mit den Tieren. Was auf dasselbe hinausläuft, sofern die Tiere „vergnügliche Gesellen" sind.

Affenordnung

oder: ene Besuch im Zoo

Der Zoo ist ein Ort der Unterhaltung im doppelten Sinn. Man wird unterhalten und man kann sich unterhalten. Die Tiere sorgen ebenso für Vergnügen wie für Gesprächsstoff. Wobei Gespräche über Tiere den Vorteil haben, meist einvernehmlich zu verlaufen, denn man kann über ihre Leistungen nicht unterschiedlicher Meinung sein. Anders als Artisten, Schauspieler, Komödianten stellen Tiere nichts dar. Sie sind, was sie sind. Sie tun, was sie tun. Und selbst wenn sie menschlich tun, gilt das nur als natürlich. Petermanns drollige Kunststücke werden als vollkommen artgerecht angesehen. Affen äffen eben gerne nach. Diese Binsenweisheit über die Natur des Schimpansen gründet in den fünfziger Jahren allerdings ausschließlich auf der Beobachtung von

Zootieren. Über Schimpansen in der Natur weiß man wenig. Zwar hatte sich schon Ende des 19. Jahrhunderts der amerikanische Naturforscher Richard Lynch Garner in die Urwälder Französisch-Kongos gewagt, um freilebende Schimpansen zu beobachten, jedoch hockte er sich dafür in einen Schutzkäfig mit Gewehr im Anschlag. Affen, die sich ihm allzu neugierig näherten, erschoß er sicherheitshalber, so daß seine Erkenntnisse über das natürliche Verhalten der Tiere relativ eingeschränkt blieben. Erst mehr als 30 Jahre später machte sich mit dem Amerikaner Henry Nissen ein zweiter Forscher auf die Reise zu Schimpansen. Erstaunt stellte er fest, daß die Tiere in der Natur viel lebhafter sind als in Gefangenschaft, wo sie, wie Nissen schreibt, oft nur „antriebslos vor sich hindösen". Aber auch diese Erkenntnis führte im Umkehrschluß nur dazu, daß man von munter herumtollenden Affen im Zoo annahm, daß sie sich ganz natürlich verhalten.

Munter oder matt, die Tiere können nichts dafür. Sie wissen nicht, was sie tun. Und deshalb ist ihr Tun (oder eben Nichtstun) nicht kritisierbar. Was immer Tiere machen – selbst wenn sie in Film und Fernsehen auftreten –, entzieht sich ernsthafter Beurteilung oder Diskussion. Diskutabel sind nur die Intentionen der Dresseure, nicht die Leistungen der Dressierten. Kritik an undressiertem Verhalten verbietet sich ganz. Manches, was Tiere treiben, mag man nicht geschmackvoll finden, aber über Geschmack läßt sich nicht streiten. Da gilt es eben wegzugucken. Ansonsten schaut man hin und sieht, was es zu sehen gibt. Und wenn man nicht allein ist und meint, der andere hat's nicht gesehen, teilt man ihm das Gesehene mit: Der Löwe gähnt. Die Robbe taucht. Das Känguruh springt. So ist der Zoo ein Ort der schlichten Kommunikation über schlichte

Tatsachen. Man tauscht sich aus über Wahrgenommenes, das so ist, wie es eben ist. Bestenfalls kann man es ein wenig kommentieren. Wobei auch da der Rahmen der Möglichkeiten eng und erwartbar ist. Er beschränkt sich auf ein kleines Repertoire von Sätzen mit Adjektiven in prädikativen Modalformen: Der gähnt aber lang, die taucht aber tief, das springt aber weit... – Die Kommentare sind so gewöhnlich wie das Tun der Tiere. Zwar kommt es oft vor, daß die Tiere nicht tun, was man erwartet (zum Beispiel, wenn sie einfach nur flach atmend in der Käfigecke liegen). Aber nie kommt es vor, daß die Tiere etwas tun, was man nicht erwartet.

In Köln ist die Erwartung des Zoobesuchers allerdings auch gar nicht allzu groß. Er verlangt keine Sensationen, keine Spektakel. Er möchte nur, daß alles so ist, wie es immer ist und wie es sich gehört. Der Zoo bietet Zerstreuung durch Ordnung. Jedes Tier an seinem angestammten Platz zeigt seine angestammten Eigenarten. Dieses ebenso bescheidene wie grundsätzliche Unterhaltungsbedürfnis des Kölner Zoobesuchers hat niemand so gut in ebenso bescheidene wie grundsätzliche Verse gefaßt wie Hans Rainer Knipp mit dem Lied „Ne Besuch im Zoo" von 1969, das berühmt wurde durch seine Interpretation von Horst Muys, enfant terrible des Kölner Humorwesens und Verbalkalledresser mit nachgerade tourette-haftem Zwang zu Zote und Koprolalie. Im Lied vom Zoobesuch gibt er sich allerdings untadelig harmlos. (Nach seinem Tod widmete Knipp ihm übrigens ein Lied mit dem Titel „D'r leeve Jung".)

Ne Besuch em Zoo, oh, oh, oh, oh,
Nä, wat is dat schön, nä, wat es dat schön.
Ne Besuch im Zoo, oh, oh, oh, oh,

CORNET 3144
STEREO
LOTTI KREKEL - HORST MUYS
NE BESUCH EM ZOO
IN DER KAYGASS NUMMER NULL

Dat es esu schön, dat es wunderschön!
Wenn de rin küß, siehste die Kamele:
Nä, wat sin die groß, nä, wat sin die groß.
Un die Pukkele op ihrem Rögge,
Die sin esu groß, die sin unwahrscheinlich groß!
Wigger durch, do sin die Elefante.
Nä, wat sin die deck, nä, wat sin die deck.
Un beluhr mer dänne ens ihr Quante,
Die sin esu deck, die sin unwahrscheinlich deck!
Janz am Äng, do kütt mer zu de Aape.
Nä, wat sin dat vell, nä, wat sin dat vell.
Die sieht mer der janzen Daag römhöppe,
Un bei däne mäht jo jeder, wat he well!
Ne Besuch im Zoo, oh, oh, oh, oh,
Nä, wat is dat schön, nä, wat es dat schön.
Ne Besuch im Zoo, oh, oh, oh, oh,
Dat es esu schön, dat es wunderschön!
Dat es wunderschön, dat es wunderschön…

…wunderschön, weil es wunderschön ist. In der Bestätigung des Bestätigten findet das Lied seine Endlosschleife, die ewig weiterlaufen könnte. (Deshalb hat das Lied keinen für Karnevalsschlager sonst typischen Tusch-Schluß, sondern wird ausgeblendet, was der Intensitätskurve kölnischer Interesseaufwallungen gegenüber Erscheinungen der Außenwelt auch viel besser entspricht: Sie verläppert sich.) Knipps Zoobesuch ist eine Litanei der einfachen Ordnung. Drei Strophen entsprechen den drei rituellen Hauptstationen der liturgischen Abfolge eines gleichsam orthodoxen Gangs durch die Gehege: von den Kamelen am Eingang „wigger durch" zu den Elefanten – damals noch im Elefantenhaus in der Mitte des Zoos – bis hin zu „de Aape". (Gemeint sind natürlich die Mantelpaviane auf der Affeninsel, die nach der Erweiterung des Zoogeländes 1960 allerdings nicht mehr „janz am Äng" liegt. Tatsächlich beschwört Knipp mit seinem Lied eine Vergangenheit, die in den bewegten Zeiten nach 1968 sicher nicht zufällig wieder aufscheint: der Zoo in den Grenzen der Nachkriegsjahre.) Ebenfalls kein Zufall dürfte es sein, daß in den drei Strophen weder Raubtiere noch Schlangen, noch andere Biester mit zweifelhaftem metaphorischem Mehrwert vorkommen, sondern nur Tiere, deren Sinnbildlichkeit eher harmlos ist: Kamele, Elefanten, Affen. Jedes Tier wird mit einem simplen, wertfreien Adjektiv charakterisiert, das auch auf Menschen paßt: groß, dick, viel. Simpel und in ihrer Kunstlosigkeit nachgerade offensiv sind auch die Strophen, die kein Versmaß aufweisen und nicht einmal durchgängig gereimt sind. (Nur den kuriosen und im Vergleich zum lakonisch unterschnittenen Rest des Textes geradezu brillant pointierten Reim von „Elefante" auf „Quante" mochte Knipp sich nicht verkneifen.) Wie die Liturgie in der katholischen Kirche nicht nur die Abfolge eines Ritus regelt, sondern vielmehr Wesensvollzug der Kirche selbst ist, so ist auch „Ne Besuch im Zoo" nicht nur ein gesungener Stationenwegweiser, sondern ein gleichsam amtlich unverbrüchlicher Vollzug dessen, was der Zoo dem Kölner ist: ein heiliger Ort einer ebenso festen wie unkomplizierten und also paradiesischen Ordnung, die die geregelte Unordnung eines permanent ausgetobten Individualismus mit einschließt. „Bei däne mäht jo jeder, wat he well!" Natürlich ist die Lobpreisung der Affeninsel nichts anderes als eine Lobpreisung Kölns. Am Ende des Zoos kommt der Kölner dort an, wo er am „Äng" immer landet, nämlich bei sich selbst – und tut etwas, was nur dem Kölner gelingt: Er staunt wohlgefällig über sein eigenes Treiben. Er nimmt sich selbst als Exot wahr.

So schlicht die Ordnung des Zoos ist, so wenig sich über die Tiere und ihre „Darbietungen" streiten läßt, so gut eignet sich der Tiergarten fürs erste Rendezvous von frisch Verliebten. Denn anders als beim Kino- oder Theaterbesuch gibt es hier keinen Anlaß für Diskussionen, die ästhetische oder gar weltanschauliche Gräben zwischen den Anbandelnden aufreißen könnten. Im Zoo stellen sich keine komplizierten Sach- und Sinnfragen, sondern nur eine Grundsatzfrage – und die ist rhetorisch: Is et nit wunderschön? Jo, dat is wunderschön. Derart harmonisch und zufrieden – selbstzufrieden – erleben nur die Kölner den Zoo. Andernorts verhalten sich die Zoobesucher anders. So schreibt der Frankfurter Stadtrat Karl Altheim 1956 in einem Artikel für die Zeitschrift des Deutschen Städtetags: „Rundfunk, Fernsehen, Kino sind rein passive Unterhaltungen, die das eigene Urteilsvermögen nicht hinreichend aktivieren. Der Besuch eines Tiergartens dagegen regt zu ständigem Fragen an – zumal kein fertiges ‚Programm' gezeigt wird, sondern Lebewesen, die durch ihre ungewohnte Gestalt und fremdländische Herkunft geradezu herausfordern, mehr zu erfahren: über ihre Art zu leben, über ihre Umwelt und damit über die gesamte Natur." Wohl möglich, daß so etwas in Grzimeks Zoo in Frankfurt geschieht, in Köln verlangt der Zoobesucher sehr wohl ein „fertiges Programm" und fühlt sich durch „ungewohnte Gestalt und fremdländische Herkunft" durchaus nicht zu tieferen Überlegungen über Umwelt und Natur herausgefordert. Noch weniger animiert ihn der Anblick der Tiere zu existentiellen Fragen, wie sie sich dem Frankfurter Zoobesucher stellen: „Der Mensch sucht zwar Vertrautheit mit dem Tier, sucht Annäherung – und spürt dabei doch, wie er hier konfrontiert wird mit dem an sich Fremden, mit der Kreatur. Und es mag sein, daß aus der Ferne ein Ruf den Menschen erreicht und ihn offener macht für sein eigenes Selbst." Mag sein, daß in der Stadt, wo Horkheimer und Adorno Kritische Theorie betreiben, der Ruf der Kreatur zu hochkomplexen Reflexionen führt. Immerhin befaßt sich die Frankfurter Schule nebenbei auch mit dem dialektischen Verhältnis zwischen Mensch und Tier. (Außerdem ist Adorno Sammler von Nilpferd- und Giraffenfiguren und ein leidenschaftlicher Zoogänger. Einmal schreibt er sogar einen Brief an Grzimek und fragt ihn, ob er nicht ein Wombat-Pärchen erwerben könne. „Ich kann mich an diese freundlichen und rundlichen Tiere mit viel Identifikation aus meiner Kindheit erinnern und wäre sehr froh, wenn ich sie wieder sehen dürfte.") In Köln gibt es keine Philosophen und Sozialwissenschaftler, die Wünsche an den Zoo herantragen. Und es gibt niemanden, der aus dem Zoo philosophische Fragen hinausträgt. Hier stellt sich dem Besucher bestenfalls die Kollektiv-Seinsfrage, mit der auch das Hänneschen seine Vorstellung beginnt, um sich der Existenz des Realen zu versichern: „Sid ehr all do?" – Sind alle Tiere da und auf ihrem rechten Platz? Mehr möchte der Kölner Zoobesucher nicht wissen.

Darüber hinaus gibt es allerdings auch einen ganz praktischen Grund für Jungverliebte, in den Zoo zu gehen. Es ist der einzige Park in Köln, in dem man nicht Gefahr läuft, überfallen zu werden.

Die Affen rasen durch den Wald ...

Während im Zoo die Wildnis eingezäunt ist und auf pittoresken Flanierwegen risikolos besichtigt werden kann, herrscht in den übrigen Erholungsarealen der Stadt blanke und brachiale Gewalt.

Auf der Stadtverordnetensitzung am 17. September 1953 klagt ein Beigeordneter, daß Plätze, Parks und Stadtwald immer unsicherer werden. Im Stadtwald schlügen rauflustige Burschen die städtischen Aufseher nieder und gingen dabei mit einer solchen Brutalität vor, daß die Verletzten erst im Krankenhaus wieder zu Bewußtsein kämen. Der Stadtverordnete (und spätere Oberbürgermeister) Theo Burauen berichtet, daß die Lage vor allem im Volksgarten katastrophal sei. Häufig müsse das Einsatzkommando der Polizei zu Hilfe kommen. Nicht nur Zivilisten werden angegriffen, sondern auch Polizeibeamte. Man falle über einzelne Polizisten her und werfe sie in den Weiher.

Ein typischer Fall ereignet sich knapp vier Wochen nach der Stadtverordnetenversammlung unmittelbar vor den Toren des Zoos. Die Polizei berichtet:

„In den späten Abendstunden des 15. Oktober kam es in den Grünanlagen in der Nähe des Eis- und Schwimmstadions in Riehl zu einem aufregenden Vorfall. Ein 22jähriger Mann aus Weidenpesch war gegen 22 Uhr mit seiner Braut in den dortigen Anlagen unterwegs, als die beiden plötzlich von mehreren jungen Burschen durch ständiges Anleuchten mit Taschenlampen belästigt wurden. Als der Mann sich das Treiben verbat, fielen die Unbekannten über ihn her und schlugen ihn mit Boxhieben nieder. Der 22jährige stürzte verletzt zu Boden. Auf die Hilferufe der Braut flüchteten die Rowdys."

Später stellt die Polizei „sieben Burschen im Alter von 17 bis 21 Jahren". Andere Überfälle gehen weniger glimpflich aus. Mal hauen zwei 17jährige einem Taxifahrer einen Ziegelstein auf den Kopf, um ihn zu berauben. Mal schlägt ein 21jähriger einem Kollegen einen Zimmermannshammer über den Schädel. Dann sind es zwei 18- und 19jährige, die eine Frau überfallen und ihr – laut chirurgischem Gutachten – „vier Kopfwunden, davon eine bis zur Hirnhaut durchgehend" zufügen. Kioske, Tabakgeschäfte, Lottoannahmestellen werden alle Tage von Jugendlichen überfallen, Passanten und Kneipengänger sowieso. Vor allem männliche Ortsfremde, Handelsvertreter, Geschäftsreisende, Fernfahrer zieht man gern mit einem simplen Trick ab. Wenn der Köln-Besucher abends in eine Kneipe geht, spricht ihn ein „lecker Mädche" an, turtelt und tanzt ein wenig mit ihm, demonstriert ihm die heimische Sitte des Bützens und schwärmt ihm schließlich vor, wie lauschig es draußen um die Ecke auf einem grasbewachsenen Trümmergrundstück sei. Dort bekommt der arglose Gast vom Freund des Mädchens eins über den Schädel gezogen, um ohne Brieftasche wieder aufzuwachen. Die Mädchen sind übrigens oft noch keine fünfzehn – und werden von ihren Müttern vor der Kneipe direkt dorthin dirigiert, wo der Freund mit dem Knüppel schon wartet.

16jähriger wurde niedergeschlagen

In der Polizeizelle starb er

Am 31. Oktober abends gegen 19 Uhr w....
n der Straßenbahnhaltestell.....
.eißelstraße .... .

. angetru
.stigt ha
.wiesen. l
.nten, Ruh.
.raufhin v
.en Haupt.
.ren. Der .
.d griff der
. Auseinan.
.greife
.eckt. l
. Wad
.zur
.ach v
.end l
.gene.
.en. D.
.rsuch.

Kölner Stadt-Anzeiger

Montag, 6. Juli 1953

Jugendliche überfielen einen Taxifahr

Schlimmes Ende einer Nachtfahrt. Der Fahrer wurde mit einem Ziegelstein niederges

Jugendgefängnis vonunbestimmter Dauer verurteilt

Salzsäureattentat am Hahnento

Geschiedener Ehemann schüttete seiner früheren Frau Salzsäure
ins Gesicht — Urteil: Zwei Jahre, ein Monat Gefängnis

den späten Aben.
.er wurde auf einer
.er Hauptstraße in R.
.all verübt. Der Tä.
.rad entkommen.

Wer kennt de
4. November wurde
.che Leiche, die nur m.
.war, aus dem Rh.
.hat nur wenige Tag.

KÖLNER SCHWURGERICH.

Kein Mord - aber Totschlag

Vier Jahre Gefängnis für die Tat am Flehbach

Am dritten Tag der Schwurgerichtsverhandlung gegen die des Mordes an ihrem
angeklagte 28jährige Ehefrau kamen zunächst noch zwei medizinische Sachverständ.
Wort. Die beiden Professoren der Freien Universität Berlin stellten unter anderem fe.
nachträglich nicht mehr geklärt werden könne, ob die Tat der „gemütsweichen, egozen.
und konfliktbereiten" Angeklagten ein nicht zu Ende geführter „erweiterter Selb.
gewesen sei, bejahten jedoch eine „typische Bewußtseinseinengung."

Diese sei jedoch lediglich als „erhebliche Be-
wußtseinsstörung" im Sinne einer erheblich ver-
minderten Zurechnungsfähigkeit zu werten, Im
Verhalten der Angeklagten nach der Tat (ihr
„Märchen" vom Kindesraub z. B.) verquicke
sich unbewußtes und zweckbestimmtes Verhalten derart, daß eine Grenzziehung nicht
möglich sei.

Die Frage der Schuldfähigkeit
Der Oberstaatsanwalt ließ die Mordanklage
fallen und legte die Gründe dar, nach denen
die Tat als vollendeter Totschlag anzusehen
sei. Kernfrage sei, ob die Angeklagte zur Zeit
der Tat „schuldfähig" gewesen sei. Diese juristische Frage müsse das Gericht trotz aller
Sachverständigengutachten in eigener Verantwortung beantworten. Die Frage, wie weit
einem, in einem seelischen Ausnahmezustand
handelnden Täter trotz einer Bewußtseinseinengung doch noch zugemutet werden könne,
daß er bei gehöriger Anspannung seines Ge-
wissens die Tragweite seiner Tat habe einsehen
können, treffe „die letzte Problematik alles
Strafrechts."
Bei Herabsetzung des Strafmaßes nach
§ 51 2 (erheblich verminderte Zurech.

.nungsfähigkeit) und unter Berücksichti.
Sühne fordernden Schwere der Tat b.
der Oberstaatsanwalt Totschlag.
wegen vollendeten Totschlag.
der Untersuchungshaft und .
Wegen der Höhe der Str.
gleichzeitig Haftbefehl.

G

Zweieinhalb
gelten als v Mit

Auch das Urteil lautete
.fängnis wegen Totschlags .
Untersuchungshaft und .
(zweieinhalb Jahre). Von .
nach Meinung des Schwurg.
.desheilanstalt Galkhausen .
bewiesen. Bezüglich der V.
Angeklagten zur Zeit der .
Schwurgericht vor allem a.
Gutachten gestützt und der A.
erheblich verminderte Zurec.
zugebilligt. Es sei die feste U.
Gerichts, daß bei der Angekla.
Unzurechnungsfähigkeit nicht v.
Die Verurteilte wurde in .

den
bei.
in v

„Ich habe Frau und Tochter erschlagen"

Die Bluttat von Kendenich wird vor dem Kölner Schwurgericht aufgerollt

Am 2. April 1952 trat gegen 14 Uhr ein 48jähriger Mann im Sonntagsanzug in die Wachtmeisterei des Klingelpütz. Mit verstörtem Gesicht sagte er: „Verhaften Sie mich, ich habe meine Frau und meine Tochter erschlagen."

Wenige Stunden vorher hatte dieser Mann Kendenich seine Wohnung hinter sich ab... schlossen, war auf sein Fahrrad gestiegen und ... Richtung Köln abgefahren. Hinter Rath ver... ten angeblich die Nerven, er stieg ab und ... ob das Fahrrad bis Köln. In ... ... ahrung im L...

wollen, da sei es über ihn gekommen. Er sei in die Küche gerannt, habe das alte ... ergriffen und dann ...

zwei ein, die berichten, daß ihnen die Ehef... des Angeklagten — einmal ein halbes Jahr, ... andere Mal einige Wochen vor der Tat — ein... geheimnisvollen Zettel mit Adressen gezei... habe. Angeblich Na... Mann...

Einbrüche ir... etwas wiss... r ausgehalter... habe nicht ir... mir vorwirft... hließlich, da... als siebzehn ... ... al Salzsäure ... be, weil ihr... ungen Mann ... ter und die ... Folgen, die ... ... gnis. ... fortgesetzt. Haro

---

Von Rowdys niedergeschlagen

...en späten Abendstunden des 15. Oktober ... s in den Grünanlagen in der Nähe des ... nd Schwimmstadions in Riehl zu einem ...genden Vorfall. Ein 22jähriger Mann aus ...enpesch war ... 22 Uhr mit seiner ... als ... in den dor... ...beiden plöt... ...hen durch ... ...ampen bel... ...as Treiben ... ...ihn her u... ...r Der 22j... ...die Hilfe ... ...ys. Der ... ...olizei, die ...

Burschen aufnahm. Zunächst jedoch erfolglos. Ein anderer Spaziergänger, der ebenfalls von der Gruppe belästigt worden war, konnte den Polizeibeamten aber den Aufenthalt der Täter angeben. Ecke Krefelder und Balthasarstraße wurden sieben Burschen im Alter von 17 bis ... Jahren gestellt und der Wache vorgeführt. ... ein 17jähriger, konnte kurze ...ben Wohnung fest... ...zu.

Aus Eifersucht griff er zum Hamm...

In einer Wohnung eines Hauses auf der Subbelrather Straße kam es am Samstag, 24. Oktober, gegen 10 Uhr zu einer Auseinandersetzung zwischen der Wohnungsinhaberin und ihrem 50jährigen Untermieter, in deren Verlauf der Mann die Frau durch mehrere Schläge mit einem Hammer am Kopf verletzte. Wegen persönlichen Angelegenheiten war es zwischen den beiden zu Meinungsverschiedenheiten gekommen, als der Mann plötzlich nach einem Hammer griff und der 41jährigen Frau mehrere Schlä... auf den Hinterkopf versetzte. ... es jedoch, dem ...

Der Täter schloß sich hierauf in sein Zi... ein und öffnete den Gashahn in der Ab... freiwillig aus dem Leben zu scheiden. Man ... ständigte sofort die Polizei, die das Zim... gewaltsam öffnen mußte. Der Mann war ber... bewußtlos. Wiederbelebungsversuche der Ber... feuerwehr hatten Erfolg. Die verletzte F... wurde in ein Krank... ... eingeliefert, wo ei... ...f festgestellt wurd... ...ng konnte sie ab... ...er 50jährige Man... ...enhaus eingeliefer...

...rliche Entwicklung

...n Streichen begann es — Bewaffnete 17jährige

...chte zweier Freunde, beide kaum 17 Jahre alt, war vor ...gendgericht zu hören. Mit gesenkten Köpfen standen die ...m Richter und konnten selbst nicht recht sagen, wie sie ...ochen soweit abgleiten konnten. Woran lag es?

... der eine macht den andern kalt ...

Natürlich passiert in anderen Städten Ähnliches, aber wie bei der Unfallstatistik liegt Köln auch bei der Anzahl von Gewaltdelikten in der Bundesrepublik weit vorne. Bereits 1951 hatte die überregionale Süddeutsche Zeitung in einer Sonderreportage die Überfälle auf Domstadtbesucher als regionale Spezialität charakterisiert und Köln als „Gangsterzentrale vom Rhein" bezeichnet.

„Zwischen Dom und Rhein, im Kölner Ruinenviertel – abends nur schwach beleuchtet – stehen die Lokale ‚Em Schänzge' und ‚Em Stüffge'. Lichtscheues Gesindel, Straßenräuber, Dirnen und Homosexuelle haben dort ihren Unterschlupf. Von hier aus wurden allein in einem halben Jahr 107 Raubüberfälle unternommen, die in nur 39 Fällen eine Klärung fanden."

Die Zahlen stimmen. Es sind genau die, die Kölns Polizeidirektor Winkler ein paar Wochen zuvor publik gemacht hatte. Dennoch heulte die Kölner Öffentlichkeit über den Bericht aus München zunächst auf, um dann – typisch leeve Jung – nach Ausflüchten zu suchen: Nicht immer sei ein Raubüberfall wirklich ein Raubüberfall, oft handele es sich bloß um Diebstahl. Auch seien viele Überfälle nur vorgetäuscht, häufig von Männern, die ihren Lohn vertrunken hätten und für die Frau zu Hause eine Ausrede suchten. (Auch dies ist eine Kölner Spezialität: sich mit den Ausreden anderer rauszureden.) Außerdem gebe es in Köln nun mal ein „bodenständiges Verbrechertum". Und schließlich sei es in anderen Städten mindestens genauso schlimm. Letzteres zumindest wird sich ändern.

Die „Unterwelt" in der Debatte

Im Rathaus unterhielt man sich über die unhaltbaren Zustände im Hafenviertel — Zwei Lokale sind dort Ausgangspunkt zahlreicher Raubüberfälle — „Wir warten auf Anträge", sagte der Stadtausschuß

Wie in jeder Großstadt gibt es auch in Köln eine „Unterwelt". Sie hat Stammquartiere und diese liegen in der Hafengegend. Ein Schönheitsfehler, mit dem man sich abfinden muß! Oder kann man etwas dagegen tun? — Zahlreiche Prozesse haben in diesem Jahr bewiesen, daß die Unsicherheit auf der Straße wächst, insbesondere die Zahl der Raubüberfälle und daß gewisse Lokale Ausgangspunkt solcher Verbrechen waren. Um dieses gefährliche Treiben einmal unter die Lupe zu nehmen und Vorschläge zu hören, wie man den Übelstand beseitigen könne, hatte sich die Kölner Polizeibehörde (Polizeiausschuß und Chef der Polizei) entschlossen, sich mit dem Stadtausschuß, den Fraktionsvertretern, dem Amt für Ordnungsdienst, den Gaststätten- und Hotelgewerbe, der Staatsanwaltschaft und der Kriminalpolizei zusammenzusetzen.

Was wurde beobachtet?

Stadtverordneter Burauen gab im Rathaus-sitzungssaal zunächst eine Übersicht über die Situation und berichtete über eigene Beobachtungen. „Die Bürgerschaft erwartet mit Recht eine Stellungnahme von uns" sagte er. „Wir wünschen, daß wir einen Weg finden, der eine rücksichtslose Bekämpfung dieser Auswüchse bedeutet."

In den beiden bekannten Lokalen am Rhein sei die Bedienung an Theke und Tisch außerordentlich höflich, aber die Inhaber dieser Lokale wüßten genau um ihr Publikum und wollten, was der einzelne Gast beabsichtige. Das ergäbe sich aus der Unterhaltung. Trotz eines Schildes „Tanzen verboten" werde in einem der Lokale getanzt, „ein Tanz besonderer Art, der mit in das Milieu gehört. Draußen und drinnen aber stehen die Kuppler und Spanner und warten."

Gefährlicher noch sei eine Gang von jungen, meist in Lederjacken auf Fahrrädern ausgerüstet. Kurierdienst, der sich ... strecke.

Die begehrte ...

Zu wenig Beamte

Der Polizeidirektor erklärte weiter, daß mehr Fälle aufgeklärt werden könnten, wenn mehr Beamte zur Verfügung stünden. Im Jahre 1933 habe die Sittenpolizei noch über 28 Kräfte verfügt, heute seien es nur sechs. Die Frage der Konzession der Gaststätten sei eine Angelegenheit des Stadtausschusses.

„Wir warten auf Anträge", entgegnete stellvertretender Vorsitzender Pimperts vom Stadtausschuß. „Wir würden morgen schon über Konzessionsentziehungsanträge verhandeln, aber wir brauchen Berichte, damit wir die persönliche Zuverlässigkeit der Wirte prüfen können.

Dieser Auffassung widersprach die Stadtverordnete Hartmann, Beisitzerin des Verwaltungsrates in Münster ... nach dem Bedürf... Zuver...

die Trümmer beseitigt werden ... Das Parken solle an solchen Gefahrenpunkten verboten werden ... Sechs Beamte bei der Sittenpolizei seien ein Tropfen auf den heißen Stein ... Man solle die Eigentümer der Kraftfahrzeuge durch Rundschreiben davon in Kenntnis setzen, daß der Fahrer mit ihrem Kraftfahrzeug in einer Gegend geparkt habe ... Mit der Konsequenz, daß bei der Gefahr der Beraubung bestanden habe ... wenn die Polizei mehr Spielraum habe ...

Regierungsrat Gay, Leiter der Kriminalpolizei, sagte, daß jetzt bei der Kripo 146 Beamte weniger tätig seien als in früheren Zeiten, dabei sei eine Hochflut von Metalldiebstählen zu bearbeiten. Im übrigen habe Köln ein bodenständiges Verbrechertum wie jede andere Großstadt. Zur Konzessionsentziehung bedürfe es zunächst der gesetzlichen Voraussetzungen. Razzien wären imstande, vorbeugend zu wirken, wenn man mehr Beamte hätte.

Nur zwei Autos für die Kripo

Diesen Beamtenmangel unterstrich Staatsanwalt Dr. Dünther. Es gäbe nicht nur zuwenig Kriminalbeamte, sie würden auch viel zu schlecht bezahlt, und man dürfe sich nicht wundern, wenn Kriminalbeamte, deren Einkommen niedriger liege als das eines gelernten Arbeiters, ihren gefährlichen Dienst quittierten und andere Beschäftigung suchten. Über zwei Autos verfügt die Kriminalpolizei, davon ist eines für Mordfälle vorgesehen. So trete manchmal auch ein Mangel an Fahrzeugen auf. Und eine Taxe könne man nicht nehmen. „Woher sollen die Mittel dafür kommen?"

Stadtverordneter Gérard von der KP versuchte, das ganze Problem auf die „... schaftsstruktur" zurückzuführen, aber man hielt ihm entgegen, daß sich die Angelegenheit so einfach nicht lösen lasse.

Das Ergebnis

Schließlich faßte Stadtverordneter Burauen das Ergebnis der Debatte zusammen. Ordnungspolizei, Kriminalpolizei, Staatsanwaltschaft und Stadtausschuß wollten zusammenarbeiten, um eine Säuberung herbeizuführen. Man werde auch an das Innenministerium mit ... Vorschlag herantreten mit einem ... Beamtenkontingent der ...

Zieh nicht an den Rhein!

„Gangster-Zentrale am Rhein" — Oder: So sieht eine Münchner Zeitung Köln
Aus gestellten Bildern wurde eine Räuber-Story gemacht

In der letzten Strophe des schönen Rheinliedes heißt es vorsorglich: „Entzücken fällt dich und Graus." Karl Simrock hat eben in alles gedacht, als er warnte „Mein Sohn, zieh nicht an den Rhein!" Er muß wohl auch daran gedacht haben, daß es einmal ein „Schänzge" und ein „Stülfge" am Rhein geben würden, Lokale, die den Ruf Kölns weit über die Rhein-

So stellt man sich in München den Abschleppdienst vor, wenn ein „besserer Herr" ausgeplündert werden soll.

lande hinaustragen sollten, auch nach Süddeutschland hinein, sagen wir einmal bis München, allwo in der Sendlinger Straße eine Zeitung erscheint.

Der Schlesische Bahnhof in Berlin

Der „Schlesische" war nicht nur ein Bahnhof. Leider. Er war überdies ein recht lebhaftes Viertel, und schon 1924 hat Kriminalkommissar Ernst Engelbrecht darüber ein Buch geschrieben mit dem vielversprechenden Titel „Berliner Razzien".

„Nachts bietet diese Gegend ein anderes Bild", schreibt er dort „In der Gegend am Schlesischen Bahnhof, ... und mit dem Erlöschen der Abendbeleuchtung ... strömt das Gesindel aus den Schlupfwinkeln zu dunklen Geschäften

zeigt, die stets mit ihren Mädchen zusammenarbeiten. Die Mädchen mußten die Bekanntschaft von Männern machen und sie dann von ihren Genossen, die sich als Ehemann oder Freunde ausgaben, überraschen lassen. Das arme Opfer wurde dann von dem angeblichen Ehemann und dessen Genossen übel zugerichtet und dabei all seiner Wertsachen beraubt.

So etwas hat es also immer gegeben, nicht allein in Berlin. Sogar in Köln. Und in Köln wollte es der Zufall, daß Räuber vom selben Lokal aus mehrere Male zu ihren Taten gestartet und dorthin nach vollbrachter Tat wieder zurückgekehrt waren. Das hatte den Vorsitzenden einer Strafkammer veranlaßt, bei der Aburteilung solcher Räuber das Lokal mit einem Flugzeugmutterschiff zu vergleichen.

Inzwischen sind nun im internen Behördenbetrieb große Aktenstöße Blatt für Blatt gefüttert worden, um herauszufinden, ob die Lokalinhaber mit den Überfällen in Zusammenhang zu bringen seien, wenn auch nur in einem Fall und nur am Rande der Ereignisse. Das Ende war: Fehlanzeige. Aber das Flugzeugmutterschiff geisterte seitdem durch die Lande. Die was erleben wollen, die Solingen, Düsseldorf, aus den Städten des Ruhrgebiets und wer weiß woher von Anker gegangen um was zu nächtlicher Stunde vor Anker gegangen und was nun erleben, und am Ende war wiederum: Fehlanzeige.

Selbstverständlich gibt es in Köln Raubüberfälle, und alles bleibt beim alten. Das ist nun mal der Zeiten Lauf. Selbst die beste Polizei kann daran nichts ändern. Die Aufgabe der Polizei und der Justiz kann es lediglich sein, die lichtscheuen Elemente so weit in Schranken zu halten, daß Raubüberfälle Einzelfälle bleiben.

An dieser Stelle nun müßten wir einen tiefen Schlußpunkt ans Papier bohren, wenn nicht in München, allwo eine Zeitung ... Die Zeitung brachte in ihrer Bilderbeilage am 20. Oktober 1951 eine Fotoreportage über das „Schänzge" und das „Stülfge" und schreibt dazu:

„Zwischen Dom und Rhein, im Kölner Ruinenviertel — abends nur schwach beleuchtet — stehen die Lokale „Em Schänzge" und „Em Stülfge". Lichtscheues Gesindel, Straßenräuber, Dirnen und Homosexuelle haben dort ihren Unterschlupf. Von hier aus wurden allein in einem halben Jahr 107 Raubüberfälle

Wo die Polizei versagt, tritt in der Phantasie des Münchner Fotoreporters der Wasserreiniger in Tätigkeit: „Leichte Mädchen mit Anhang werden mit kaltem Wasser vertrieben", liest man unter dem Foto.

Szene gezeigt wird, in der ein Mädchen einen Mann in den Trümmern verschw... „Das Geschäft blüht. Wieder ist ein b... Herr in der Hoffnung auf ein angene... Abenteuer in die Falle gegangen, wird damit, ausgeraubt zu werden." So liest

Dazu kann man nur sagen: Der Fotog... Filmregisseur sein.

Oder: Am Rheinufer liegt ein Toter, der Bildbeschriftung heißt es sachlich schwommt." Und dann liest man: „Totar Tag der Opfer frei. Nur ein Bruchteil brechen kann von den wenigen Bea... geklärt werden ...

Die Herren in München mögen d... Statistik nachlesen. Sie werden dann daß 1950 fast alle Raubüberfälle aufg... den sind, und 1951 bisher nahezu n... Im übrigen wollte die Kriminalp... „Raubüberfälle mit tödlichem Aus... Bild „angeschwemmt" sind und noch nicht vorgekommen.

Selbst eine Leiche fand der Fotograf am Rheinufer. „Das Opfer eines Raubüberfalls". Die Polizei erklärt dazu: Seit Kriegsende hat es kein Raubüberfall dieser Art ereignet.

trunken und versuchen auf dem Wege über die Anzeige, sie seien überfallen worden, einen plausiblen Grund zu finden, der ihnen häusliche Schwierigkeiten erspart. Die Statistik beweist, daß Köln nicht die „Gangsterzentrale am Rhein" ist, von der die Sensationsmacher schreiben.

Jahr	Anzahl der angezeigten Raubüberfälle	Gefaßte Täter
1946	380	139
1947	225	148
1948	206	51
1949	169	142
1950	165	150
1951	159	98

Gestellte Bilder

Die Münchener Zeitung veröffentlicht nun in der Bilderbeilage Fotos, von denen die meisten gestellt sind. So wird zum Beispiel ein Foto gezeigt: „Einer von vielen. Während die Polizei hundert Meter entfernt eine Raubtrieb nahm, wurde dieser (fotografierte) Mann um Mitternacht „Am Ring", einer der belebtesten Straßen Kölns, überfallen und ausgeraubt. Als ...

Der Clou aber ist der W... Rheingasse. Der Leser sieht ein Foto. Eine Serie dieser Ange... Foto der Serie beweist, daß ... unter einem Eimer Wasser ... unter dem Bild ist zu lesen ... Bewohner der Rheingasse ... sich des lichtscheuen Gesindel...

Auf den Ringstraßen wurde ein Raubüberfall gestellt.

Was sich Anfang der fünfziger Jahre abzeichnet, wird Ende der fünfziger statistische Gewißheit: Köln hat im bundesdeutschen Vergleich die höchste Kriminalitätsrate. Und das in allen Gewichtsklassen, von den Delikten der „ganz schwere Jungs" bis hin zu auch nicht ganz ungewichtigen Straftaten Jüngerer. Noch haben legendäre Unterweltgrößen wie Heinrich Schäfer alias Schäfers Nas und Anton Dumm alias Dummse Tünn ihre Karrieren nicht begonnen. Noch hat die Boulevardpresse das Schlagwort vom „Chicago am Rhein" nicht in die Welt gesetzt. (Allerdings hat die Kölner Polizei längst und verdächtig oft beteuert, Köln sei kein Chicago am Rhein.) Doch schon erweist sich das hermetische Kölner Gemütstreibhaus nicht nur als Schwitzkasten für die Erzeugung feuchteren Humors, sondern auch als Brutkasten der Gewalt. Allein der Umstand, daß Prügeleien als Bestandteil fröhlicher Gemütsfolklore gelten, führt zu einer gewissen Toleranz gegenüber Gewalttaten. Oft ist es aber auch nur Unkenntnis. Es läßt sich für den Kölner eben nur schwer entscheiden, wo der Spaß aufhört und der Ernst beginnt. Und da sich der Kölner gleichzeitig so ungern den Spaß nehmen läßt, neigt er dazu, dessen Grenzen auszuweiten.

... die ganze Affenbande brüllt

Man darf sich die Verhältnisse in der Stadt in den fünfziger Jahren generell als etwas präzivilisiert vorstellen. Schlägereien gehören zum Alltagsbild. Kleine Keilereien um oder wegen Alkohol, Frauen, Geld oder einfach aufgrund differie-

render Ansichten allgemein sind an der Tagesordnung. Solange es bei Faust- und Ringkämpfen bleibt und außer ein
paar blauen Flecken und ausgeschlagenen Zähnen keine Ver-
luste und Blessuren zu verzeichnen sind, wertet man derlei
Auseinandersetzungen als akzeptable Form des Meinungs-
austauschs. Niemand ruft deswegen die Polizei. Die kommt
erst, wenn Waffen im Spiel sind. Wobei ein Schnappmesser
noch als halbwegs legitime Argumentationshilfe gilt, solange es nicht in irgendwessen Bauch steckt. Erst bei Schußwaffengebrauch werden die Ordnungshüter rabiat – und
ballern zurück. Schießereien auf offener Straße gibt es all-
wöchentlich, häufig verbunden mit filmreifen Verfolgungs-
jagden. „Hände hoch oder ich schieße" ist keine hohle
Phrase. (Und nicht selten fehlt der Satzteil vor dem „oder".)

In Stadtteilen wie Kalk, Ehrenfeld (volksmündlich „Räu-
berfeld") oder Mülheim gibt es ganze Blocks und Straßenzüge, die man heute als „No-Go-Area" bezeichnen würde.
Dort geht „man" nicht hin, und dorthin bringt einen auch
kein Taxi. Die Fahrer weigern sich, bestimmte Gegenden an-
zusteuern. Ein heftiger Rempler von der Seite, ein langge-
zogenes Ohr mit Läppchen-Eindrehung, eine violett
gekniffene Nasenspitze oder einfach „en paar op de Mötz"
sind das Mindeste, was Ortsfremde an Wegezoll zu entrich-
ten haben. Selbst schuld, wer dort herumläuft, wo er nichts
zu suchen hat. Die Angriffstechniken sind plump, aber ef-
fektiv. Es gibt „was in die Fresse" – und fertig. Judo, Karate,
Kung-Fu, Taekwondo, Jiu-Jitsu und andere elegante Angriffs-
artistiken aus Fernost sind noch ebenso unbekannt wie aus-
gefeilte Strategien der Verteidigung, Deeskalierung oder gar
Gewaltprävention. Auch Pfefferspray gibt es noch nicht. Als
beste Verteidigung gilt der Gegenangriff. Die einzige halbwegs gültige Regel lautet: nicht unter die Gürtellinie. Dar-

 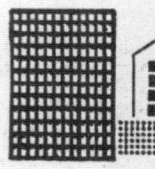
Jeder neunte Kölner ist ein schwarzes Schaf

48000 Straftaten in einem Jahr - Beängstigende Kriminalität

„Köln ist ja eine Räuberhöhle!" entsetzte sich ein Teilnehmer an der Pressekonferenz, die gestern im Polizeipräsidium am Waidmarkt stattfand. Kriminal-Oberrat Kiehne, der gerade einen ausführlichen Bericht über die Kriminalistik im vergangenen Jahr gegeben hatte, lächelte bitter. Sicherlich, es war ein harter Vergleich, aber nicht minder hart sind auch die Zahlen, die in der Statistik der Kripo säuberlich verzeichnet sind. Weit über 48 000 strafbare Handlungen in einem einzigen Jahr! Das sind auf je tausend Einwohner 64 Delikte. Etwa jeder neunte Kölner steht außerdem als mehr oder weniger schwarzes Schaf in den Akten. Es sind insgesamt 94 500 Namen. Das ist ein trauriger Rekord, der in der Bundesrepublik nur noch von Hamburg überboten wird.

Der Bericht der Kriminalpolizei bildete den Höhepunkt der Pressekonferenz, die von Polizeipräsident Hochstein geleitet wurde. Auch die Schutz- und Verkehrspolizei konnten zwar mit interessantem Material aufwarten, aber die Einsicht in die von ihnen zusammengestellten Sündenregister war zweifellos weniger deprimierend als die Lektüre des Kölner Verbrecheralbums.

Das erschütterndste Kapitel in diesem „Album" stellt die Jugendkrimi-

ist anzeigefreudiger als anderswo", meint man im Polizeipräsidium. Aber natürlich weiß man auch bei der Polizei, daß solche Erklärungen nicht der Weisheit letzter Schluß sind.

Ein Beamter je Bezirk

Der Leiter der Schutzpolizei, Direktor Leineweber, befaßte sich eingehend mit der Neuorganisation der Polizei. In seinen Ausführungen über schutzpolizeiliche Erfahrungen des vergangenen Jahres machte er bekannt, daß die bei den Organisationsversuchen verbliebenen Lücken im Kölner Raum noch geschlossen würden. Besonders sei man an der Errichtung des Bezirksdienstes interessiert. Für etwa 10 000 bis 12 000 Einwohner soll ein Bezirksbeamter eingesetzt werden, der für alle zuständigen polizeilichen Fragen, aber auch für gewerbliche Dinge zuständig sei. Mit dieser vorgesehenen

Neueinteilung würde sich die Zahl der Polizeibeamten praktisch für jeden Bezirk verdoppeln.

Mehr Fußstreifen

Mit der Verstärkung der einzelnen Polizeiwachen sei auch der Einsatz von Fußstreifen und motorisierten Kräften in verstärktem Umfang möglich. Nach und nach sollen diese Maßnahmen auf alle dafür vorgesehenen Stadtteile erweitert werden. Dazu zähle auch die geplante „Trabantenstadt" im Norden. Für die Polizeiposten Worringen, Roggendorf und Thenhoven seien ebenfalls Änderungen bzw. Verstärkungen vorgesehen.

Rufsäulen in Grünanlagen

Die Aufstellung von 80 Polizeirufsäulen habe sich bestens bewährt, erklärte Direktor Leineweber. Er hoffe, daß bald die noch fehlenden 40 Rufsäulen bewilligt und aufgestellt werden könnten. Das sei nur noch eine Frage der Finanzierung (eine Säule kostet 3000 Mark). Es sei wünschenswert, noch mehr als 120 Rufsäulen aufzustellen, um das Netz innerhalb der Stadt und den Randbezirken noch dichter schließen zu können. Der Polizei sei vor allem daran gelegen, besonders in den Grünanlagen und auch im Königsforst solche Polizeimelder aufzubauen, damit in den abgelegenen Gebieten die Möglichkeit besteht, schnell polizeiliche Hilfe herbeizurufen.

Die Beamten sind überlastet

Abschließend gab der Leiter der Schutzpolizei eine Tätigkeitsübersicht der Exekutiv-Beamten in den vergangenen Jahren. Bei der ständigen Zunahme der Bevölkerung sei auch ein erhebliches Ansteigen der Vergehen auf zahlreichen Gebieten zu verzeichnen. Obwohl man von einer Überlastung der 1200 Polizeibeamten sprechen müsse, sei man bemüht, die Bevölkerung vor allen „Bösewichten" zu schützen. Wirksame Hilfe dabei leisten die 21 Funkstreifenwagen, die zusammen mit den Funkmotorrädern ständig im Einsatz seien. Die motorisierten Helfer hätten im Jahre 1959 über 88 117 Einsätze gefahren.

Zahl der Unfälle steigt

Neben diesen Aufgaben aber obliege der Polizei noch die Überwachung des Verkehrs. Das starke Anwachsen

des Kraftfahrzeugverkehrs habe es mit sich gebracht, daß diese Überwachung nach den neuesten Erfahrungen auf eine moderne Grundlage gestellt werden mußte. Das erschreckende Ansteigen der Verkehrsunfälle habe strengere Kontrollen und Maßnahmen erforderlich gemacht. Oberkommissar Berndes zeigte an einer Statistik die Vergleichszahlen zwischen 1958 und 1959. Danach ereigneten sich im Jahre 1958 insgesamt 16 341 Verkehrsunfälle — 1959 dagegen 18 261. Das bedeutet eine Steigerung von 11,7 Prozent. Verletzte im Jahre 1958 insgesamt 6458, 1959 aber 7781. Auch hier eine Zunahme um 20,5 Prozent. Die Zahl der tödlich Verunglückten lag im Jahre 1958 bei 165, im Jahre 1959 bei 173. Das sind 4,8 Prozent mehr als im Vorjahre.

R. E./H. W.

über geht alles. Nur wenn einem ein Auge ausgeschlagen wird, berichten die Zeitungen. Sie berichten immer wieder.

Daß es in anderen Städten und Weltgegenden weniger prügelfreudig zugeht, wird den Kölnern selten bewußt und selten bewußt gemacht. Bezeichnend ist ein Leserbrief eines G. A. H. aus Tällberg in der schwedischen Provinz Dalarna im Juni 1956 an den Kölner Stadt-Anzeiger: „Am Abend des 31. Mai geschah in der Marzellenstraße etwas, das an sich kaum der Beachtung wert ist, jedoch vom Standpunkt eines Ausländers aus betrachtet, nimmt die Sache Ausmaße an und muß beachtet werden. Ein junger Ausländer, ein Freund der normalen ruhigen Lebensweise, kam zufällig dazu, als sich zwei Männer in wütendem Handgemenge auf der Erde wälzten. Sie bildeten den Mittelpunkt eines interessierten Zuschauerkreises. Das widerwärtige Schauspiel fand mitten auf der Straße statt und hielt den Verkehr auf. Der junge Ausländer, von dem natürlichen Gefühl beseelt, den unnützen Vorgang zu beenden und zwei ‚Kämpfer‘ vor Schaden zu bewahren, wollte sich zwischen die zwei werfen. Aber im selben Augenblick, in dem er sein Gefühl in die Tat umsetzen wollte, hielten ihn einige Zuschauer gewaltsam zurück, unter ihnen sogar eine Frau. Die Szene war offenbar zu schön, als daß die Umstehenden den Fortgang des Kampfes abgekürzt oder gar unterbrochen haben wollten."

Der „junge Ausländer", von dem man annehmen kann, daß er selbst den Leserbrief geschrieben hat, wird Opfer einer nachgerade klassischen Kollision der Kulturen. Das kölnische Traditionsvergnügen (samt seinen psychohygienischen Effekten) erscheint dem schwedischen Pragmatiker als „unnützer Vorgang". So unnütz, wie ihm wahrscheinlich auch der Wald filigran verzierter Filialtürmchen am Dom vorkommen muß. Hier stößt das nüchterne Zweckdenken des skandinavischen Protestantismus samt sozialem Helfersyndrom mit einem mittelalterlich geprägten Katholizismus ausgelebter Körperlichkeit zusammen. Das Resultat ist völliges Unverständnis. (Interessanterweise waren und sind übrigens in Skandinavien Zoos weitgehend verpönt, besonders wenn sie „unnützerweise" Exoten zeigen. Statt dessen gibt es vor allem Naturreservate und Wildparks mit einheimischen Tieren.)

Auswärtige Schilderungen oder gar Kommentare zur lokalen Krawalligkeit verbitten sich die Kölner. Stattdessen machen sie umgekehrt Auswärtige für die hohe Zahl von Gewalttaten mitverantwortlich. Als 1960 die Kriminalitätsstatistik eine derart deutliche Sprache spricht, daß die Kölner Polizei nicht länger schweigen kann, erklärt sie: „Es sind nicht alles eingefleischte Kölner, gebürtige oder wohnhafte, die als Bösewichter in Erscheinung treten." 94.500 Personen sind zu diesem Zeitpunkt polizeiaktenkundig. Das wäre jeder neunte Kölner, und das ist selbstverständlich undenkbar: „Viele Täter, die hier auffallen, kommen von auswärts und befinden sich hier gewissermaßen auf der Durchreise." Forderungen, die Stadtmauer wieder zu errichten, werden nach dieser Täterprofilanalyse zwar nicht laut, aber der warnende Appell ist mehr als nur implizit: Kölner, gib acht bei Fremden. Damit ist das Thema Kriminalität weitgehend erledigt. Die bundesweit gestellte Frage „Was ist mit den Kölnern los?" wird den Nicht-Kölnern überlassen. Den Kölnern drängt sich statt dessen eine andere Frage auf: „Was ist mit unserem Harri los?"

Affäre

oder: der Fall Harri

Trotz Petermanns fulminantem Fernsehauftritt in der Silvestershow 1952 gilt sein älterer Kumpel Harri (manchmal auch „Harry" geschrieben) Anfang 1953 noch als der eigentliche Star des Zoos. Zwar ist er kindlicher Niedlichkeit schon entwachsen und rührt durch sein putziges Aussehen nicht mehr die Herzen des Publikums, aber dafür beherrscht er diffizilere Kunststückchen. „Die Hauptattraktion stellt zweifellos der Schimpanse Harry dar, der nicht nur als Seiltänzer auftritt. Nunmehr will Harry mit einer weiteren zirzensischen Überraschung aufwarten, nämlich als Radfahrer", meldet der Kölner Stadt-Anzeiger zwei Tage vor Himmelfahrt im Mai. Keine drei Monate später jedoch kündigt Zoodirektor Windecker an, daß Harri Köln bald verlassen werde. Mit seinen acht Jahren komme er „ins gefährliche Alter". (Seltsamerweise heißt es im März noch, er sei fünf Jahre alt.) Sein jetziger Käfig sei dann unter Umständen nicht sicher genug, daher müsse er abgegeben werden, wahrscheinlich an den Zoo in Nürnberg, möglicherweise aber sogar nach Kairo. Bei einer exklusiven Zooführung für den Kölner Überseeclub wird der Direktor noch deutlicher: „Wenn Schimpansen älter werden, wächst bei ihnen ab und an der Hang zur Unfreundlichkeit. So muß Harry, der muntere Schimpanse, der noch vor einiger Zeit wie Peter das Entzücken aller Zoobesucher war, etwas kurz gehalten werden. Hin und wieder ist er nichtsnutzig. Man setzt ihn allein in einen Käfig. Dort hat er viel Zeit zum Nachdenken." Karzer für unwilligen Nichtsnutz? Glaubt der Zoodirektor ernsthaft, dem pubertierenden Affen mit Disziplinarmaßnahmen einer autoritären Jugendpädagogik des 19. Jahrhunderts beikommen zu können? Worüber kann ein Schimpanse nachdenken? Ein Schimpanse, von dem Windecker im selben Atemzug erklärt, man dürfe von seinem menschenähnlichen Verhalten nicht auf menschenähnliche Züge schließen – und schon gar nicht auf irgendeine Form menschenähnlicher oder menschenüblicher Kommunikation. „Er verfolgt mit einem Interesse besonderer Art die Vorgänge in seiner Umgebung, wobei es offensichtlich ist, daß für ihn die Besucher ohne Belang sind."

Ein Künstler, dem sein Publikum egal ist – das ist der Anfang vom Ende einer Starkarriere. Dennoch stellt sich die Frage, wieso Harri im Mai 1953 noch ein neues Showprogramm präsentieren kann, wenn er bereits als Risikofaktor gilt. (Schon im März hat ein aufmerksamer Reporter eine gewisse Aufmüpfigkeit in seinem Gesichtsausdruck erkannt: „Er machte ein Gesicht, als wollte er sagen: so lebe ich im afrikanischen Urwald.") Es scheint, als habe man es im Zoo zunächst einfach darauf ankommen lassen und gehofft, daß der Schimpanse noch eine Saison „durchhält". Dann aber hat es wohl einen Zwischenfall gegeben, der damals nicht öffentlich geworden ist, aber später von Direktor Windecker geschildert wird. „An einem Sonntag", so berichtet er, ohne Jahr und Datum zu nennen, „bot Harry ein Schauspiel ganz besonderer Art. Er riß sich plötzlich von seiner Leine los und raste in Richtung Stammheimer Straße. Flink kletterte er über einen Balkon in eine Wohnung. Die Familie hielt gerade ihren Mittagsschlaf. Sie wurde jedoch sehr schnell wach, als Harry die Balkontür donnernd zuschlug und vor ihr stand. Plötzlich bemerkte Harry die Wärter, die ihn verfolgten. Mit Affengeschwindigkeit schwang er sich über den Balkon auf die Dachrinne und entfloh auf die Spitze des Da-

EIN *Känguruh* FÜR DEN KÖLNER ZOO

10 000 Besucher am Sonntag – Vier südamerikanische Nudas trafen ein – Schimpanse Harry zeigt zirzensische Kunststücke

Aufgelegt für alle guten Späße: Schimpanse Harry fährt Schnelläufer.   Fotos: H. Koch

Zum erstenmal seit mehr als zehn Jahren ist im Kölner Zoo wieder ein Känguruh zu sehen. Spät am Donnerstagabend traf es ein und wurde im Rundhaus am Zooeingang untergebracht. Diesem seltsamen Vertreter der australischen Tierwelt sollen im Laufe dieses Jahres noch weitere Artgenossen, darunter auch Riesenkänguruhs, folgen.

Die Känguruhs gehören der Ordnung der sogenannten Beuteltiere an. Sie haben ihren Namen nach den an ihrem Körper befindlichen Beutel, in dem sie ihre Jungen mit umhertragen Die Jungen kommen gewissermaßen mit einer Frühgeburt zur Welt und verbleiben im Beutel der Mutter, bis sie vollentwickelt sind. Das dauert etwa sechs bis acht Monate. Auch nach dieser Zeit suchen die selbständigen Jungtiere immer noch gern ihre Zuflucht im Beutel der Mutter. Bis auf eine Ausnahme kommt diese sehr alte Tierordnung nur auf dem fünften Erdteil, in Australien, vor, und die Känguruhs sind ihre bekanntesten Vertreter.

Auffallend sind die kleinen Vorderläufe der Känguruhs und die stark ausgebildeten Hinterläufe, auf denen die Tiere sich in flotten Sprüngen fortbewegen. Das mittelgroße Rothalskänguruh des Kölner Zoos springt, wenn es sich bedrängt fühlt, in einem Satz bis zu sechs Meter. Die Riesenkänguruhs bringen es sogar bis zu vierzehn Meter Sprungweite. Der lange kräftige Schwanz dient beim Sprung als Steuer.

Vogelhauses lebt jetzt ein Spießflughuhn aus Nordafrika. In Freiheit rotten sie sich zuweilen zu riesigen Scharen zusammen, die das Land wie Heuschreckenschwärme überfliegen und sich dann an irgendeiner Stelle wieder niederlassen.

Hauptattraktion: Harry

Die Hauptattraktion im Vogelhaus aber stellt zweifellos der fünfjährige Schimpanse Harry dar, der nicht nur als Seiltänzer auftritt, sondern seine jüngst erlernten Kunststücke auf einem Schnelläufer den erstaunten Besuchern vorführt. Nunmehr will Harry mit einer weiteren zirzensischen Überraschung aufwarten, nämlich als Radfahrer.

In etwa zwei bis drei Wochen werden auch die vor fünf Wochen geborenen Braunbären zu sehen sein. Junge und Mutter befinden sich wohlauf. Auch bei den Hyänenhunden, den afrikanischen Steppenwölfen, wird Nachwuchs erwartet.

ches. Jetzt zog er seine große Schau ab. Während seine Pfleger, verzweifelt die Hände ringend, ihm nachschauten, kletterte Harry durch die geöffneten Fenster von einer Wohnung in die andere. Er genoß das Geschrei und das Durcheinander, das er verursachte, bis er wieder geborgen in seinem Käfig saß." Ausbrecher Harri wächst in dieser kurzen Schilderung binnen weniger Sätze weit über sich hinaus. Zunächst ist er nur ein kleiner, kindlicher Ausbüchser, dann wird er zum halbwüchsigen Ruhestörer und Alptraum eines geradezu paralytischen Sonntagsfriedens (eine ganze Familie im Mittagsschlaf – das muß man sich einmal vorstellen...), danach geriert er sich als tollkühner Fassadenkletterer, sorgt – wie King Kong beim Aufstieg aufs Empire State Building – gewissermaßen im Vorbeiklettern für Furcht und Schrecken in den Wohnungen, um schließlich imposant und bedrohlich wie der berühmte Riesengorilla auf dem Dach zu stehen, wo er „seine große Schau" abzieht – eine Schau, in der er sein eigener Regisseur ist. King Kong mußte von den Dächern New Yorks heruntergeschossen werden (und zwar sinnigerweise von den beiden Regisseuren des Films, Merian C. Cooper und Ernest B. Schoedsack, die in einer Nebenrolle die Hauptaufgabe übernehmen und als Doppeldeckerpiloten den finalen Fangschuß auf den Gorilla abgeben). Harri wird selbstverständlich nicht vom Dach geschossen, aber wie er auf den Boden seiner Käfigrealität zurückkommt, verschweigt der Zoodirektor.

Der autonome Auftritt auf luftiger Giebelbühne ist der Höhe- und Endpunkt von Harris Showkarriere. Im Oktober 1953 wird er verkauft. Nicht nach Nürnberg oder nach Kairo, sondern nach Arnheim, an einen Zoo, der nach starker Kriegszerstörung als offenes Terrain mit großen Freigehegen umgebaut worden ist, wo auch alternde Schimpansenstars

Montag, 24. August 1953

Kölner Stadt

ZOOLOGISCH BETRACHTET:

Harry äugte durchs Schlüsselloch

Afrikas Tierwelt in unserem Zoo — Leguane, die nur Pflanzen fressen — Der Kuhreiher listig und gehässig — Heiliger Ibis, Lehrmeister der Menschen

...vor dem Überseeklub in Köln

Der Zoo...

ferner We...

senen und...

dem Übe...

nahezub...

...lockende Abenteuer. Er hat den Ruch

...et er dem Aufgeschlos-

...r Windecker,

Dienstag, 27. Oktober 1953

Quer durch Köln

STATT „HARRI" NUN ZWEI

Straußenvögel

Emus, Flußpferde und Marabus wurden in die Kölner Zoofamilie aufgenommen - Ausbau der Terrarien beabsichtigt

Dick, faul und gefräßig sind diese Flußpferdbabys, deren behäbiges Treiben trotzdem recht possierlich ist. Die Dickhäuter sind außerst gemütlich und liebebedürftig. Am liebsten lassen sie sich von ihrem Betreuer den fetten Nacken kraulen und das Maul stopfen.

sondern sie treten. Und das sogar recht gut. Ein ausgewachsener Mann, so sagte Zoodirektor Dr. Windecker, könne dabei zu Fall kommen. Im großen und ganzen aber macht der Emu einen friedfertigen Eindruck, besonders seiner „besseren" Hälfte gegenüber. Während es der Henne überlassen bleibt, die Eier zu legen — im Durchschnitt sind es bis zu fünfzehn Stück —, behält sich der Hahn als Kavalier das Ausbrüten vor. Und das ist keine Kleinigkeit, denn immerhin wiegen Emu-Eier ihre rund 900 Gramm. Nun — vielleicht werden sich die Kölner noch eines schönen Tages selbst davon überzeugen können. Denn Ehepaar Emu scheint sich schon recht gut akklimatisiert zu haben.

Babys von 180 Pfund

Als weitere Neuankömmlinge empfehlen sich „Burga" und „Dango", zwei noch in der Freiheit geborene Flußpferde. Alter: fünf bis sechs Monate. Gewicht: rund 180 Pfund. Besondere Kennzeichen: Sie kennen keinen Widerstand. Sonstige Merkmale: Gemütlich und absolute Freunde von Nahrungsmitteln, die sich in diesem Fall auf Rindviehkost aller Art beschränken. Höhere Ansprüche stellt da-

Zwei weise Meister Marabu begrüßen den Besucher seit der letzten Woche am Zoo-Eingang. Ihre gerunzelte „Stirn" und der gewaltige Schnabel machen einen würdigen Eindruck. Fehlt nur noch die Philosophenbrille!

Petermann knabbert das Plätzchen mit Genuß. Seit sein Artgenosse „Harri" in die Niederlande ausgewandert ist, bestreitet er allein das Amt des beliebten Komikers des Kölner Zoos.

Fotos: H. Koch

Ziehharmonik

Der Ziehharmonikaspieler w

Lärms v

einen Platz finden. „Die Zoobesucher der letzten Zeit werden es vielleicht mit Kummer bemerkt haben", schreibt der Kölner Stadt-Anzeiger am 27. Oktober 1953, „der kleine Schimpanse Harri, der stets Groß und Klein in helle Begeisterung zu versetzen verstand, hat den Kölner Zoo verlassen. Er wanderte in die Niederlande aus und schickte zum (wertmäßigen) Ausgleich ein stattliches Straußenvogelpaar namens Emu. Dieweil hat sein vielumschwärmter Artgenosse Peter sein humoristisches Erbe mit Würde angetreten."

Würdevoll humoristische Erbantritte werden in Köln sonst nur bei der Prinzenproklamation beschworen. Petermanns Inthronisation als närrischster Affe zu Köln ist ein ähnlicher Akt, vergleichbar mit vielen karnevalistischen Zeremonien: Eine der Brauchtumstheorie zufolge als ironische Persiflage militärischer oder monarchischer Riten zu begreifende Veranstaltung verwandelt sich in der Brauchtumspraxis in eine Feierstunde, die bei den Beteiligten ungebrochen reale und vollkommen unironische Gefühle von Würde, Erhabenheit und Rührung hervorruft. Tatsächlich ist dies die eigentliche Kostümierung des Kölner Karnevals: daß man sein im lustigen Ritual ernstlich erschüttertes Gemüt hinter einer Maske von Ausgelassenheit versteckt, durch die nur die Augen gucken. Und in deren feuchter Verschleierung vermischen sich Tränen der Rührung mit Freudentränen zu einer emotionalen Emulsion, deren Molekularbestandteile nicht mehr zu trennen sind. Es ist – so wie bei allen Ausscheidungen des an ständigem Gefühlsüberdruck leidenden Kölners – nur eines klar: der Saft muß raus.

Affendressur
oder: die Benimmschule

Mit der Ausweisung Harris steht Petermanns Karriere nichts mehr im Weg. Mit wissenschaftlicher Hilfe wird das Publikum auf seine Auftritte vorbereitet. Ein amerikanischer Affensprachforscher namens John P. Foley macht die Kölner mit den Grundkenntnissen des Schimpanesischen vertraut und räumt mit gängigen Mißverständnissen auf. Nach zahlreichen Tests, bei denen Foley Menschen Fotos von zornigen Affen vorgelegt hatte, war er zur bestürzenden Erkenntnis gekommen, daß mehr als die Hälfte der Probanden den Ärger von Schimpansen als Freude fehldeuten. „Lacht Petermann ... oder hat er Angst?" lautet darauf die bange Frage der Kölner. Foleys Antwort kann zunächst nicht beruhigen: „Stülpt Petermann seine Lippen nach vorn – manch menschlicher Affendeuter könnte jetzt meinen, er wolle jemanden küssen –, dann ist Gefahr im Verzug. Keineswegs will er dann küssen und zärtlich sein, sondern er ist höchst aufgeregt." Foley weiß allerdings nicht, daß Zärtlichkeit und Aufregung gerade bei der kölschen Kußvariante des Bützens durchaus zusammengehen können.

Der Amerikaner reist wieder ab. Die Kölner kümmern sich nicht weiter um seine Erkenntnisse und schicken Petermann in den Hexenkessel des Abbützens, den Sitzungskarneval. In der Karnevalssession 1953/54 tourt er durch die Kölner Säle, wo – wie die Kölnische Rundschau schreibt – „die Aap wirklich die Aap macht". Sein Begleiter ist der Süßwarenhändler, spätere Prinz und Rosenmontagszugleiter Peter Schumacher, der in Sitzungen als „Wärter vum Zoo" in die Bütt steigt – beziehungsweise vor der Bütt stehenbleibt, weil er mit seinem komischen Partner zusammen gar nicht hineinpassen würde. Pitter und Pitter – die beiden sind bestens aufeinander eingespielt. Ein Dreivierteljahr lang hatte Schumacher den Schimpansen jeden Tag von 13 bis 15 Uhr im Zoo besucht, um sich mit ihm anzufreunden. „Ich dät mich am Käfig met ihm balge", beschreibt der Karnevalist seine Verständigungstechnik mit dem Affen und zeigt damit einmal mehr, wie schlagend in Köln freundschaftliche Verbindungen sind. Petermanns Aufgabe bei Schumachers Auftritt ist einfach, aber wichtig. Er liefert die Mimik zum Wort. Er soll für eine spaßige Grundstimmung sorgen, die auch dann trägt, wenn die Witze seines Kompagnons durchhängen. So steht Petermann meist im Tirolerkostüm mit Lederhose, grünem Wams und Sepplhut neben seinem Showpartner, grinst und feixt und grimassiert. Manchmal stülpt er auch die Lippen nach vorn, aber nur um einen ordentlichen Schluck aus der mitgebrachten Sektflasche zu nehmen, was den einen oder anderen Tierfreund im Publikum empört, aber in der Flasche ist nur Honigwasser. Auch sonst werden die Maßgaben von Tier- beziehungsweise Jugendschutz genau beachtet. Um 22 Uhr muß Petermann in den Zoo zurück. Auftritte, die später liegen, absolviert Schumacher mit einem Stoffschimpansen. Das Publikum hat zu diesem Zeitpunkt genug Alkohol intus, um das Plüschdouble zu akzeptieren. Weniger Akzeptanz erfährt Schumacher von den Büttenrednerkonkurrenten. Petermann stehle ihnen die Schau, beklagen sie. So sehr sie auf der Bühne den Affen machen, gegen einen echten Affen kommen sie offenbar nicht an.

Nach Harris Rückzug aus dem Showgeschäft bleibt Petermann ein Dreivierteljahr lang der einzige Schimpanse im

Kölner Zoo. Unberührt vom unzivilen Treiben im Rest der Stadt übt er sich im Erwerb ziviler Techniken – so wie alle anderen „anständigen Bürger" der Stadt. Eine Generation, die den wesentlicheren Teil ihres Lebens in Stiefeln an der Front verbracht hat, versucht sich in ersten leisetreterischen Schritten auf weichen Kreppsohlen – und schleicht sich dabei lautlos aus der historischen Verantwortung. Neue Verhaltensweisen, neue Werkzeuge, neue Wertenormen und Kulturstandards stellen eine gewaltige Herausforderung dar. Beim Essen fängt es an. Gartenpartys kommen als neue Mode aus den USA. So wie Petermann den Gebrauch des Löffels lernt, lernen die Deutschen den Gebrauch von Grillzangen. Mit der Sauberkeit geht es weiter. So wie Petermann lernt, täglich die Wäsche zu wechseln, lernen die Deutschen die hygienischen Vorteile von Synthetikunterwäsche und Nyltesthemden kennen. So wie Petermann lernt, daß er sich täglich waschen und schrubben muß, lernen die Deutschen mit Haar-Shampoo und den soeben erfundenen Deorollern umzugehen. Und mit dem Dresscode hört es noch lange nicht auf. So wie Petermann sich müht, eine schöne Schleife in seinen Hosengürtel zu machen, mühen sich die deutschen Angestellten allmorgendlich mit dem Windsorknoten ihrer Krawatten.

Petermann nimmt teil am Trainingsprogramm zur Menschwerdung eines Landes, das genauso jung und ungelernt ist wie er. Ziel der gemeinsamen Übung ist es, brav zu werden. Zumindest äußerlich, denn innere Einsicht oder sonstige Reflexionen sind nicht gefragt. Es genügt, „ene leeve Jung" zu sein. Es genügt, etwas vorzuführen, nämlich neckische Harmlosigkeit und possierliche Manierlichkeit. Der Schimpanse lernt bloßes Verhalten. Die Deutschen lernen nichts anderes. Was gehört sich, was gehört sich nicht.

Was ist brav, was ist bahbah. Instinktiv oder intuitiv wissen die Deutschen das nach dem Krieg ebensowenig wie Affen. Aber ebenso wie Affen sind sie gelehrig. Benimmbücher sind in den fünfziger Jahren Bestseller. Kurse in Tanzschulen sind überbucht. Vielfach übernehmen sie auch die Grundausbildung in der sogenannten Anstandslehre. Aber es gibt auch spezialisierte Institute wie die „Schule des guten Benehmens" in Köln-Lindenthal. Dort werden unter anderem „moderne Formen der Gastlichkeit" wie die „Cocktail-Party mit Schaschlik-Spießchen" eingeübt. („Bei einer Party wird nicht gesessen. Man steht.")

Ältere Umgangsformen aus fernen, zivilen Vorkriegszeiten sind allerdings nicht weniger erläuterungsbedürftig. Sich vorstellen, grüßen, verbeugen, die Dame vorlassen (aber nicht beim Eintritt in das unbekannte und potentiell gefährliche Terrain eines Restaurants), der Dame aus dem Mantel helfen, der Dame Komplimente machen, der Dame nicht die Speisekarte aushändigen, sondern ihr einige Gerichte aus der Karte zur Wahl vorschlagen. Und nicht zuletzt: die Dame überhaupt erst einmal kennenlernen. (Später wird sich zeigen, daß genau diese zentrale Lektion bei Petermann versäumt wurde.) Auch das wird in Tanzschulen gelehrt. Zugleich bilden sie die kompetente Instanz zur Unterscheidung des Wilden vom Zivilen, des Rohen vom Gekochten – und zur Genießbarmachung von Halbgarem. Hier wird die Kraft des Ungefügigen bei neumodischen ausländischen Tänzen („fremde Krom") zu geregelten Bewegungsabläufen sublimiert – nach dem Motto: heiße Rhythmen ja, aber gepflegt müssen sie sein. Oder wie es eine Kölner Tanzschule in ihrer Werbung in rassereinem Nazi-Vokabular verspricht: „Modetänze werden berücksichtigt, um von vornherein die Entartungen (!) beim ‚Hot' auszumerzen (!)."

Cocktail = Party = Uebung mit Schaschlik = Spießchen

Eine Sieben mit dem Finger in die Luft gemalt — Darf man sich hinsetzen? — Neues aus Venezuela — Schule des guten Benehmens übte moderne Geselligkeit in Köln-Lindenthal

Das Haus ist nagelneu und steht in Köln-Lindenthal. Es ist ganz zufällig Schauplatz einer Cocktail-Party-Übung. Wegen der Terrasse und wegen des Gartens. Terrasse und Garten sind immer gut für eine Party.

Die Cocktail-Party kennt nur Stehplätze. Müder Mann — was nun?

Zunächst trafen wir nur ein paar Herren. Sie saßen auf weichen Polstern um einen runden Tisch, und wir setzten uns dazu. Dies war falsch, wie sich bald herausstellte. Bei einer Party wird nicht gesessen. Man steht. Vielfach werden vorher die Stühle rausgetragen. Sobald man sich hinsetzt, ist die Spannung weg", sagte später Marlies Scholz, die Lehrmeisterin dieser Übungs-Party. Ihre Lehrgangsteilnehmerinnen aus der "Schule der Dame" sollten hier zeigen, wie es gemacht wird.

Zunächst allerdings waren die Damen noch in der Küche, um die Butterbrote — was sage ich — um die "Schaschlik-Spießchen" und andere Kostbarkeiten für den cocktailernen Gaumen der Party-Gäste zu bereiten. Was "Schaschlik-Spießchen" sind? Also man nehme ein Zahnstocher, spieße auf ihn allerlei scharfgewürzte Sachen, Käse und Tomaten dürfen dazwischen sein, und reiche den Spieß auf kleinem Tablett dem Gaste dar. Er wird es köstlich finden, sofern er ein geschulter Party-Gast ist, und sicher ist es richtig, daß der Cocktail nach solchem Bissen vortrefflich mundet.

Grazie am runden Tisch

Zunächst also waren die Herren fast unter sich und dachten darüber nach, wie man sich auf einer Party benimmt. Ein Gast aus altem russischem Geschlecht entwickelte seine Theorie mit der Sieben. "Man muß mit dem rechten Zeigefinger eine Sieben in die Luft malen", sagte er. "Das wirkt immer graziös!" Wir übten es — und tatsächlich: Es war, als ob die Grazie im Kreise der Männer zu Hause sei.

Wir fragten dann nach der Dame des Hauses, aber auch dieses war wieder falsch. Die Dame des Hauses und auch der Herr des Hauses hatten hier nichts zu sagen. Die Räumlichkeiten waren an diesem Nachmittag und Abend "Übungsgelände" und freundlichst zur Verfügung gestellt.

Zu sagen hatten hier die Damen des Party-Lehrgangs. Als sie sich zeigten, hätten die Herren beinahe ihre Sieben vergessen, denn die Grazie war nun leibhaftig in Erscheinung getreten. Untermalt wurde die Anmut der gastgebenden Lehrgangsdamen durch eine Reihe von Nerz-Stolen, jenen kostbaren Pelzschärpen, die der Vater einer Teilnehmerin aus Süddeutschland geschickt hatte. Die Tochter übte sich hier in der Party-Gastfreundschaft, weil sie demnächst in Barcelona eine Reihe von Partys zu arrangieren hat.

Aus dem sonnigen Caracas

Die Party hat überhaupt ein internationales Gepräge. Unter den Gästen befand sich eine Kunsthistorikerin aus Venezuelas Hauptstadt Caracas am Karibischen Meer in Mittelamerika. "Die Menschen in Amerika sind alle sehr freundlich", sagte sie, "so hilfsbereit und zuvorkommend, sie wollen gar keinen Streit untereinander aufkommen lassen. Die Menschen in Deutschland sind anders, aber sie haben etwas, was ich drüben sehr vermißt sind herzlicher!"

Die Kunsthistorikerin aus Überse bei der UNESCO, der wissenschaftl kulturellen Organisation der UNO tätig. "Ich habe da jetzt eine in Arbeit . . ."

Das richtige Gespräch im richti interessierter Gäste zur richtigen Stun zuführen, ist wohl der Kern jeder Party-Kunst. Es ist eine schwere Ku muß sich ganz zwanglos wie von un geben. Wie müssen die Gäste empfa den? Wie und was schenkt man ihnen paßt zu wem und wer möchte mit besonderes Gespräch führen? Was sonst noch bieten?

Party im Schein der Lam

Am Abend brannten die Lampions des Party-Hauses in Köln-Lindenthal. kamen und gingen, wie jeder Zeit ha kein offizielles Begrüßen und keine Verabschiedungen, es war auch zu kein "Ergebnis" zu verkünden, aber eine Menge netter Menschen kenn Meinungen und Projekte, Neuigkeiten schläge hatten sich gekreuzt.

SCHÖNES WETTER HIESIG, WOHL? — IN DER TAT!

Zur "Super-Cocktail-Party"-Dame geh artistische Fähigkeiten

Daß alles in der wohltemperierten O der Party ablief, dafür sorgten die D sich hier in der modernsten Form der keit übten, ja man möchte sagen: s beherrschten. Charmant, charmant, w Gläser herumreichten!

Zu später Stunde kamen noch ein pa von der Syrischen Gesandtschaft in Smoking.

Einige Schaschlik-Spießchen wartet

Auch Petermann wird in die Tanzschule geschickt. Um etwaigen wilden Versuchungen vorzubeugen, ist es die härteste aller Schulen: das Ballett. In ein Tutu gezwängt, turnt er an der Stange und müht sich mit Arabesque, Attitude und Retiré. Mangelnde Eleganz gleicht er durch Gelenkigkeit aus. Die menschlichen Ballettelevinnen applaudieren kichernd. Petermann schlußfolgert daraus, daß er auch auf dem Schwingboden ein fähiges Talent ist. Sein Terminkalender ist voll. Kleine Fernsehauftritte und Gastrollen macht er nebenher, Fototermine sowieso. Kein Kölner Prominenter, der ihn nicht auf den Arm nimmt. Natürlich gibt es auch eine Begegnung mit seinem spitznamentlichen Gattungsvetter „de Aap" Peter Müller, dessen „lebenslange Sperre" von 1952 zehn Monate später wieder aufgehoben wurde. Inzwischen waren dem leeven Jung wieder neue Fehltritte aus Unkenntnis unterlaufen. Bei einem Kampf in den USA spielte er zum Auftakt auf der Mundharmonika die deutsche Nationalhymne beziehungsweise das, was er dafür hielt, nämlich das Horst-Wessel-Lied. Auch Petermann betätigt sich gern musikalisch, widmet sich aber wie beim Tanz eher den seriösen und – wenn man so will – kulturell repräsentativen Formen. Auffallend dabei ist seine Abstinenz gegenüber zeitgenössischen Musikformen. Weder geriert er sich als wilder Jazzer, noch klöppelt er kindlich auf Orff-Instrumenten. Fotos zeigen ihn – natürlich im Frack – ausschließlich am Klavier. Wie er was gespielt hat, ist nicht überliefert. Möglicherweise beließ er es bei pantomimischen Fugen und Sonaten. Zugute halten muß man ihm und seinen Pflegern und Dresseuren, daß sie keine billigen Scherze mit der ästhetischen Moderne treiben. Anders als andere Zoo-Schimpansen pinselt Petermann keine abstrakten Bilder, die vorgeblich beweisen sollen, wie künstlerisch begabt Menschenaffen sind – beim Publikum aber nur umgekehrt das Vorurteil befördern, wie affenartig moderne Künstler malen. (Berühmt wurde später unter anderem der britische Schimpanse „Congo", der 400 Bilder gemalt haben soll, die angeblich für Tausende Pfund versteigert wurden. Auch Picasso soll einen echten „Congo" besessen haben. Bis heute werden Menschenaffen immer wieder von Tierpflegern und Verhaltensforschern zu Action-paintings animiert. Angeblich sollen die „wilden" Gemälde die Grenzen der Kunst und die Grenzen des Menschseins in Frage stellen. Ganz ohne Frage verschaffen die Bilder vor allem den Tierpflegern und Verhaltensforschern Aufmerksamkeit.) Auch musikalisch wiederholt Petermann nicht den damals gängigen volkstümlichen Refrain über die angeblichen Publikumsverhöhnungen der Neutöner. Dabei hätte der Schimpanse ohne weiteres ein Stück spielen können wie John Cages 1952 uraufgeführtes „4'33"", das aus drei Sätzen für beliebige Instrumente besteht, über denen die Anweisung „Tacet" steht. Sie sind also komplett tonlos. Wenn das Stück am Klavier „gespielt" wird, klappt der Ausführende den Tastendeckel auf und nach einer beliebigen Zeit (es müssen nicht unbedingt vier Minuten und 33 Sekunden sein) wieder zu. Die Herausforderung für Pianist und Publikum wäre auch eine für Petermann gewesen: einfach mal eine Weile ruhig sein.

Als Kind der Adenauer-Ära hält sich der Schimpanse an den Kanzlerslogan „Keine Experimente". Mögen andere Löcher in Leinwände schlitzen, Sätze in Wort- und Silbenbrocken spalten oder Klänge in Sinusfrequenzen zerlegen, Petermann beteiligt sich nicht an den ästhetischen Dekonstruktionen seiner Zeit. Er bleibt auch künstlerisch brav – und folgt damit dem massenkulturell breiten Trend der Zeit.

Die Zähmung des Wilden ist in den fünfziger Jahren ein umfassendes Projekt, das auch die Gestaltung öffentlicher und privater Innenräume einbezieht. Im Gegensatz zum Außenraum der Straße, wo das Gesetz des Dschungels herrscht, wird in Wohnung und Büro der Dschungel floristisch gebändigt und zur exotischen Dekoration eines braven Biedersinns gemacht. In graue Dienstzimmer und Amtsstuben ziehen eingetopfte Urwaldpflanzen wie Anturie, Dieffenbachie, Sansevierie, Gummibaum und Philodendron ein. Im trauten Heim dienen nackte Neger (und vor allem Negerinnen) aus mattschwarzer Keramik mit Echtbaströckchen um die schmalen Hüften, Edelholzspeer in der Hand, Porzellanbananenbündel auf dem Kopf oder Trommel zwischen den Knien als Tischdekoration, Wandschmuck oder Vitrinenzier. Selbst Tapeten, Teekannen und Aschenbecher zeigen Afro-Look (besonders geschmackvoll: ein wulstlippiger, geöffneter Negermund, in dem man die Zigarette ausdrücken kann). Erlaubt ist, was gefällt. Verboten sind dagegen Comicheftchen mit so vielversprechenden Titeln wie „Trommeln des Todes“, „Feinde im Dschungel“ oder „Spuren im schwarzen Sumpf“. Es handelt sich um Abenteuer des Comicserienhelden „Akim“, eines ziemlich unverhohlen nachgeäfften Tarzan-Epigonen, der aus italienischer Produktion kommt. Die Heftchen gehören zu den ersten, die die 1954 gegründete Bundesprüfstelle für jugendgefährdende Schriften indiziert mit der Begründung, sie würden „nervenaufpeitschend und verrohend wirken“ und Jugendliche „in eine unwirkliche Lügenwelt versetzen“. Derartige Darstellungen seien „das Ergebnis einer entarteten Phantasie“.

Als artgerecht gilt dagegen das, was Petermann beinahe täglich im Zoo und andernorts vorführt. In gewisser Weise trifft das sogar zu. Denn der Schimpanse ist längst von anderer Art. Doch diese Art ist schwer zu bestimmen. Ein Affe ist er nicht mehr – ein Mensch kann er nicht werden. So läppisch der prozentuale genetische Unterschied sein mag, er läßt sich nicht überwinden. Petermann bleibt in seiner Natur gefangen, auch wenn er den Zoo verlassen darf. Das Affenleben hat er zwar hinter sich gebracht. Im Menschenleben aber ist er nur ein Besucher. „Menschlichkeit ist es, die ihn vor allen anderen Tieren auszeichnet", philosophiert Zoodirektor Windecker. Das Resttier in ihm wird es sein, was ihn von Menschen auf immer trennt. Das ist Petermanns Tragik.

Ein Dreivierteljahr ist der Schimpanse ohne Artgenossen allein unter Menschen. Dann bekommt er Gesellschaft von zwei einjährigen Jungschimpansen. „Das Pärchen nennt sich Jackie und Susi", berichtet der Kölner Stadt-Anzeiger am 25. August 1954, „die beiden stammen aus Westafrika und gehören einer Hamburger Familie, die sie nun im Kölner Tiergarten eingestellt hat. Der Zoo sucht ‚edle Spender', damit die beiden Schimpansen im ‚Zolonischen' verbleiben können." Jackie und Susi sind also ein privates Expeditionsmitbringsel, wie sie damals nicht selten in den Tierparks landen. Erst drei Wochen zuvor meldete der Zoo, eine Kölnerin habe ihm ein Krokodil, einen Pinguin, eine Pythonschlange und „eine Anzahl Affen" zum Geschenk gemacht. Wahrscheinlich handelte es sich bei der Schenkerin um Corinne Stüssgen, die in der Lokalpresse hin und wieder als „Weltenbummlerin" erwähnt wird, die auf ihren Fernreisen Tiere kauft und in ihre Heimatstadt verfrachten läßt (ein Foto von ihr ist überliefert, das sie neben einem Halsbandpekari namens „Schnuckelchen" zeigt – Pekaris sind eine südamerikanische Wildschweinart).

Die lebendigen Souvenirs von Abenteuerurlaubern sind den Zoos nicht immer willkommen, auch wenn sie sich meist artig bedanken. Oft fehlt den Tierparks passender Raum, um

die unfreiwilligen Asylbewerber unterzubringen, vor allem
wenn es sich um Tiere handelt, die eine speziellere Lebens-
umgebung benötigen. Häufig lassen sich die Neuankömmlinge nur schwer oder gar nicht in eine vorhandene Gruppe
integrieren, oder es handelt sich umgekehrt um gruppenbe-
dürftige Einzelexemplare einer Art, die der Zoo gar nicht hält.
(Eine einzelne Natter im Terrarium mag ja noch angehen,
aber ein Solo-Pinguin im Wasserbecken?) Besonders heikel
sind natürlich Primaten-Präsente, vor allem, wenn sie eigentlich gar keine Präsente sind, sondern eine Ankaufoption. Im
Grunde handelt es sich dabei um Nötigung. Wer wollte die
armen Affen wieder wegschicken, wenn die Zoobesucher sie
erst einmal gesehen und ins Herz geschlossen haben. Der
„edle Spender", der dem Kölner Zoo bei Jackie und Susi aus
der Klemme hilft, ist der Bankier Eugen von Rautenstrauch.
Jackie ist jener Schimpanse, den Zoodirektor Gunther Nogge
30 Jahre später in seiner Erinnerung mit Petermann verwechseln wird. Susi ist jene Susi, die mit Petermann zusammen
1985 die Flucht versuchen wird. Die erste Begegnung der beiden Neulinge mit dem etablierten Star fällt erwartbar reser-
viert aus. Petermann streckt ihnen zwar gönnerhaft die Hand
entgegen, doch Jackie und Susi ducken sich nur ängstlich zusammen. Instinktiv erkennen sie, daß dieser Schimpanse keiner von ihnen ist, sondern einer, der zu den anderen gehört
– zu den Menschen. Umgekehrt interessieren Petermann die
beiden wenig. Sein Händedruck ist eine Geste der Menschlichkeit. Die zwei aber sind ja nur Affen. Daran wird sich
nichts ändern, weder in der Wahrnehmung der Zoobesucher
noch in der Wahrnehmung Petermanns.

Affentheater

oder: die Humorschule

Wann ist ein Affe fast ein Mensch? Wenn sich der Mensch fast zum Affen macht? Berührungspunkte gibt es. Wenn der Affe an die Grenze dessen geht, was ihm als Affe menschlich möglich ist, und wenn ein Mensch an die Grenze dessen geht, was ihn als Mensch nicht äffisch unmöglich macht, dann trennt sie beinahe nichts mehr. Petermanns Auftritte mit Peter Schumacher haben es bewiesen. Doch die waren saisonal gebunden und legitimiert durch den Ausnahmezustand des Kölner Karnevals. Ganzjährig und überregional gibt es in den sittenstrengen fünfziger Jahren nur eine Möglichkeit, sich über Anstand und Benimm hinwegzusetzen und die Zivil-Regeln menschlicher Ausdrucks- und Verhaltensweisen zu ignorieren: als Clown. Clowns dürfen frech und impulsiv sein, verletzend und verspielt, herzlich und gewalttätig, autoritär und autoritätshörig, in hohem Maß instinktgesteuert, mit einem Wort: affenartig.

Die beiden in Deutschland berühmtesten Clowns der Zeit sind der Schweizer Grock („Nit mööglich") und der Katalane Charlie Rivel („Akrobat schöööön"). Beide hatten ihre größten Erfolge vor dem Krieg, beide versuchten nach dem Krieg, an diese Erfolge anzuknüpfen. 1952 (Rivel war 56 Jahre alt, Grock schon 72) gingen sie zusammen auf Tournee durch die Bundesrepublik, wo sie im Duett die Lippen affengleich zum gedehnten ‚ööö' vorstülpten, dem Clownslaut naiv entflammten Staunens. Die Zuschauer rasten vor Begeisterung und ignorierten, daß Grock und Rivel nicht nur in der Zirkusarena, sondern ebenso im wirklichen Leben Naivität bewiesen hatten. Beide hatten für Hitler den Clown gemacht und den Applaus des Diktators genossen. Auch wenn sie keine Deutschen waren, durch ihr buntes Kostüm schienen bräunliche Flecken. Den Deutschen fiel das nicht auf, sie trugen selbst keine weißen Westen. Außerdem gingen sie ja in den Zirkus, um zu vergessen. Dennoch – oder gerade deshalb – hatte es auch etwas Beklemmendes, wie die unschuldsweiß Geschminkten über die Vergangenheit gleichsam hinwegstammelten und -grimassierten. Sie waren komisch. Aber ihre Komik hatte nichts Befreiendes. Die Maske verwies stets darauf, daß es auch hinter der Maske etwas geben muß.

Die Maske ist es, die den Clown als Menschen kennzeichnet – und alles relativiert, was vordergründig affenartig zu sein scheint. Die Impulsivität, die Spontaneität, das Ungestüme, Unbedachte, Triebhafte, der ungebremste Zorn und die ungebremste Zuneigung, die kindliche Verspieltheit und die kindliche Leidenschaft, die ausgeprägte Mimik und das schwache Sprachvermögen scheinen den Clown als engsten Geistesverwandten des Schimpansen auszuweisen. Tatsächlich aber benötigt der Clown den Schutz der Maske, um äffisch sein zu können. Die Maske jedoch ist eine menschliche Errungenschaft. Der Clown ist Rolle, nicht Person. Und er ist ein guter Clown, wenn er diese Differenz als Dialektik ausspielt, wenn er die Person hinter der Rolle ein wenig durchscheinen läßt, wenn es ihm gelingt, daß sein Publikum die Person hinter der Rolle mitdenkt. Andernfalls erschiene er nur als minderbemittelter Depp. Über Deppen lacht man, aber man applaudiert ihnen nicht. Denn Deppertheit ist keine Leistung. Leistung ist nur, etwas zu spielen, was man nicht ist. Leistung wird nur gewürdigt, wenn das Spiel als Spiel zu erkennen ist. Die Maske hilft dabei. Denn sie ist nicht Täuschung oder Tarnung. Sie ist im Gegenteil Kennzeichen und Signal, Ausweis des Uneigentlichen – und damit zugleich Lizenz fürs Eigentliche. Denn wer die Clownsmaske aufzieht, kann die Zivilisationsmaske ablegen. Im künstlichen Antlitz darf sich das wahre Gesicht des Kreatürlichen zeigen: der Mensch als Primat, ein Instinkttier der schlichteren Bedürfnisse.

Das Spaßkonzept des Clowns ist sehr komplex und damit denkbar weit von den Möglichkeiten eines Schimpansen entfernt. So oft und gern Petermanns Kunststückchen auch als clownesk bezeichnet werden, tatsächlich macht er nicht den Clown. Er kann ihn gar nicht machen, weil er keine Maske trägt, sondern nur Verkleidung. Und aus der Verkleidung guckt zweifelsfrei ein Affenkopf. Da gibt es kein hintergründiges Spiel zwischen Eigentlichem und Uneigentlichem, Künstlichkeit und Natur. Da gibt es nur einen vordergründigen Widerspruch zwischen Kostüm und Träger. Die Komik des Schimpansen ist ungeschminkt, direkt, frontal, und insofern gleicht sie nicht der eines Clowns, sondern der eines Entertainers.

Petermanns menschliches Pendant ist kein Rivel oder Grock, sondern ein Peter Frankenfeld. Der war vor dem Krieg Zauberkünstler, Handelsvertreter, Conférencier und Kabarettist, im Krieg Funker, dann in amerikanischer Gefangenschaft und unmittelbar nach dem Krieg Unterhaltungskünstler für die US-Besatzungstruppen. Dort lernte er das Tätigkeitsprofil eines Entertainers kennen: Witze machen, Sketche spielen, singen, tanzen, parodieren. Vom Kasino war es nur ein Sprung in den Hörfunk, vom Hörfunk nur ein Schritt ins Fernsehen. Ende Januar 1954 startet Frankenfelds erste große Samstagabendshow „1:0 für Sie". Dort trägt er erstmals sein berühmtes großkariertes Jackett. Das Jackett soll dem deutschen Publikum, das Unterhaltung amerikanischen Formats noch nicht gewohnt war, signalisieren: Dieser

Mann ist komisch, aber er wird es nicht übertreiben. Die
großen Karos zitieren zwar die Kostümierung eines Clowns,
doch Größe und Form der Jacke entsprechen denen üblicher
Konfektionsware. Was Frankenfeld die Karojacke ist, ist Petermann der bunte Ringelpulli. Er verweist auf eine kindliche
Spielwelt fröhlicher Ausgelassenheit, ist aber zugleich auch
praktisch, ordentlich und vorzeigbar, eine förmlich korrekte
Freizeitkleidung. Petermann tritt nicht nackt auf. Frankenfeld
trägt weder Pappnase noch Riesenlatschen. Beide demonstrieren durch zivilen Zuschnitt ihrer Kleidung, daß sie gesellschaftliche Konventionen einhalten, und deuten durch
auffällige Farben und Muster zugleich an, daß sie diese Konventionen bis an ihre Grenzen ausmessen werden. Der
Komiker wird nie zum Affen. Der Schimpanse nie zum
Kleinkind. Indem Komiker und Schimpanse bis an ihre je-
weilige Grenze gehen, berühren sie sich fast, getrennt nur
von einem schmalen Streifen DNA: ein paar Prozentpunkte,
die sie nicht gemeinsam haben. Wenn Petermann im Zoo
Luftballons aufpustet und Frankenfeld in seiner Show Luftballons rasiert, scheinen auch diese paar Prozentpunkte zu
verschwinden. Jedenfalls für einen kurzen Zeitraum. Die
Annäherung zwischen Mensch und Affe bleibt eine befristete
– und damit keine essentielle. Nach der Show verwandelt
sich der Entertainer Petermann wieder in einen nackten
Zooaffen. Frankenfeld dagegen bleibt angezogen, er wechselt
nur das Jackett.

Affentanz

oder: Rock 'n' Roll

Während in Deutschland das Vergnügen im Rahmen bleibt und dieser Rahmen – egal ob äffisch oder menschlich – immer auch ein Zeitrahmen ist, verkündet sechstausend Kilometer weiter westlich jemand temporal unlimitierten Spaß. Auch sonst scheint er es mit zivilisatorischen Konventionen nicht so genau zu nehmen, obwohl er Anzug und Krawatte trägt. Im April 1954 spielt der ehemalige Country-Sänger William John Cliffton – genannt Bill – Haley in den New Yorker Studios der Plattenfirma Decca auf der 70sten Straße den Song „Rock around the Clock" ein und besingt ein 24-Stunden-Non-Stop-Vergnügen: „When the clock strikes twelve we'll cool off then / start rockin' round the clock again." In Köln kennt man solches Verhalten bisher nur von den undressierten Pavianen auf dem Affenfelsen im Zoo: „Die sin der janzen Tag am Höppe." Doch so wie man in den USA weiß, daß „Rock and Roll" für eine nicht zuletzt kopulative Schaukel- und Drehbewegung steht, so weiß man in Köln, daß „Höppe" nichts ist, was man allein und aus schierem Bewegungsdrang tut – vor allem, wenn es von jemandem wie Horst Muys besungen wird, der für seine eindeutigen Zweideutigkeiten und frivolen Deftigkeiten berüchtigt ist. Kaum weniger berüchtigt sind aber auch die Mantelpaviane selbst, deren sexuelle Freizügigkeiten alles andere als jugendfrei sind und viele Eltern beim Zoobesuch überlegen lassen, wie sie ihre Sprößlinge in großem Bogen unbemerkt um den Sündenfelsen führen. Am besten gelingt das noch, wenn der brave Affe Petermann eine Vorstellung gibt, mit der sich die affensympathisierenden Kinder ablenken lassen. Paviane sind freizügig, Paviane sind unermüdlich rege, Paviane scheinen weder Zeit- noch Anstandsgrenzen zu kennen, Paviane sind gelebter Rock 'n' Roll. (1999 wird sich die Britpop-Band „Supergrass" anläßlich eines Besuchs des Kölner Zoos vom Affenfelsen begeistert zeigen: „They did rumpy-pumpy". Bei der Heavy-Metal-Band AC/DC gehören Filme kopulierender Paviane zur Bühnenshow.) Mit anderen Worten: Paviane sind jugendgefährdend.

Schon der Köln-Anekdotiker Hermann Ritter schilderte in seinem 1922 erschienenen Buch „Mein altes Köln" das zweifelhafte Verhalten des äffischen „Gesindels" bei einem Zoobesuch mit seinem Sohn Fritz: „Sie haben ein Gebaren, das Fritz an jene Straßenjungen erinnert, die ihn einmal überfielen und ohne jeden Grund schlugen. Auch sehen einige ganz abscheulich aus." (Allerdings hatte Fritz auch wenig Vergnügen mit einem Vorgänger Petermanns: „Der Schimpanse wird noch mit einem häßlichen alten Mann verglichen, und dann sind wir mit den Affen fertig.") Offenbar gerieren sich die Paviane wie typische – prototypische – Halbstarke. Den Begriff gab es schon zu Hermann Ritters Zeiten. Allgemeine Verbreitung findet er aber erst in den fünfziger Jahren, als Bill Haley seine neue Zeitrechnung aufstellt und der Rock 'n' Roll als deren Taktgeber auch in der Bundesrepublik das Tempo bestimmt.

Es dauert allerdings eine Weile, bis die Uhren umgestellt werden. Auch in den USA schlägt die Stunde von „Rock around the Clock" erst mit Verspätung. Als „Foxtrott" klassifiziert, erscheint der Song zunächst nur als B-Seite eines anderen Titels und verhallt weitgehend ungehört, bis ihn Filmregisseur Richard Brooks entdeckt und als Titel- und Schlußmusik für sein ebenso reißerisches wie realistisches High-School-Drama „Blackboard Jungle" verwendet. Im März

1955 hat der Film in den USA Premiere, im Oktober kommt der „Schultafel-Dschungel" unter dem Titel „Die Saat der Gewalt" in die bundesdeutschen Kinos. Das Publikum ist vorbereitet. In Wochenschauberichten aus den USA werden zertrümmerte Kinosäle, Straßenschlachten mit der Polizei und anscheinend infektionskrampfgeschüttelte Jugendliche gezeigt, die im Interview anschließend keuchend behaupten, ihr konvulsivisches Zucken sei ein Tanz. „Rock 'n' Roll", erläutert der Kommentator, „ist der Veitstanz des 20. Jahrhunderts, für den es keine Medizin gibt, sondern nur noch den Wunsch auf baldige Genesung."

In der Bundesrepublik kann von epidemischer Wirkung zunächst keine Rede sein. Die Filmbewertungsstelle vergibt für „Die Saat der Gewalt" sogar das Prädikat „wertvoll". Der Film wird als aufrüttelnde Kritik an einer zunehmenden Amoralität und Gewaltlust von Jugendlichen und deren „Attacke auf die Gesittung" beurteilt. Die Darstellung sei drastisch, aber man habe schon grausamere Filme gesehen. Im übrigen könne man die Verhältnisse in den USA kaum auf die Bundesrepublik übertragen. Nur der Kölner Filmkritiker Kurt Weinhold – als kompetenter Kinogänger hat er einen ganz anderen Weitblick als seine Mitbürger – schreibt: „Man tröste sich nicht damit, daß dies alles exzeptionell und ausgesprochen amerikanisch sei – das Potential ist auch in unseren Großstädten vorrätig."

Noch aber ist dieses Potential nicht aktual. Der Rock 'n' Roll rund um die Uhr ist nach zwei Minuten zehn Sekunden beendet – wenn die Abtastnadel der Jukebox das Ende der Rille erreicht hat. Noch ist Bill Haleys Song nur eine Platte. Noch ist die Platte keine Hymne. Noch sind selbst die wildesten Tanzfiguren keine Jugendbewegung, die die Zeit rund um die Uhr bestimmt und den begrenzten Raum des Tanzlokals sprengt. Doch schon operieren viele Jugendliche zunehmend an den Grenzen von Zeit und Raum, einfach indem sie sich an undefinierten Orten zu unbestimmtem Nichtstun versammeln. Sie lungern an Straßenecken herum, versenken die Arme bis zu den Ellbogen in den Hosentaschen und gucken Löcher in die Luft. Allein diese demonstrative Nichtsnutzigkeit macht sie der Effektivitätsethik von Wiederaufbau und Wirtschaftswunder verdächtig. Was wollen die, die nichts zu wollen vorgeben? Haben die keine Ziele? Keine Ideale? Und wenn sie die schon nicht haben, haben sie denn wenigstens Benimm? Benimm, wie ihn sogar ein Affe haben kann...

Ungehorsame Jugendliche gibt es Mitte der fünfziger Jahre in jeder bundesdeutschen Stadt. Aber nur in Köln gibt es einen gehorsamen Affen. Und so gibt es nur hier eine merkwürdig gegenläufige Entwicklung. Während der Affe eine Sozialnorm nach der anderen erlernt, legt die Jugend eine Sozialnorm nach der anderen ab. Die Jugend wird immer wilder, der Schimpanse immer braver, obwohl er – biologisch – langsam in die Flegeljahre kommen müßte. Doch eine wissenschaftliche Untersuchung seines seelischen Gleichgewichts kommt zu dem beruhigenden Resultat: Petermann ist weiterhin sozialverträglich. Ende März 1955 stattet ein gewisser Professor Debrunner – der Zoo präsentiert ihn der Presse als Zürcher Kapazität der Tierpsychologie – Petermann einen Besuch ab und liest in dessen Hand, um seine „nervliche Beschaffenheit" zu erkunden. Der Schimpanse läßt die Prozedur ein wenig nervös, aber ohne Murren über sich ergehen. Nachdem der Spezialist auch noch Fingerabdrücke von Petermann genommen hat, stellt er fest: „Petermann ist ein gutmütiger Kerl." Der Professor ist zufrieden und gibt grünes Licht für weitere publikumsnahe Auf-

Nicht die Polizei interessiert sich hier für Petermanns Fingerabdrücke, sondern ein Schweizer Wissenschaftler, Professor Dr. Debrunner (links im Bild). Schimpanse Petermann begriff zwar nicht, weshalb man ihm die Hände schwärzte und dann ein Stück Papier darauf legte, aber er ließ es geduldig über sich ergehen. Und nachher bestätigte der Herr Professor, als er sich die Handlinien auf dem Papier besah: „Petermann ist ein gutmütiger Kerl."

Fotos: H. Koch

tritte. Man könne nämlich, erklärt er, durch die Analyse der Handlinien mit ziemlicher Gewißheit feststellen, ob dieser oder jener Affe ein freundliches oder ein aggressives Wesen habe.

Der Professor und sein manueller Verträglichkeitstest kommen zur rechten Zeit, denn zwei Wochen zuvor ist ein weiterer Schimpanse – ein Flaschenbaby noch – im Kölner Zoo eingezogen. Die offenbar nach wie vor reiselustige und spendierfreudige Corinne Stüssgen hat ihn von einer ihrer Afrikatouren mitgebracht. Cornelius heißt der kleine Affe, der mit dem deutschen Edelholzfrachter „Hildegard Z. Nimtz" aus Liberia kommt. (Merkwürdigerweise ist die Anreise von Cornelius – anders als die von Petermann – genau dokumentiert. Dafür wird man von dem kleinen Affen selbst nie wieder etwas hören.) Petermann empfängt den Artgenossen so, wie er schon Jackie und Susi empfangen hat, nämlich als Wesen anderer Art. Wieder ein Affe, mit dem er zusammen wohnen soll? Verträglich, wie Petermann ist, reagiert er auf die Zwangsgemeinschaft mit einem minderbemittelten Babyprimaten, die ihm seine menschlichen Freunde zumuten, mit freundlichem Desinteresse. So wie Kölner auf Fremde zunächst eben reagieren.

Affenaufstand
oder: Randale

Der Affe wird für sein menschliches Verhalten gelobt, die Jugend dagegen tadelt man als affig. Erst bezeichnet man nur ihre Kleidung und ihr Auftreten so. Dann gelten ihre Rhythmen und ihre Art, sich dazu zu bewegen, als „Affenmusik" und „Affentanz". Und schließlich nennt man die Jugendlichen selbst so: Affen. Halbstarke Affen. Ohne Anstand, ohne Benehmen, ohne Respekt. Sie grüßen nicht, sie machen weder Knicks noch Diener, sie bieten älteren Herrschaften keinen Platz in Bahn und Bus an. Statt ihr Haar brav zu scheiteln, verkleistern sie es mit Brylcreem zur Entenschwanzfrisur. Statt Cordknickerbocker und Karohemden tragen sie Nietenhosen und Lederimitat. Statt gedämpft düdelnder Schlager hören sie laut hämmernden Rock 'n' Roll – und üben sich ansonsten in Verweigerung. Sofern es sich überhaupt um Verweigerung handelt. Denn es könnte auch Ohnmacht sein. Eine Ohnmacht wie die des Jim Stark alias James Dean, der zu Beginn des 1955 gedrehten Films „... denn sie wissen nicht, was sie tun" volltrunken auf den Asphalt schlägt und neben sich im Dreck ein Äffchen entdeckt, ein Aufziehplüschtier, das in seinen letzten Zuckungen zittert. Behutsam nimmt Stark den Spielzeugaffen, bereitet ihm ein Lager am Straßenrand, deckt ihn fürsorglich mit einer Zeitung zu und legt sich selbst daneben. Der „halbstarke Affe" zeigt Affenschwäche. Und diese Affenschwäche ist menschliches Mitgefühl. Ein Solidarakt von Dressiertem zu Dressiertem, beide aufgezogen von der Spannfeder innerer Ruhelosigkeit, beide am Ende erschöpft von sich selbst. Als der Film in die Kinos kommt, ist James Dean bereits tot.

Ohnmacht oder Verweigerung oder beides? Im Frühjahr 1956 jedenfalls erwachen Deutschlands Söhne (und ihre „Bräute") aus ihrer Tatenlosigkeit, holen ihre Maschinen und Maschinchen, deren Auspuff sie während des Winters aufgebohrt haben, aus Schuppen und Kellern, schwärmen aus und schlagen Krach. Nach einem dauerfrostigen Februar mit einer Durchschnittstemperatur von fast minus sieben Grad kommen Jugendliche und Frühling in Köln jedoch nur langsam auf Touren. Zunächst scheint alles seinen kontinuierlichen Gang des Nachkriegsfortschritts zu gehen. Wie jedes Jahr vermeldet der Zoo kurz vor Ostern Neuerwerbungen und Nachwuchs (zwei Sattelziegen, zwei Milchschafe, ein Mähnenschaf, ein Zackelschaf, drei Kamerun-Zwergziegen, eine Elen-Antilope, ein Wüstenfuchspärchen, eine ungenannte Zahl Abdim-Störche, drei Kahnschnäbel, ein Zebra, ein Känguruh). Doch in den Grünanlagen ist die Frühlingsstimmung getrübt. Denn dort – meldet der Kölner Stadt-Anzeiger – gibt es „nicht nur grünende Sträucher und blühende Blumen, nicht nur Vögel und Kleinwild, sondern auch Menschen, – besonderer Art." Zehn- bis Zwölfjährige werden offenbar von ihren Eltern ausgeschickt, um Weidenkätzchen und Haselnußzweige abzuschneiden und nach Hause zu bringen. Ältere Kinder betätigen sich als „Laternenstürmer" und schmeißen mit Steinen die öffentlichen Lichter aus. Daneben verzeichnet die Zeitung die Zunahme von „Strauchrittern", die Liebespärchen überfallen, die ihr Auto weit von Laternen entfernt hinter dunklem Gebüsch am Parkrand abstellen, um unbeobachtet knutschen zu können. „In Düsseldorf haben, wie bekannt, solche autoparkenden Pärchen in zwei Fällen auf gräßliche Art ihr Leben lassen müssen, ohne daß es bisher gelungen ist, den Mörder zu fassen", warnt die Zeitung (und weiß dabei genau, daß Düsseldorf von Köln aus gesehen sehr, sehr weit weg ist). Resümee des Artikels: „Man sollte mehr noch als bisher auf diese Halbstarken achten." Die pauschale Subsumierung von zehnjährigen Strauchdieben und brutalen Mördern unter der Bezeichnung „Halbstarke" deutet darauf hin, daß Bedeutung und Gebrauch des Begriffs zumindest in der Kölner Presse Anfang 1956 noch nicht ganz klar sind. Tatsächlich war zuvor meist nur von Rowdys, Rüpeln oder Verwahrlosten die Rede. Offenbar fürchtet man, mit dem Begriff „Halbstarke" nahezulegen, daß es sich nicht um Einzeltäter, sondern um eine Bewegung handelt, von der man bisher nur aus New York, London oder höchstens Berlin gehört hat, die aber in Köln unvorstellbar ist – jedenfalls für die Kölner.

Zu den Besonderheiten der Kölner Perspektive – mit dem Gesicht zum Dom und dem Rücken zur Welt – gehört es, Erscheinungen und Erkenntnisse von außen nur sehr spät und beschränkt wahrnehmen zu können und noch später und beschränkter auf die eigene Stadt anzuwenden. So wie man vor einer globalen Gehorsamsverweigerung der Jugend die Augen verschließt, so ist man blind für die absurden Gehorsamsübungen, die Petermann abverlangt werden. Wenige Tage vor den Attentaten aufs sprießende Strauchwerk in Kölns Grünanlagen ist der Frankfurter Zoochef Bernhard Grzimek zu Besuch in der Stadt und diskutiert bei den auch überregional bekannten Mittwochsgesprächen, die der Buchhändler Gerhard Ludwig seit 1950 im Wartesaal 3 des Hauptbahnhofs veranstaltet, zum Thema „Sind die wilden Tiere im Zoo glücklich?". Grzimek hält ein engagiertes Plädoyer gegen die Vermenschlichung von Tieren und für eine artgerechte Zootierhaltung. Schon der Begriff „Glück" sei eine unangebrachte Kategorie des Menschlichen, die sich im Umgang mit Tieren verbiete, zumal der Mensch selbst ja kaum wisse, wann und warum er glücklich ist: „Ist unser Glück abhängig von der Freiheit im weitesten Sinne, von der Unabhängigkeit, von der Selbstverfügung? Oder wird es von der Geborgenheit einer Ordnung bedingt?" Die Frage ist nicht nur eine der wesentlichen Fragen der Zeit (und ihrer Philosophie des Existentialismus), sie könnte auch die Kernfrage sein, deren Beantwortung zur Selbsterkenntnis der Kölner führte. Denn Unabhängigkeit in Geborgenheit ist nicht nur die Lebensdevise auf dem Pavianfelsen „am Äng" im Zoo, es ist das Motto des insularen Selbstverständnisses aller Kölner.

Grzimek erklärt: „Wir projizieren unsere Sehnsucht nach einem Leben ohne Vorschriften, Gesetze, Verbote, grüne und rote Ampeln auf die Tiere." Doch die wilden Tiere seien keineswegs frei und ungebunden, sie hätten Reviere und Rangordnungen, an die sie gebunden seien. Deshalb – so schließt der Frankfurter Zoodirektor seine Ausführungen in Köln – könne man die wilden Tiere im Zoo nicht unglücklich nennen. Dagegen seien wir Menschen im „Dickicht der Städte" vielleicht unglücklicher, als wir wüßten. Die Kölner beklatschen den Zoologen, verlassen den Wartesaal 3, werden am Bahnhofsvorplatz von den stets dort herumlungernden Jugendlichen angepöbelt, laufen durch den nächtlichen Großstadtdschungel unter erheblicher Gefährdung durch einen weitgehend ampelungeregelt rasenden Verkehr nach Hause und spazieren am nächsten sonnigen Sonntag wieder in den Zoo, um sich über den ehemaligen Urwaldexilanten und jetzt wohldressierten Petermann zu freuen – und erkennen nicht, daß Grzimek genau das gemeint hat.

Am 12. Juli 1956 kommt es im West-Berliner Arbeiterbezirk Wedding zu einem Straßenkampf zwischen der sogenannten „Totenkopfbande" und der Polizei, die ein Tanzlokal räumen will. Sieben Jugendliche werden festgenommen. Ein Wochenende später wiederholt sich das Ganze. 200 Motorradfahrer lassen ihre Maschinen vor dem Lokal aufheulen, 150 Jugendliche blockieren die Straße und veranstalten auf den Karosserien der parkenden Autos ein infernalisches Blechtrommelkonzert.

DIE HALBSTARKEN

MODE ODER PROBLEM? — EINE UMFRAGE

Foto: H. Held

Sind sie wirklich so schlimm, wie es manchmal den Anschein hat?

Zweihundert Jugendliche rotten sich in Hannover gegen die Polizei zusammen. In München, Bremen, Frankfurt und Düsseldorf geschieht Ähnliches. In Berlin kommt es sogar zu Straßenschlachten zweier verschiedener Horden, von denen sich eine als „Totenkopfbande" tituliert. Die „Halbstarken" gehen um. In Wirklichkeit und als beängstigendes Spukbild in den Köpfen vieler Erwachsener. In Berlin und Castrop-Rauxel genügt dann ein bißchen Tanzmusik, um die Horden zu zähmen. Ist das Wort von den „Halbstarken" nur ein Schlagwort? Mode oder Problem? Wie ernst ist die Lage wirklich? Das öffentliche Gespräch über die „Halbstarken" ist jedenfalls auf dem Höhepunkt angelangt. Welche Meinungen werden vertreten? Wir haben uns einmal danach umgehört.

„Zunächst einmal", sagt ein Psychologe, „ist das Problem international. Halbstarke machen heute ebenso München wie Rom, New York wie Moskau, London wie Wanne-Eickel unsicher. Man kann also nicht, wie gemoderner Pädagogik wird. Es ist Wasser auf die verschiedensten reaktionären Mühlen. Schon hört man wieder die dümmsten und falschesten Ansichten von vorgestern. Mit der starken Hand kann man vielleicht eine Zueinfach zu leicht an ihre verdammten Radauräder! Durch die Technik fällt eben heute alles gleich mehr auf." — „Ich warne davor, das Phänomen zu unterschätzen!" sagt eine Ärztin. „Lesen Sie nur die Berichte in den

Am 5. August kommt es im Münchner Stadtteil Au zu einer Straßenschlacht zwischen Halbstarken und Polizei. Die Jugendlichen sind sauer, weil bei einem Autoskooter auf der „Auer Dult", dem traditionellen Jahrmarkt, Punkt 20 Uhr Verkehrsstopp ist und die Lichter ausgehen. Elf Jugendliche werden verhaftet.

Am 13. August blockieren in Hannover mehrere hundert Jugendliche den Verkehr auf einer zentralen Kreuzung, verprügeln Passanten und drücken Zigaretten auf deren Kleidung aus. Acht Jugendliche werden festgenommen.

Am 14. August verprügeln 50 Halbstarke die Gäste eines Wirtshauses am Münchner Stadtrand. Tags darauf gibt es eine Straßenschlacht an der Isar.

Am 18. August kommt es im Stadtwald von Hannover zu einer Schlacht zwischen 200 Jugendlichen und der Polizei.

Am 19. August liefern sich in Nürnberg Jugendliche mit der Polizei eine Saalschlacht bei einem Tanzcafékonzert.

Am 23. und 24. August blockieren etwa 2000 Jugendliche in Braunschweig den Verkehr. 16 Jugendliche werden festgenommen.

Am 24. und 25. August versuchen 100 Jugendliche in München ein Polizeirevier zu stürmen.

Am 29. August blockieren 200 Jugendliche in Düsseldorf den Verkehr. Zwölf Jugendliche werden festgenommen.

Am 1. September randalieren 100 Jugendliche in Frankfurt.

Am 4. September geht es erneut in Düsseldorf rund. Eine Gruppe von 300 Jugendlichen blockiert gewaltsam den Straßenverkehr im Bahnhofsviertel. Die Ausschreitungen werden „als die schlimmsten bisher" bezeichnet. Polizeiberichten zufolge soll eine „illegale Jugendorganisation", die sich „Die schwarze Hand" nenne, die Randalierenden gesteuert haben.

Auffallend sei in diesem Zusammenhang, daß ein großer Teil der beteiligten Jugendlichen von Kopf bis Fuß schwarze Kleidung getragen habe (aber dennoch offenbar keine „Löstige Afrikaner" sind). Den Verdacht, daß die Krawalle von Kommunisten gelenkt werden, bezeichnet die Polizei als voreilig. Die Deutsche Nachrichtenagentur allerdings meldet, daß die Jugendlichen von „mehreren älteren Leuten" gesteuert worden seien. Auch habe man Fahrzeuge beobachtet, aus denen heraus Unbekannte „Befehle erteilt" hätten.

Am 7. September erscheinen die Ereignisse in der Bundesrepublik selbst aus Kölner Perspektive derart besorgniserregend, daß man sich dazu durchringt, sie nicht mehr zu ignorieren. Wagemutig beschließt die Redaktion des Kölner Stadt-Anzeigers, einen Reporter über die Stadtgrenzen hinaus in unbekanntes Terrain zu schicken. Nach Düsseldorf. Mehr als drei Jahre war es her, daß Kölner Journalisten die Nachbarstadt besucht hatten. Ende 1952 hatten Reporter der Kölnischen Rundschau unter dem Motto „Journalisten bauen eine Brücke" eine – wie es hieß – „erste Fühlungnahme, aus der dann ein permanenter Konnex beruflicher und menschlicher Art erwachsen soll", unternommen. Natürlich verlief die ambitioniert gestartete bilaterale Annäherung in den Folgejahren im Sande.

Die Affen der anderen
oder: im Dschungel von Düsseldorf

Am 12. September 1956 veröffentlicht der Kölner Stadt-Anzeiger in der Rubrik „Blick in die Zeit" eine Sonderreportage aus Düsseldorf, die so umfänglich ist, daß sie die gewohnte

Seitenordnung der Zeitung sprengt. Das geschieht sonst nur bei der Berichterstattung über die Umzüge an Rosenmontag und Fronleichnam. Der Ausnahmefall wird in der Einleitung des Berichts ausführlich begründet: Angesichts der zunehmenden Zusammenstöße zwischen Halbwüchsigen und Polizei und einer „aufbauschenden Berichterstattung" wolle man selbst an Ort und Stelle nachforschen, wie Halbstarkenkrawalle entstehen. Noch vor der eigentlichen Feldstudie wird eine Vielzahl von Möglichkeiten erwogen. Handelt es sich um erboste, „kürzlich aus einem Sportverein ausgeschlossene Boxer"? Oder gehören sie zur „verbotenen kommunistischen FDJ"? Oder sind es grobianische Anhänger jener fragwürdigen neuen Philosophie namens Existentialismus?

Das Resultat der Nachforschungen ist in der Bewertung der Ereignisse durchaus moderat und differenziert, in deren Schilderung allerdings voller kurioser Ungereimtheiten. So findet der Kölner Sonderreporter in Düsseldorf einerseits zwar heraus, daß weder Autos oder Schaufenster demoliert noch Menschen verletzt worden sind und also „eigentlich gar nichts geschah". Andererseits hält er es für „bewiesen", daß die Aktionen vorbereitet und organisiert gewesen seien. Organisierte Aktionen eines „eigentlichen Nicht-Geschehens"? Bei der zentralen Frage, wie die Krawalle entstanden sind, kann der Investigativ-Ermittler nur spekulieren: „Gerüchte wußten von Erwachsenen zu erzählen, die mit Megaphon und Begleitwagen die Sache dirigiert hätten." Eine schon praktisch-realistisch betrachtet einigermaßen absurde Vorstellung. Wie sollen Fahrzeuge eine Randale „begleiten"? Ausschreitungen sind schließlich kein geordneter Umzug, bei dem eine Fahrspur für Begleitfahrzeuge freigehalten wird.

Der Reporter des Kölner Stadt-Anzeigers will es genau wissen und fragt sich bei den „Halbwüchsigen" durch, bis er in einer Spielhalle in der Altstadt landet: „ein etwas finsterer Raum, in dem grell bunt erleuchtete Apparate nebeneinanderstehen". Grellbunte Finsternis? Es scheint sich um ein Panoptikum der Paradoxien zu halten, wie es in den volkstümlichen Versen „Dunkel war's, der Mond schien helle" bedichtet wird. Aber die Eindrücke werden noch widersprüchlicher. „Aus zwei Musikboxen in verschiedenen Ecken ertönt gleichzeitig dröhnende Musik: ‚Rock around the clock' und ‚Sag nicht immer Dicker zu mir'." Da erweitert sich die Düsseldorfer Spielhölle offenbar zum Gesamtkosmos des bundesdeutschen Populärmusikgeschmacks, dessen Lichtjahre voneinander entfernt liegende Extremregionen sinnigerweise in gegenüberliegenden Ecken lokalisiert werden: hier die schlechthinnige Rabatz-Schaffe von Bill Haley aus den USA, dort die populäre Humpta-Polka des Stimmungsliederkomponisten Hans Arno Simon, der 1954 mit „Anneliese" den ersten deutschen Millionenverkaufshit gelandet hatte. Exakt dazwischen findet der Reporter die aufmüpfige Jugend am Flipper beziehungsweise – wie es im Bericht mysteriös heißt – an einem „Kugelspiel" mit „elektrischen Prellböcken". Ohne Furcht vor dem elektrischen Mysterienspiel begibt sich der Journalist selbst an den Apparat, spielt eine Runde und gewinnt auf diese Weise das Vertrauen der Jugendlichen, die ihm schließlich stecken, daß die „Roten Teufel" hinter den Krawallen stecken. Er solle sich vor denen aber hüten, denn das seien alles Boxer.

Boxende Düsseldorfer stellen für schlagfertige Kölner seit den ersten Nachkriegsfaustkämpfen 1945 keine ernsthafte Bedrohung dar. Also scheut sich der Zeitungsmann nicht, den „Roten Teufeln" zu begegnen. Er eruiert, daß sie

Schwarze Hand und Rote Teufel

Abendlicher Besuch bei Düsseldorfer „Halbstarken": Jugendliche, um die sich keiner kümmert

Von unserem Redaktionsmitglied Dieter Thoma

In der vergangenen Woche ereigneten sich in Düsseldorf Zusammenstöße zwischen Halbwüchsigen und der Polizei. Diese Vorgänge erhielten durch aufbauschende Berichterstattung einen politischen Beigeschmack. Da ähnliche Zusammenstöße aus verschiedenen Städten der Bundesrepublik gemeldet worden waren, beauftragte der Kölner Stadt-Anzeiger einen Redakteur, an Ort und Stelle nachzuforschen, wie „Halbstarken-Krawalle" entstehen. Das Ergebnis seiner Feststellungen stimmt mit den bisher aus anderen Städten des Bundesgebietes vorliegenden Berichten überein.

„Aufruhr, Landfriedensbruch, Bombenanschläge, Attentate" steht auf der Mappe, die ich im Archiv erhielt, als ich nach Material über „Halbstarke" fragte. Der bayrische Innenminister forderte bereits offiziell Gewaltmaßnahmen gegen diese „Seuche". In den betroffenen Städten klingeln die Telefone der Polizeigewaltigen Daueralarm. Am Apparat: Journalisten, Eltern, ängstliche Bürger. Wenn zehn Jünglinge gemeinsam über die Straße gehen, sieht man ihnen nach und flüstert: „Halbstarke".

Vorbereitet — keine Flugblätter

Aufruhr — Landfriedensbruch — Bombenanschläge ...

Bei den Ereignissen in Düsseldorf, die in den vielen Berichten als „die schlimmsten bisher" dargestellt wurden, geschah eigentlich gar nichts. Kein Schaufenster zerbrach, kein Auto

TULA *Steuerbegünstigte Zigarette nur 7½ Pf.* — blond —

wurde demoliert, kein Mensch geschlagen. Die Jugendlichen zerstreuten sich sofort, als die Polizei gegen die Ansammlung vorging.

Gerüchte und Berichte wußten von Erwachsenen zu erzählen, die mit Megaphon und Begleitwagen die Sache dirigiert hätten. Von Flugblättern politischen Inhalts, die zu jener Ansammlung aufgefordert hätten. Aber niemand hat einen dieser Männer gesehen, kein Polizist, kein Zuschauer, kein jugendlicher Teilnehmer. Und von einem Flugblatt weiß erst recht keiner etwas.

Bewiesen ist dagegen, daß jenes vielbeschriebene Treffen der Jugendlichen am Hauptbahnhof vorbereitet und organisiert wurde. Da erhielten z. B. einige Journalisten an diesem Tage geheimnisvolle Anrufe:

„Kommen Sie mal zum Bahnhof, da ist was los!" sagte eine Stimme.

„Was denn?"

„Das werden Sie schon sehen!"

„Wer ist denn da?"

„Hier ist die „Schwarze Hand«!"

„Und wer ist das?"

gescheckt angezogen. Ich biete ihm eine Zigarette an.

„Nein danke", sagt er.

„Warum nicht?"

„Ich rauche nicht", meint er und zieht die Schultern hoch. „So'n Grundsatz".

Als er dreimal gewonnen hat, frage ich so nebenbei: „Wieder Rabbatz heute abend?"

„Kann schon sein", sagt er und macht mit einem Stoß 270 Punkte.

„Und wann?"

„Mensch, ich hab zwei Freispiele", lacht er und boxt mich in die Seite.

Wo und wann Rabbatz ist, erfahre ich nicht. Ich höre es erst später „an der Quelle". An einer Kaufhausecke sollte was los sein. Es war aber nichts los, und da sind eben alle Jugendlichen wieder nach Hause gegangen.

Ich frage meinen Partner am Spieltisch: „Schon mal was von der »Schwarzen Hand« oder den »Roten Teufeln« gehört?"

Ein mißtrauischer Blick. „Ja — warum?"

„Ich möchte gern mal hin, ich bin von der Zeitung."

„Da passen Sie aber auf, wenn Sie dem Boß von den »Roten Teufeln« dumm kommen ..."

„Was dann?"

„Wenn dem einer dumm kommt, den macht er fertig. Das sind fast alles Boxer."

Ich erfahre dann noch, daß sich die Herren „Roten Teufel" vielleicht heute abend an einem Platz am Hafen versammeln. Für die „Schwarze Hand" ist mein Nachbar nicht zuständig. „Vielleicht treffen Sie einen um 8 Uhr am

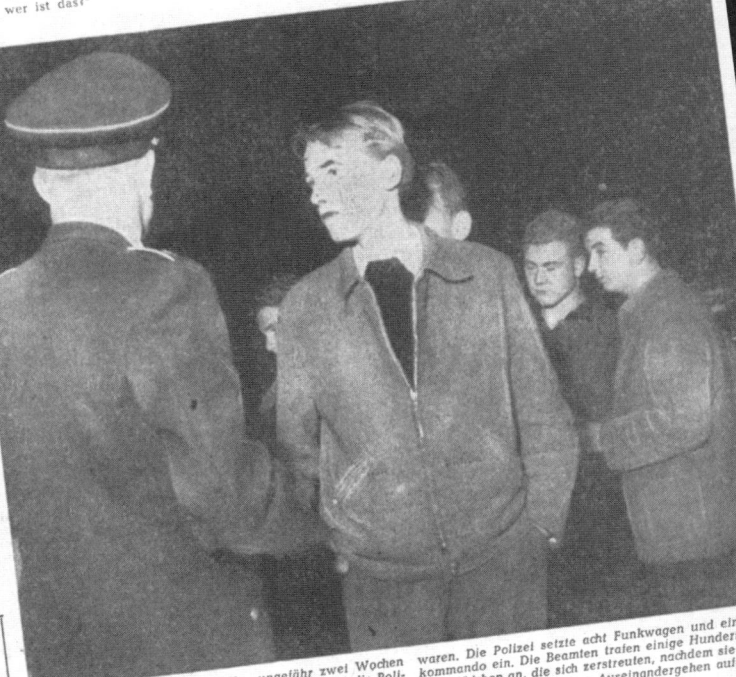

SO WAR ES IN HAMBURG: Vor ungefähr zwei Wochen alarmierte der Wirt eines „Existentialistenkellers" die Polizei, als Jugendliche mit anderen Gästen, in denen sie Mitglieder eines Boxklubs vermuteten, in ein Wortgefecht geraten und die Wortführer aus dem Lokal verwiesen worden

waren. Die Polizei setzte acht Funkwagen und ein kommando ein. Die Beamten traten einige Hundert und Mädchen an, die sich zerstreuten, nachdem sie über den Lautsprecher zum Auseinandergehen auf worden waren.

In anderen Ländern

Bayern: Gedankenlose Eltern

KSt München — Im Münchner Polizeipräsidium wird erklärt: „Wir haben keinerlei Anhaltspunkte dafür, daß die letzten Zusammenrottungen von Jugendlichen von irgendeiner Seite gesteuert wären. Im Gegenteil, wir sind davon überzeugt, daß das nicht der Fall ist."

abends um acht vor einem Kino herumlungern sollen, wo ein Film läuft, dessen Titel der Reporter nicht für wesentlich genug hält, um ihn auf seinem Notizblock festzuhalten, weshalb er in seinem Artikel nur schreiben kann: „Es kommen die Worte Revolver und Rache darin vor." Da er mit dieser ungefähren Erinnerung weder Film noch Kino findet, muß er seinen Plan ändern und begibt sich einfach dorthin, wo halbwüchsige Herumtreiber landläufigen Auffassungen zufolge stets anzutreffen sind (und der Reporter also auch gleich hätte hingehen können): „an der Ecke am Hafen". Tatsächlich trifft der Kölner Jugendforscher dort auf ein Dutzend Teenager, die sich freimütig als „Rote Teufel" zu erkennen geben. Den Boß erkennt der Reporter eigenständig. Es ist der „Schwarze in der Mitte" zwischen den sonst einheitlich bunt Gewandeten. „Das war so eine Idee", erklären sie dem staunenden Journalisten, „und dann haben wir uns rote Hemden und blaue Hosen gekauft. Das ist praktisch und billig."

Damit hat sich die Ursachenerkundung der Halbstarkenkrawalle aufs Einfachste erledigt. Beruhigendes Resümee des investigativen Düsseldorf-Sonderermittlers: Offenbar handele es sich nur um eine Modeerscheinung, keinesfalls aber um eine Jugendbewegung. Denn eine solche müsse ja irgendwelche Ideale haben, die über den Gemeinschaftseinkauf bunter Billigkleidung hinausgehen. Der Name „Rote Teufel" sei „eine Mischung aus Wildwestromantik und Fritz Walter". (Der Weltmeister von 1954 spielt ja für die Kaiserslauterer „Roten Teufel vom Betzenberg".) Der „Boß" der Bande sei „offensichtlich intelligent und spricht stets gut formuliert", so daß man sagen könne, „aus dem Jungen wird noch etwas". Eine tiefergehende Recherche ergibt dann noch, daß jeder der „Roten Teufel" morgens „das gleiche

Groschenblatt" liest. Ob sie auch mal ein Buch zur Hand nähmen, lautet die abschließende Frage. Ja, „Rasputin" habe er gelesen, erklärt der Boß (und hätte damit das Klischeebild von der aufmüpfigen Nachkriegsjugend vollends durcheinandergebracht, wenn der Reporter dem Literaturhinweis genauer nachgegangen wäre. Denn „Rasputin" ist ein 1939 erstmals erschienener und 1956 neu aufgelegter Roman des nicht ganz unbescholtenen Autors Johannes von Guenther, der 1933 zu den 88 Schriftstellern gehörte, die das „Gelöbnis treuester Gefolgschaft" für Adolf Hitler unterschrieben hatten.).

Affenfutter
oder: die Erdnußplünderung

Am 17. September passiert es in Köln. Vier Tage dauern die bisher größten Zusammenstöße zwischen Halbstarken und Polizei in der Bundesrepublik. Mehr als 1000 Jugendliche sind beteiligt. 195 Jugendliche werden festgenommen. Die Kölner Zeitungen schreiben... nichts. Das heißt, etwas schreiben sie schon, nämlich, warum sie nichts schreiben.

Unter der Überschrift „Kommt nicht in die Zeitung..." erscheint im Kölner Stadt-Anzeiger eine kurze Randnotiz: „Am Montagabend rotteten sich an mehreren Stellen der Innenstadt Kölns Jugendliche zusammen. Die Polizei löste die Ansammlungen auf. Einige Jugendliche wurden festgenommen. Unsere Reporter mischten sich unter die Jugendlichen. Sie hörten immer wieder aus den Unterhaltungen der Jugendlichen heraus: ,Das steht morgen alles in der Zeitung...' – ,Wir müssen sehen, daß wir auf Fotos kommen...' –

‚Mensch, wird das morgen in der Zeitung interessant sein...'
– ‚Dann schimpfen sie alle wieder auf die Halbstarken...' Sie
haben sich geirrt. Der ‚Kölner Stadt-Anzeiger' denkt nicht
daran, Vorgänge solcher Art durch eine sensationelle Berichterstattung interessant zu machen."

Statt dessen berichtet er – auf derselben Seite – ausführlich über Kölner Jugendliche, die beim Ausbau eines deutschen Soldatenfriedhofs in Belgien mithelfen und abends
am „lodernden Feuer" „leise alte Wandermelodien sum-
men", „die zum Nachthimmel emporsteigen" (ein offenbar
anderes Musikprogramm, als es die Halbstarken bevorzu-
gen). Gleich darüber befaßt sich ein langer Artikel mit einer
Modemesse für Teenagerkleidung: „Betty Barclay aus Kalifornien gab Kostproben ihres bezaubernden College-Stils, den
sie unter dem Motto ‚mit wenig Mitteln süß aussehen' entwickelte."

Noch kürzer als der Kölner Stadt-Anzeiger faßt sich die
Kölnische Rundschau. Unter der Überschrift „Kein Großalarm" findet sich die Meldung: „Um sich interessant zu
machen und durch Wort und Bild in der Presse erwähnt zu
werden, rotteten sich Jugendliche am Montagabend u. a. am
Neumarkt, auf der Hohen Straße und am Dom zusammen.
Die verantwortungsbewußte Presse denkt nicht daran, die
Sensationsgier gewisser Kreise und und das Geltungsbedürfnis unreifer und krimineller Elemente durch Reportagen zu verherrlichen. Aus diesem Grunde beläßt die Rundschau es daher bei dieser Meldung."

Der Presseboykott wirkt bis heute nach. Keine Köln-Chronik, keine Köln-Geschichte erwähnt die Ausschreitungen.
Wer heute mehr über eine der größten Jugendrandalen der
fünfziger Jahre erfahren will, muß in Akten des Nordrhein-
Westfälischen Staatsarchivs wühlen oder im Archiv der

Kein Großalarm

Um sich interessant zu machen und durch Wort und Bild in der Presse erwähnt zu werden, rotteten sich Jugendliche am Montagabend u. a. am Neumarkt, auf der Hohen Straße und am Dom zusammen. Die verantwortungsbewußte Presse denkt nicht daran, die Sensationsgier gewisser Kreise und das Geltungsbedürfnis unreifer und krimineller Elemente durch Reportagen zu verherrlichen ____ diesem Grunde beläßt di ____ dieser
Meldung ____

Original-Kimonos, Kombinationen fürs

Kommt nicht in die Zeitung...

Am Montagabend rotteten sich an mehreren Stellen der Innenstadt Kölns Jugendliche zusammen. Die Polizei löste die Ansammlungen auf. Einige Jugendliche wurden vorläufig festgenommen.

Unsere Reporter mischten sich unter die Jugendlichen. Sie hörten immer wieder aus den Unterhaltungen der Jugendlichen heraus: „Das steht morgen alles in der Zeitung..." „Wir müssen sehen, daß wir auf Fotos kommen." „Mensch, wird das morgen in der Zeitung interessant sein..." „Dann schimpfen sie alle wieder auf die Halbstarken..."

Sie haben sich geirrt.

Der „Kölner Stadt-Anzeiger" denkt nicht daran, Vorgänge solcher Art durch eine sensationelle Berichterstattung erst interessant zu machen.

Neuen Ruhr Zeitung. Die veröffentlicht eine Woche nach den Geschehnissen den Erfahrungsbericht eines Gymnasiasten, der bei den Ausschreitungen verhaftet und in eine „Grüne Minna" verfrachtet worden war. Die beiden Kölner Tageszeitungen hatten es abgelehnt, die durch einen Lehrer des Schülers vermittelte Geschichte zu drucken.

„Der Transportwagen hält vor dem Eingang des Reviers Marzellenstraße, dort anwesende Polizisten bilden, mit Gummiknüppeln bewaffnet, eine Doppelreihe von der Wachtüre aus den Flur entlang bis zur Wachstube, die Inhaftierten werden von ihren Plätzen herab unter die bereitstehenden Polizeibeamten gestoßen und von diesen mit Gummiknüppeln geschlagen, bis sie die rettende Tür im ersten Stock erreicht haben. Keiner der Verhafteten hatte sich geweigert, freiwillig den Wagen zu verlassen und hinaufzugehen. Ich bat einen Beamten, der mir aus unbekannten Gründen eine Ohrfeige gab, um seinen Namen, um Anzeige erstatten zu können. Man gab mir jedoch weder Namen noch Dienstnummer des Betreffenden, behandelte mich vielmehr jetzt als ‚besonders gefährlich'."

Erst eine Woche nach Beginn der Ausschreitungen faßt der Kölner Stadt-Anzeiger in wenigen Zeilen die Polizeiberichte zusammen und meldet, ohne die Zahl der Beteiligten und Ort und Art der Geschehnisse zu nennen (also unter Weglassung der sonst unverzichtbaren journalistischen Grundfragen: Wer war es? Wann war es? Was war es?), eine „Ansammlung Jugendlicher", die „an mehreren Stellen" „Lärm verursachten" und die öffentliche Ordnung störten. „Kriminelle Elemente" – heißt es weiter – haben außerdem einen Verkaufsautomaten geplündert. „Dazu ist ergänzend mitzuteilen, daß die Ansammlungen von Jugendlichen nunmehr ernst geworden seien. Es ist zu Gewalttätigkeiten gekommen, und zum ersten Mal werden die Ausschreitungen als Landfriedensbruch gekennzeichnet. Diese und andere Feststellungen der Polizei lassen eindeutig erkennen, daß kriminelle Elemente die Führung übernommen haben. Es ist der Zeitpunkt gekommen, an die Eltern und sonstigen Erziehungsberechtigten, an Schulleiter und die Leiter von Lehrlingsheimen die Aufforderung zu richten, die Jugendlichen aufzuklären und eindringlich zu warnen. Wer an solchen Demonstrationen teilnimmt, und sei es auch nur aus Neugier und Schaulust, läuft Gefahr, als Teilnehmer am Landfriedensbruch sofort festgenommen zu werden. Das Gesetz sieht für solche Taten entsprechende Strafen vor." Der Stadt-Anzeiger druckt den § 125 des Strafgesetzbuchs komplett ab und erläutert, inwiefern er auf die Ausschreitungen anzuwenden ist: „Einige Teilnehmer an der Demonstration haben aus dem herausgerissenen und auf der Erde liegenden Automaten, in dem Werte von rund insgesamt 300 DM vorhanden waren, Erdnüsse und Bonbons herausgenommen. Das ist im Sinne des Gesetzes die ‚Sache geplündert‘. Wer dies tut, befindet sich also auf direktem Weg ins Zuchthaus. – Nach der Festnahme der Landfriedensbrecher ließen mehrere Erwachsene die Absicht erkennen, die Festgenommenen aus den Händen der Polizei zu befreien. Damit drohte der Tatbestand des ‚Aufruhrs‘ einzutreten. Es ist klar, daß die Polizei sich in jedem Fall durchsetzen wird, sei es auch unter Anwendung des letzten Mittels. Eine solche Lage kann sich daher in Sekundenschnelle so entwickeln, daß die Polizei von der Schußwaffe Gebrauch machen muß. – Neugierigen und Schaulustigen, die stehenbleiben und eine Ansammlung vergrößern, statt ihres Weges weiterzugehen, droht also künftig eine sehr ernste Gefahr."

Die Warnung vor Schußwaffengebrauch ist keine leere Drohung. Nur wenige Tage zuvor fühlte sich in München ein Polizist von zwei Halbstarken derart bedrängt, daß er „in höchster Not" – wie es die Illustrierte „Stern" formulierte – gezwungen war, die beiden zu erschießen. Was die Berichterstattung über die Kölner Ausschreitungen betrifft, so kann man sich des Eindrucks nicht erwehren, als wären nicht zuletzt die Zeitungsredakteure selbst für die juristische Aufklärung dankbar. Nicht anders als anderen Kölnern dürfte es ihnen schwergefallen sein zu erkennen, wo eine traditionelle volkstümliche Keilerei aufhört und wo der Tatbestand des Landfriedensbruchs anfängt und wieso die Mitnahme von herrenlosem Affenfutter (Erdnüsse) allem Anschein zum Trotz juristisch keine Peanuts sind und das Aufklauben von außerhalb der Karnevalssession auf der Straße gelandeten Kamellen ein Akt der Plünderung ist. Schließlich war es keine zehn Jahre her, daß Josef Kardinal Frings in seiner Silvesterpredigt 1946 die spontane Aneignung von Kleinmengen lebensnotwendiger Güter als legitime Beschaffungsmaßnahme abgesegnet hatte. Und das nur allzu altkölnisch direkte Vorgehen besorgter Eltern, die ihre „jecken Pänz" beziehungsweise „leeven Jungen" aus den Händen der Polizei befreien wollen, sollte als „Aufruhr" gelten? (Ein Tatbestand, der noch aus dem obrigkeitsstaatlichen Strafrecht des Kaiserreichs von 1871 stammte und erst 1969 unter der sozial-liberalen Koalition aus dem Strafgesetzbuch verschwindet. Bis dahin drohten „Rädelsführern" bis zu zehn Jahre Zuchthaus.)

Landfriedensbruch, Plünderei, Aufstand. Wie kann das, was auf lokaler Ebene durchaus im Rahmen individueller Interessenwahrnehmung und separatistischer Eigenartverteidigung als akzeptabel gilt, ein Schwerverbrechen sein? Die Kölner Presse ist in Argumentationsnot. Einerseits möchte sie den Begriff „Halbstarke" nicht auf Kölner Jugendliche anwenden, denn damit würde sie ja eingestehen, daß die kölsche Eigenart nicht immun ist gegen „fremde Krom" von außen. Andererseits muß sie doch eine Erklärung finden für die Ausschreitungen, die auch bei großmütigster Auslegung nicht dem kölnischen Muster handgreiflicher Gemütsartikulation folgen. Die Lösung des Dilemmas folgt dem existentialistisch-kölnischen Motto: Die Hölle, das sind die anderen. Die Halbstarken werden zu „anderen", ominösen Nicht-Kölnern erklärt, kriminelle (oder sogar kommunistische) Elemente, die sich eingeschlichen haben, um die in ihrem vaterstädtischen Selbstverständnis leider nur allzu ungefestigte Jugend zu Gewalttaten zu verführen.

Affiziert

oder: der Virus des Wilden

Und Petermann? Zunächst scheint der Schimpanse „ene leeve Jung" zu bleiben, auch wenn er den Spielanzug häufiger gegen seriösere Kleidung tauscht. Aber der Status „leeve Jung" ist ja nicht altersabhängig. Als Gardist der Kölner Traditionscorps ist er schon häufiger aufgetreten. Nun präsentiert er sich auch als Lebemann in Zivil und gleichsam Grandseigneur der Reserve. Während die Jugend Bluejeans trägt, zwängt sich der Affe in den Frack. Während die Jugend in die Gitarrensaiten haut, setzt sich Petermann ans Klavier. Während die Jugend in Milchbars herumlümmelt und Coca-Cola trinkt, kehrt der Affe im Brauhaus ein, legt eine blaue Schürze an und schwenkt den Kölsch-Kranz. Petermann demonstriert Tradition, die die Jugend verweigert. Ausgerechnet er, der einzige Unterhaltungsstar, der nach dem Krieg geboren wurde, folgt der Kleiderordnung der Vorkriegsunterhaltung: derb oder elegant, heimatlich folkloristisch oder weltmännisch im Cut mit Zylinder. Petermann stellt etwas dar und vor. Wie seine honorigsten Mitbürger. Wenn sich der „leeve Jung" in Köln repräsentativ aufbläht, wird er „staatse Käl" genannt – ein stattlicher Kerl, eine imposante Erscheinung. Sie kann – muß aber nicht – mit körperlicher Größe verbunden sein. Wem es an natürlichem Bauchvolumen mangelt, kann sich ersatzweise in die Brust werfen und auf diese Weise mit praller Pracht beeindrucken. Das Imponiergehabe stammt aus vormenschlichen Zeiten – und gehört für einen Schimpansen zu den natürlichsten Verhaltensweisen. So ist die Rolle des „staatse Käl" für Petermann nur instinktive Routine. Und so ist es für ihn ganz selbstverständlich, daß seine aufgeschwollen ausgestellte Wichtigkeit entsprechend Wirkung zeigt und er – wie alle wichtigen Persönlichkeiten – Gegenstand der Portraitkunst wird. Der Kölner Bildhauer Hein Derichsweiler fertigt eine Bronzeplastik des Schimpansen an. Wie viele Kölner wurden je in Bronze gegossen? Und wer von ihnen noch zu Lebzeiten? Vor Petermann niemand, nach Petermann nur Willy Millowitsch. Populärer kann ein Affe kaum werden. Und doch hat Petermann seinen größten Auftritt noch vor sich. Wenn er es nur schafft, sich nicht vom Virus der Randale infizieren zu lassen, und der ansteckend aufmüpfigen Jugend fernbleibt.

Halbstarke gehen nicht in den Zoo. Petermann geht nicht zu den Halbstarken. Muß er auch nicht, denn seine Menschenfreunde haben ihm unterdessen ein Motorrad besorgt, mit dem er um den Flamingoweiher brausen kann. Die Maschine ist deutlich erwachsener als das Kinderrädchen. Schließlich trägt Petermann auch keine infantilen Ringelpullis

mehr. Natürlich wechselt er nicht zur schwarzen Lederjacke, wie sie Marlon Brando als „Wild One" trägt. Derart „real cool" sind ja auch die Jugendlichen zwischen Bahnhof und Friesenplatz nicht gekleidet. Aber immerhin trägt der Schimpanse einen zünftigen Monteursanzug. Denn nach der Fahrt muß er das Motorrad warten. Inzwischen kann er auch mit Schraubenschlüsseln umgehen.

Ob es der Spaß am Auspufflärm ist oder der Rausch der Geschwindigkeit oder ob sich die Krawallkrankheit der Jugend doch durch aerogene Übertragung in der dicken Luft der abgeschlossenen Feuchtklimazone Köln verbreitet, jedenfalls gibt es Anzeichen, daß Petermann von Mikropartikeln des Aufruhrs angeweht sein könnte. Schon am 11. August 1956 – vier Wochen vor den Kölner Halbstarkenkrawallen – berichtet ein Zoowärter, daß Petermann zu den ungeduldigsten „Frühstücksgästen" des Zoos gehöre und seinen Hunger mit heftigen Schlägen gegen seine Käfigtür kundtue. Ein überraschendes Verhalten für jemanden, der bisher seine Mahlzeiten ganz auf die Öffnungszeiten des Zoos abgestimmt hat, um mit Besteck und Serviette vor Publikum zu speisen. Zu bedenklichen Zwischenfällen kommt es auch bei Petermanns allsonntäglicher Zweiradshow am Flamingoweiher. Einmal reißt er einem Vierjährigen im Vorbeifahren einen Apfel aus der Hand, beißt herzhaft hinein, dreht eine Runde und drückt dem entsetzten Kind den Apfelkitsch wieder in die Hand. Manchmal verzichtet er auch auf die förmliche Rückgabe von Obstresten und bewirft die Zuschauer formlos mit angefressenen Früchten. Bevorzugtes Ziel sind ältere Damen. Die erschrecken sich besonders lautstark. Und das wiederum führt zu besonders vehementen Reaktionen bei den übrigen Zuschauern. Positive oder negative Reaktionen? Der leeve Jung Petermann scheint es nicht mehr unterscheiden zu können. Oder ist ihm die Unterscheidung egal, solange die Effekte seines Tuns nur irgend heftig sind? Regrediert der Entertainer zum Affen?

Affenkäfig
oder: die Isolierung des Wilden

Vier Wochen später, im September 1956, werden nach längerer Zeit erstmals wieder Fotos von Petermann veröffentlicht. Die Bilder sind offenbar amüsant gemeint und wohl auch so aufgefaßt worden, aus heutiger Sicht und mit Kenntnis von Petermanns letzten Jahren wirkt die Bilderfolge jedoch wie ein düsterer Vorausblick auf Kommendes: Der nackte (!), an einen Halsstrick geleinte (!) und körpernah von einem Pfleger bewachte Schimpanse trinkt aus einer Blechtasse und schüttet sich den Rest ihres Inhalts über den Kopf. Dazu ist ein „launiges" Gedicht abgedruckt mit dem Vers:

> „Wer einmal aus dem Blechnapf frißt,
> Der pfeift auf die Karaffe.
> Das Leben ist nun mal, wie's ist,
> Meint Petermann, der Affe."

Knastgeschirr statt Kristallglas? Der Zoo ein Gefangenenlager? Gefangenschaft als Schicksal? „Das Leben, wie es nun mal ist"? „Konservenbüchse: Mein Teller, mein Becher..." Fast könnte man die Knittelverse zu den Fotos als zynische Adaption der existentiellen Selbstversicherung in Günter Eichs Gedicht „Inventur" lesen: ein Rückblick auf die Zeit

Wer einmal aus dem Blechnapf frißt...

Wer einmal aus dem Blechnapf frißt,
Der pfeift auf die Karaffe.
Das Leben ist nun mal, wie's ist,
Meint Petermann, der Affe.

Er hebt den Topf zum Nasenschaft,
Daß er's genüßlich treibe
Und Magermilch und Möhrensaft
Mit Lust sich einverleibe.

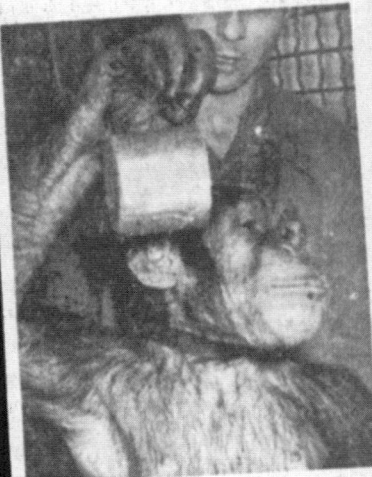

Und wenn der Boden ausgeschleckt,
Verübt er kein Getobe:
Zum Zeichen, daß es weiterschmeckt,
Macht er die Nagelprobe.   Köbes

eines aufs Minimum reduzierten Lebens aus der Perspektive einer neuen Überflußgesellschaft. Aber dies ist kein Rück-blick. Es ist die Zukunft Petermanns.

Keine vier Monate später, im Januar 1957, ist Petermanns Rückentwicklung zum Wilden offenbar schon enorm fort-geschritten. Die Zoodirektion meldet, man plane einen Umbau des Affenhauses, um „einen großen Käfig mit stabilen Gittern für den Schimpansen Petermann" einzurichten. Der Affe sei „aus den Kinderschuhen herausgewachsen und zu einem stattlichen Mann geworden mit viel Kraft ‚en de Maue'". Direktor Windecker erklärt, er habe wie drei Jahre zuvor bei Harri vor der Wahl gestanden, den Schimpansen abzugeben oder eine neue Unterkunft zu schaffen. Damit den Kölnern ihr Liebling erhalten bleibe, habe er sich für den Bau eines Spezialkäfigs entschieden. Die „neue Unter-kunft" ist jene Einzelzelle, die Petermann 28 Jahre nicht verlassen wird. Vergittert, verkachelt, kahl: 10,5 Quadratmeter. Einem Schäferhund steht gesetzlich mehr Käfigraum zu.

Besonders schäbig wirkt die Ankündigung von Peter-manns Arrestierung, weil der Zoodirektor im selben Atem-zug anderen Tieren größere Freiheiten verheißt. Der Affe wandert genau in dem Moment hinter Gitter, als für andere Zoobewohner die Gitter fallen. Das Gehege der Kamele am Eingang soll in eine Freianlage verwandelt werden, die nur durch einen Wassergraben von den Besuchern getrennt ist. Auch die Watussi-Rinder sollen zusammen mit den Zebras ohne Vergatterung bestaunt werden können. Für die Eisbä-ren – bislang in einem Zwinger untergebracht – ist eben-falls eine neue Anlage ohne Stahlschutzzaun vorgesehen. Es scheint infam, und es scheint paradox, aber tatsächlich ist es nur konsequent: Das Tier, das Tier bleibt, darf Freiheiten genießen – denn sein Verhalten ist berechenbar. Das Tier, das Mensch wurde, muß eingesperrt werden, weil Menschen unberechenbar sind.

Nicht nur Petermann wird auf diese Weise „befriedet". Auch die halbstarke Jugend Kölns will man durch buchstäblich geschlossene Veranstaltungen unter Kontrolle bringen. Am 25. Januar 1957 findet im Kongreßsaal der Kölner Messe unter dem Titel „Außer Rand und Band" der erste einer Reihe von „Unterhaltungsabenden" statt, die „vor allem zur Zerstreuung jener Halbwüchsigen gedacht sind, die im September 1956 randalierend durch die Straßen zogen". Der Titel ist nicht ungewagt, denn „Außer Rand und Band" heißt der Film, dessen Deutschland-Premiere im September 1956 den Krawallen des Sommers einen heißen Herbst folgen ließ. Wie schon ein Jahr zuvor in „Die Saat der Gewalt" war „Rock around the Clock" die Titelmusik des Films. Und diesmal wirkte die zeitsprengende Dimension des Songs tatsächlich auch raumsprengend beziehungsweise saalzertrümmernd. Auch in Köln war der eine oder andere Kinosessel zu Bruch gegangen. Der Titel „Außer Rand und Band" hatte also bereits auffordernde Wirkung bewiesen. Dennoch sind die Veranstalter zuversichtlich, den Kongreßsaal unbeschadet lassen zu können.

Der Abend wird von der Katholischen Jugend initiiert und gilt als „Experiment", um „auf neuen, bisher nicht beschrittenen Wegen an diese, bisher schwer zu erfassende Schicht heranzukommen". Sollte der Modellversuch gelingen, wolle man ähnliche Abende in anderen Städten folgen lassen. Der Versuch gelingt. Zwar wird den eher gesetzteren Herren vom Wach- und Schließdienst am Eingang etwas mulmig, als die Jugendlichen sie am Ärmel packen und fragen: „Na, mähste met, dä Rock 'n' Roll?" – Aber von solchen Verbalknuffereien abgesehen, bleibt die Stimmung friedlich, obwohl sich die Veranstalter, um den Abend „zum Erfolg zu führen", ein Konzept ausgedacht haben, das enormes Konfliktpotential birgt: „eine Mischung aus Karnevalssitzung und Rock-'n'-Roll-Turnier." Um möglicher Randale vorzubeugen, werden CVJM-Mitglieder (angesichts der angespannten Lage öffnet sich die Katholische Jugend offenbar ökumenischer Zusammenarbeit) gruppenweise im Saal verteilt, um im Falle eines Falles Randalierwillige geschickt umstellen und mit sanfter (eben christlicher) Gewalt intervenieren zu können. Die Musik und die Büttenreden bieten allerdings weniger Anlaß zu Unmut als der von Karnevalssitzungen übernommene Brauch des Weinzwangs. Die billigste Flasche kostet stolze sieben Mark – was auf heutige Verhältnisse übertragen einem Preis von gut 50 Euro entspricht. Erst als die Veranstalter den Ausschank von preiswerter Cola verkünden und den argwöhnisch murrenden Kellnern („do verdeene mer jo nix") zusichern, etwaige Mindereinnahmen durch Zuschüsse der Landesregierung zu decken, wird es ein entspannter Abend – oder wie es die berichtende Presse formuliert: „Die Reaktionen auf die Darbietungen der Zuschauer waren gesund." – Tatsächlich muß man die Reaktionen wohl eher als paralysiert beschreiben. Denn selbst ein gutwilliges Publikum aus einer weniger „schwer zu erfassenden Schicht" kann ein derartiges Programm nur mit lämmergleichem Fatalismus protestlos ertragen. Die Veranstalter lassen nicht nur schalste Büttenreden vortragen, sondern auch die Marketenderin des Reitercorps Jan von Werth als Vortänzerin auftreten. Und als Band spielen Mitglieder der Kölner Polizeikapelle auf. Als die wahre Identität der Schmalzlocken-Plagiatoren durchsickert, verfinstern sich die Mienen im Publikum. Da „zeigen ein paar Sekunden gefährlichen Schweigens an einigen Tischen, daß tief im Bewußtsein mancher junger Menschen etwas schwelt, dessen Ausbruch vielleicht zu fürchten wäre". Möglicherweise ist es aber auch nur der aufkeimende Gedanke, daß man sie zum Affen gemacht hat, ganz nach dem Kölner Fünfstufenverfahren: Hinabstoßen – Runterbeugen – Umarmen – Vereinnahmen – Bekümmern.

Affinitäten

oder: wie Köln sich einmal der Welt annähert

4. März 1957. Bei strahlendem Sonnenschein und Temperaturen um 15 Grad zieht ein Rosenmontagszug durch Köln, wie ihn die Stadt nie zuvor gesehen hatte (und nie danach wieder sehen wird). Sechs Stunden lang wogt und wallt eine Flut von Blumen durch die Straßen, strahlend bunt und heiter duftig. Was war geschehen? Zugleiter Ferdi Leisten hatte etwas getan, was noch nie ein Kölner Zugleiter getan hatte. Er hatte sich über die Stadtgrenzen hinaus in der Welt umgeschaut und entdeckt, wie andere feiern. Im französischen Nizza ließ er sich vom Blumenkorso inspirieren, bei dem haushohe Wagen, gespickt mit Tausenden Blüten, über die Promenade des Anglais fahren. Im brasilianischen Rio fand er heraus, daß für den schillernden Samba-Umzug eigens professionelle Farbdesigner engagiert werden. Leisten beschloß, beide Ideen zu importieren. Er leitete ein französisches Floralfuhrwerk direkt von der Côte d'Azur ans Rheinufer, alle anderen Wagen verwandelte er mit Hilfe der Gestaltungskünstler der Kölner Werkschulen in rollende Riesengestecke. Für die Kostüme zog er professionelle Couturiers hinzu, für die Gesichtsbemalung Maskenbildner.

Ferdi Leisten selbst verkleidet sich im Zug als Gärtner und Prinz Willy Herold, der im wirklichen Leben sinnigerweise Blumenhändler ist, wirft von seinem mit 60.000 Nelken geschmückten Prunkwagen 20.000 Mimosen- und Veilchensträuße unter die mehr als anderthalb Millionen Zuschauer. „Laßt Blumen sprechen" lautet das Motto des Zugs. Anlaß ist die Bundesgartenschau, die 1957 in Köln stattfindet.

Mit dem Blumenzug scheint Köln einen ambitionierten und optimistischen neuen Kurs Richtung Zukunft einzuschlagen, weg vom vergangenheitsbesoffenen Provinzialismus eines „ahle Kölle", hinaus und voran zu einer offenen Weltsicht. Der Rosenmontagszug ist mehr als ein buntes Vergnügen für einen Tag, er hat stadtgestalterisches Potential. Mit den Blumen holt man die Grünanlagen aufs graue Kopfsteinpflaster und vereint Park und Straße zu einem paradiesischen Ort, wo man weder überfallen noch überfahren wird. Beziehungsweise würde, wenn die Kölner ihre archaischen Beuteinstinkte unter Kontrolle brächten. Aber leider: Selbst der freigebige Massenabwurf von Strüßjer verhindert keine gewaltsamen Rupfattacken derer, die schon ein Jahr zuvor zum Knospenklau durch die städtischen Grünanlagen marodierten. Zwar wird der Kölner gern beschenkt, aber noch lieber bedient er sich selbst. Der Präsident der KG Alt-Köllen, Heinz Müllenholz, berichtet: „Das mir bewilligte Cabriolett hatte ich in einen wunderbaren Blumenwagen verwandeln lassen. Nach kaum einer Stunde, also nach Einschub in den Zug, sah der Wagen aus wie ein zerrissenes Sofa. Die gesamte Dekoration am Wagen – es waren für nahezu 300 DM Blumen angewendet worden – wurde trotz der Abschirmung durch einige Tünnesse und Schäls abgerissen. Ein junger Mann sprang mir auf die Autohaube und klaute ein Paket Farina-Fläschchen. Als ich sie ihm festhielt, schlug er mich mit der Faust gegen den Mund, so daß ich die Unterlippe aufgeschlagen hatte und stark blutete. Besonders Starke boten unseren Teilnehmern Prügel an, weil sie nicht an meinen Wagen kamen. Der Kommandant des Korps wurde in zwei Fällen derart angegriffen, daß er vor mein Auto zu liegen kam."

Von Halbstarken ist hier nicht die Rede, obwohl die räuberischen Randalierer in ihren notorischen Nietenhosen deutlich unkarnevalistisch angezogen sind und als Kostümzwangzugeständnis meist nur einen Cowboyhut aufgesetzt haben. Auch gibt es keine Belehrung durch Presse und Polizei, daß es sich hier um Plünderung handelt. Aber vielleicht muß man ja tatsächlich den mildernden Umstand berücksichtigen, daß es sieben Jahre nach dem letzten großen Autospringerprozeß für viele schwer zu begreifen ist, wenn Fahrzeugführer ihre schöne Fracht freiwillig abgeben. (Im Herbst 1957 wird der ununterdrückbare Selbstbedienungsreflex der Kölner im ersten Supermarkt der Stadt in der Ehrenfelder Rheinlandhalle kommerziell kanalisiert. Dort darf man überall beherzt zugreifen, findet sich „am Äng" allerdings an einer Kasse wieder.)

Derartige Zwischen- und Rückfälle ändern jedoch nichts an Ideal und Anspruch eines neuen Kölner Wegs, wie er 1957 offenbar beschritten werden soll. Der Rosenmontagszug zeigt, was den Besuchern auf der Bundesgartenschau ab April blühen wird, die sich als Modell für durchgrünte Stadtlandschaften der ganzen Republik versteht. Nach der Eröffnung des mit zweieinhalb Millionen Bäumen, Büschen und Blumen bepflanzten Parks am Rheinufer neben der Messe sprießen in rascher Folge weitere Beispiele für moderne Offenheit – Weltoffenheit – empor. Zwei Wochen nach der

Gartenpremiere richtet die Swissair die erste direkte Flug-
verbindung von Köln nach New York ein. Noch einmal anderthalb Wochen später wird das neue Opernhaus als „schön-
stes Theater Deutschlands" und entschlossenes Bekenntnis
zur Moderne eröffnet, dem sogar „Die Zeit" in Hamburg bescheinigt, „metropolitanen Anspruch städtebaulich sichtbar"
zu machen: „Aus den Gassen der Altstadt heraustretend,
vergißt man augenblicklich den schalen Geschmack, den
der alt-neue Kölner Mischstil auf die Zunge legte. Hier
endlich ist Raum, Größe, ein Platz, der atmet." Nur eine
Woche später wird das Wallraf-Richartz-Museum eingeweiht,
das mit der Sammlung von Josef Haubrich eine der bedeutendsten Expressionismus-Kollektionen der Welt präsentieren
kann. Am selben Tag beschließt der Rat, die martialischen
wilhelminischen Burgtürme der Hohenzollernbrücke abzu-
reißen. Im September ist die neue gläserne Empfangshalle
des Hauptbahnhofs mit ihrem dynamisch himmelwärts ge-
schwungenen Dach fertiggestellt und signalisiert Tempo
und Transparenz, wo zuvor ein plüschiger Wartesaal als
Bahnhofsmittelpunkt ein Ort von Staub und Stillstand war.
Am Deutzer Rheinufer wird der Neubau des Landschaftsver-
bandes begonnen, dessen niedriger Bau in Stahlskelettbauweise
mit Glas-Aluminium-Fassade schon äußerlich einen neuen
Beamtenapparat verheißt: offen, durchlässig und mit flachen
Hierarchien.

Sogar im Zoo zieht die architektonische Moderne ein.
Über die neue Rheinseilbahn können Gartenschaubesucher
aus dem botanischen Paradies direkt ins Utopia der Tierhal-
tung einschweben und die neue Eisbärenunterkunft bestau-
nen. Die vollständig in Beton gegossene Anlage aus weißen
Polyedern, die sich wie Eisschollen übereinanderschieben,
präsentiert sich als neokonstruktivistische Skulptur, die

den natürlichen Lebensraum der Tiere in die geometrische Abstraktion führt. Derart kühles Designdenken kann einen alternden mürrischen Show-Affen nicht berücksichtigen. Während die Eisbären im kitschbefreiten Weiß einer nachgerade agnostisch-existentialistisch leeren Betonlandschaft zu lebenden Skulpturen ihrer selbst stilisiert sind, bleibt Petermann in der schnörkelreich dekorierten Nachahmung einer orthodoxen Kirche hocken. Eine neue Anlage für die Affen ist zwar geplant, aber erst in ferner Zukunft. Showvorführungen im Freien macht der Schimpanse nicht mehr. Nur noch angeleint unter strengster Bewachung darf er seine Zelle verlassen. Dann hockt er mißmutig am Flamingoweiher, rupft Gras aus der Wiese oder schlägt mit einem Zweig Löcher in die Luft. Darf man den mal streicheln? fragen mutigere Kinder. Heute lieber nicht, antworten die Wärter, heute ist er schlecht gelaunt. Sie wissen, daß es morgen nicht anders sein wird. Denn es wird nie mehr anders sein. Hin und wieder gibt es noch Anfragen von Firmen und Unternehmen, ob Petermann nicht bei dieser Geschäftseröffnung oder jener Betriebsfeier zu Gast sein könnte – nur für ein paar Fotos. Die Antwort ist dieselbe wie bei den Kindern im Zoo: Leider sei Petermann derzeit unpäßlich, er mache eine schwierige Zeit durch.

Es ist tragisch und doch nur folgerichtig: Die schwierigste Zeit Petermanns ist die beste Zeit Kölns. So optimistisch und selbstbewußt die Stadt der Zukunft zugewandt ist, so wenig benötigt sie die humoristische Unterstützung eines Schimpansen. Petermann bei der Operneröffnung? Unangemessen. Petermann zwischen Expressionisten? Undenkbar. Petermann als Maskottchen dynamischer Bestrebungen? Absurd. Petermann ist kein Mann von Welt. Er ist und bleibt: der Affe zu Köln. Und dessen große Tage scheinen

vorbei zu sein. Nicht nur der Schimpanse selbst ist gealtert, auch sein Programm wurde vom Tempo der Zeit überholt. Volkstümelnd gestrig sind seine Auftritte als Köbes, antiquiert ist seine Kostümierung mit Frack und Zylinder, obsolet sind seine kindischen Kunststückchen, Fahrrad fahren, Suppe auslöffeln... Wer will einen Schimpansen Dinge tun sehen, die man selbst nicht mehr tun muß? Die Zivilisierung der bundesdeutschen Gesellschaft hat einen Grad der Komplexität und Sublimierung erreicht, der sich nicht mehr nachäffen läßt. Schon die Gestalt Petermanns – haarig und zunehmend zauseliger – paßt nicht mehr zum Designbewußtsein der späteren fünfziger Jahren. Schlanke und dynamische Tiere sind jetzt en vogue und werden vom Zoo entsprechend stärker in den Blickpunkt gerückt. Fledermäuse und Flamingos gelten als besonders schick. Die einen wegen der futuristischen Geometrie ihrer Flughäute, die anderen wegen der aufregenden Kurvigkeit von Hals und Schnabel. Außerdem sind Schwarz und Pink die Modefarben des Jahres 1957, spätestens seit im US-Filmmusical „Ein süßer Fratz" Audrey Hepburn als rosarotes Mannequin zwecks Kontrastwirkung zum Fotoshooting ins tiefschwarze Ambiente der Pariser Existentialistenszene geschickt wird.

Auch die Lokalpresse entdeckt mehr und mehr die „Optik" der Kölner Zootiere. Von „Gesellen" ist nicht mehr die Rede. Statt Verhaltensweisen schildert man Erscheinungsbilder. Da wird ein „schwarzer Schwan" beschrieben, „dessen dunkler Leib sich wie ein Klecks schwarzer Tusche von dem hellen, gelben Stroh der Brutstätte abhebt". (Man möchte den Wasservogel samt Nest gleich zur nächsten Ausstellung abstrakter Kunst schicken.) Die früher in der Zooberichterstattung nur mit fremdelnder Distanz betrachteten

Schlangen (sie zählten ja nicht zu den „Gesellen") werden nun als mobile Skulpturen wahrgenommen: Korallennatter, Regenbogenboa, „grün, blau und braun schillernde" Ameiven, eine südamerikanische Echsenart, werden bewundert. Beliebtes Motiv künstlerischer Schwarzweiß-Fotografie sind Zebras. Der Fotograf Chargesheimer geht so nah an sie heran, daß sie reines Muster werden, so wie ihm eine Kolonie von Flamingos zum Formenkatalog abstrakter S-Kurven wird.

Die Ästhetisierung des Wilden ist in den fünfziger Jahren nicht nur ein gestalterisches Konzept, es ist ein Konzept der Weltaneignung. Dabei hat das geschlossene Mentalareal Köln in seiner Selbstgenügsamkeit und Selbstzufriedenheit besonderen Nachholbedarf und zugleich besondere Schwierigkeiten. Internationale Einflüsse wachsen und erweisen sich einer Kölschifizierung gegenüber zunehmend als renitent. Hinabstoßen – Runterbeugen – Umarmen – Vereinnahmen – Bekümmern: Die Fünfstufenstrategie beim Umgang mit Fremdem greift nicht mehr. Spätestens dann, wenn die Außenwelt Rechenschaft über die Weltoffenheit der Stadt verlangt. Da kann man nicht auf „löstige Afrikaner", ein Ehrentrommelkonzert für Josephine Baker oder die karnevalsmissionarischen Aktivitäten einer Lucy Millowitsch im Regenwald Südamerikas verweisen. Was dem Kölner heitere exotische Anverwandlung ist, erscheint von außen betrachtet als rückständiger Provinzialismus. Es sind nicht nur die überregionalen Medien, die Köln auf den Prüfstand stellen (die werden von der Stadt weiterhin eifrig ignoriert), es sind auch Wirtschaft, Politik und Kultur. Ob es um die Ansiedlung von Unternehmen und Konzernen geht, die Suche nach Handelsmesseplätzen, die Standortvergabe von Landes- und Bundesbehörden oder die Wahl von Veranstaltungsorten für Kulturfestivals, immer stellt sich die Frage:

Wie gehen die Kölner mit den Imis um? Fordern sie tatsächlich die völlige Anverwandlung an ihre Lebensart? Oder
sind sie in der Lage, überregionale Standards des zivilen Zu-
sammenlebens zu akzeptieren?

Es ist auch hier das Jahr 1957, in dem Köln eine Wende
vollzieht. Natürlich handelt es sich um keine Radikalwende,
die den Kölner schwindlig werden ließe. Eher ist es ein be-
hutsamer Blick über die Schulter in einen hinteren Seiten-
bereich, der bisher im toten Winkel der Wahrnehmung lag.
Um ihn zu erfassen, ist es nicht nötig, sich umzudrehen.
Man kann auf seinem Standpunkt bleiben und muß nur den
verspannten Hals ein wenig bewegen. Das genügt. Und muß
genügen. Denn der Kölner ändert sein Weltbild nicht, er läßt
bestenfalls Erweiterungen zu. Das Andersartige darf anders
sein, wenn es nur artig bleibt. Dazu muß es gemäßigt sein,
gebändigt und gezügelt. Kölns Kultur seit Mitte der fünfziger
Jahre ist geprägt von Mäßigung. Gemäßigte Konventionsaus-
brüche, gemäßigte Grenzüberschreitungen, gemäßigte Moderne. Der 1957 erstmals verliehene Literaturpreis der Stadt
Köln geht an den als innerer Emigrant geltenden Feingeist
Erhart Kästner, der während des Nationalsozialismus als
NSDAP-Mitglied und zur „Volksaufklärung" freigestellter
Kriegsfreiwilliger völkisch verschwiemelte Griechenlandrei-
sebücher für die kämpfende Truppe geschrieben hatte. Nach
dem Krieg gerierte er sich als realitätsferner Dichter („Über
das Dunkle ist zu schweigen") gegen das „Weltbanale" und
zelebrierte eine Art mystischen Impressionismus mit Hang
zum Sinnspruchhaften. Die erste zeitgenössische Oper, die
im neuen Haus Uraufführung hat, ist Wolfgang Fortners
„Bluthochzeit" nach dem Drama „Bodas de sangre" von Fe-
derico García Lorca. Auch Fortner ist ein gemäßigter Moderner, der zwischen Zwölftontechnik, Neoklassizismus und

Folklorik einen kompositorischen Kompromißweg durch den Nationalsozialismus fand und als NSDAP-Mitglied das sogenannte Bannorchester der Hitler-Jugend leitete und ein „Liederbuch für genesende Soldaten" herausbrachte. In „Bluthochzeit" verbindet er eine nicht allzu strenge Zwölftonkompositorik mit Kastagnetten- und Mandolinenklängen zu einer ansprechend unprätentiösen Moderne, die zugleich genug Anklänge an Vertrautes hat, um auch repräsentativ „was herzumachen": ein musikalisches Pendant zur Architektur der Kölner Oper.

Im Mai 1957 gibt die WDR-Bigband unter Kurt Edelhagen ihr erstes Konzert und beweist, wie sich der nach wie vor unter Affenmusikverdacht stehende Jazz künstlerisch domestizieren läßt, ohne an Kraft zu verlieren. An der Musikhochschule lehrt Bernd Alois Zimmermann als Dozent (später als Professor) und entwickelt seinen „pluralistischen Stil", der der Moderne zwar verpflichtet ist, dabei aber ohne orthodoxe Grundsätze „fremden Krom" aus anderen Zeiten und Zusammenhängen (vom Barock bis zum Jazz) aufgreift. Selbst ein Karlheinz Stockhausen, der im Studio für elektronische Musik des WDR abgeschottet vom Rest der Stadt in einem eigenen Mikrokosmos zu leben scheint, bindet diesen Kosmos – anders als radikalere Kollegen – an die Realität an, indem er elektronische Klänge mit menschlichen Stimmen kombiniert. Sein vom Kölner Studiokollegen Gottfried Michael Koenig inspiriertes Verfahren der „transformierenden Vereinheitlichung des ursprünglich Verschiedenartigen" läßt sich aus heutiger Sicht (und mit einem zugedrückten Auge) ohne weiteres als ästhetisch sublimierte Form des Fünfstufenprinzips kölnischer Weltaneignung verstehen. Aber auch in die kulturell gemeinverträglicheren Zonen Kölns kommt Bewegung. Mit dem „Theater am Dom" wird 1957 der Krawallspaß à la Millowitsch um die feinere Humornuance des metropolitanen Boulevardtheaters erweitert. Mit dem ersten spezialisierten Taschenbuchladen Deutschlands im Kölner Hauptbahnhof wird die Literatur vom kunsthandwerklichen Gegenstand und Regalzierat Bessergestellter zum Medium für alle, eine Entbindung in jeder Hinsicht.

1957 hätte Köln also beste Chancen und Voraussetzungen, die gegenwartshaltigste bundesdeutsche Metropole zu werden, eine Stadt, die sich – wie es Architekt Wilhelm Riphahn bei der Eröffnung seines Opernhauses sagt – „ohne falsche Repräsentation und im Geiste unserer Zeit" zu den Realitäten der jungen Republik und ihren Möglichkeiten bekennt. Die Rahmenbedingungen sind ideal.

Wirtschaftswundererfinder Ludwig Erhard verspricht „Wohlstand für alle". Und die Wähler glauben noch mehrheitlich den Versprechen der Regierenden. Optimistisch, aber nicht unangemessen euphorisch wird an der Zukunft gebaut – von Maurern und Monteuren, die erstmals samstags zu Hause bleiben dürfen. Im April 1957 führt die Bauindustrie die 45-Stunden-Woche bei vollem Lohnausgleich ein. Andere Industrie- und Gewerbezweige folgen rasch nach. Der Aufschwung wird dadurch nicht ausgebremst. Im Gegenteil: Die Fünftagewoche begründet einen ganz neuen Gewerbezweig: die Freizeitindustrie. Die Anfänge sind noch bescheiden. Als neue Freizeitsportarten werden 1957 Minigolf und Jo-Jo-Spielen entdeckt. Aus den USA kommt die „Do-it-yourself"-Bewegung in die Bundesrepublik und führt zum verstärkten Selbstbau von Eigenheimen und Wochenendhäuschen, die wiederum eine Zunahme des Pendlerverkehrs bewirken. Im Juni 1957 wird das erste öffentliche Parkhaus in Köln eröffnet, die südliche Autobahnumgehung fertiggestellt und ein neuer Generalverkehrsplan vorgestellt, in dem erstmals von einer Stadtautobahn die Rede ist. Doch trotz neuer Straßenbauprojekte lassen sich die Autokolonnen mit Forderungen nach Vollgas für alle nicht mehr in Fluß halten. Unfälle durch zu hohe Geschwindigkeit behindern den Verkehr mehr als Langsamfahrer. Regulierung tut not. In den Städten wird Tempo 50 eingeführt, auf den Autobahnen werden erste Radarfallen installiert und in Flensburg die Sünderdaten bundesweit gesammelt. Aber auch über Alternativen zum Auto wird nachgedacht. In Fühlingen eröffnet Bundeskanzler Adenauer eine Versuchsstrecke der sogenannten Alweg-Bahn, einer futuristischen Einschienenbahn mit Linearantrieb (ein Elektromotorsystem, das Jahrzehnte später den Transrapid auf Tempo 500 bringen wird.).

Affirmation

oder: wie Köln sich lieber wieder von der Welt abwendet

Der dynamische Impuls reicht jedoch nur für ein paar Monate. Ende September 1957 wird noch der erste Sparkassen-Autoschalter Deutschlands eröffnet, wo rasante Bankkunden (und die Kölner Autofahrer sind ja die rasantesten) ihr Geld nach kurzem Datencheck über Fernleitung sofort durchs offene Fenster ins Wageninnere gereicht bekommen. Dann aber tritt die Stadt gehörig auf die Bremse, und es bewahrheitet sich eine Einschätzung, die bereits Heinrich Böll hatte: „Köln zu dynamisieren ist schrecklich – Köln ist nicht dynamisch." Und die Stadt wird von der dynamisierten Bundesrepublik auch nicht als Tempomacher gesehen. Im Gegenteil: Das Image grobschlächtig bewegungsarmer Provinzialität klebt wie Pech an den Kölnern, egal wie frisch und farbenfroh sie daherkommen.

Selbst am bunten Blumenkleid der Bundesgartenschau entdecken die überregionalen Medien bei allem Wohlwollen Muster lokaler Kleinkariertheit, die zu einem weltläufigen Großauftritt nicht passen. Die Oberhausener Zeitung „Ruhrwacht" schreibt, „die Bewohner Colonias haben für die Zukunft einen herrlichen Volkspark" – und stuft damit den Bundespark zur lokalen Grünanlage zurück. Der Wiesbadener Kurier charakterisiert die Schau als „prächtige, lebensfrohe, duftige Märchenlandschaft" – und spricht ihr damit jeden Realitätsgehalt für eine künftige Stadtplanung auch in anderen Kommunen ab. Die „Stuttgarter Zeitung" gibt nur scheinbar „neidlos" zu, daß der „Park am großen Strome schon eine besondere Note hat", denn sie weiß genau, daß Reisende vom Neckar beim Rhein vor allem an dessen besondere Duftnote denken. Am deutlichsten wird die Frankfurter Allgemeine Zeitung: „Alles, was es in den letzten Jahren auch in Stuttgart, Hannover, Essen, Hamburg und Kassel zu sehen gab, ist hier auf seine besondere, kölnische Weise eben, da, auf eine sehr buntbewegte, etwas laute und großsprecherische Weise, der die Besinnlichkeit kaum gegeben ist." Damit wird Köln klar auf seinen Platz verwiesen – zurück ins Klischee. Leider ist genau dieser Platz auch der Lieblingsort der Kölner, wo sie es sich ab 1958 wieder gemütlich machen.

Der Rosenmontagszug verzichtet in diesem Jahr auf florale Pracht. Statt international verständlich in Blumensprache zu parlieren, artikuliert man sich wieder in zungenbequem breitgekautem Kölsch. Das Motto „Mer jöcken öm de Welt" suggeriert zwar globale Aufgeschlossenheit, doch die

Wagenmotive zeigen, wo die Welt des Kölners zu Ende ist: „Ohne vill Gedöns Sonndags en et Gröns", „Föhlinger Seefahrt" oder „Sonnenbad am Heimgrill". Wozu in die Ferne schweifen, wenn's am Rhein so schön ist? Die Stadtverordneten selbst lenken die Rosenmontagsglobetrotter auf lokalen Kurs und geben dem Festkomitee die Empfehlung, man möge weniger Prunkwagen bauen und dafür mehr kölschen Humor zeigen, also: keine Importe aus Nizza oder Rio. Immerhin wird der Zug erstmals in voller Länge im Fernsehen gezeigt. Seit Petermanns Auftritt Silvester 1952 hat sich die Zahl der Geräte von 4000 auf über eine Million erhöht. Doch die mediale Verlängerung des Zugs auf eine Strecke, die von Flensburg bis Garmisch-Partenkirchen reicht, hat einen auch schon von anderen Karnevalssendungen aus Köln bekannten Effekt. Während die Kölner stolz sind, das Programm bundesweit stundenlang zu prägen, fühlen sich viele Nicht-Kölner überrollt von der nicht enden wollenden Humorwalze, die sich über die Mattscheibe ihrer Pantoffelkinos schiebt, sofern sie sich überhaupt bewegt und nicht zum Standbild erstarrt, weil der Spaß wegen Wagenstau auf der Stelle tritt.

Nach den Neubauten von Oper, Wallraf-Richartz-Museum und Bahnhofsvorhalle, bei denen kölsche Eigenart zugunsten internationaler Anschlußfindung zurückgedrängt wurde, vollzieht die Stadt 1958 eine deutliche Kehrtwendung, die – wie immer – gleichbedeutend ist mit einer Änderung der Blickrichtung. Der Welt den Rücken zugewandt, schaut man wieder auf sich selbst und entdeckt: Damit „dä fremde Krom" das Stadtbild nicht allzu sehr dominiert, muß Heimatliches nachgerüstet werden. Affirmation kölnischer Tradition ist die Devise. Also greift man beherzt in die Asservatenkammer mit „original mittelalterlichen" Ahl-

Kölle-Versatzstücken. Im Obergeschoß des Richmodhauses am Neumarkt werden die im Krieg zerstörten steinernen „Pädsköpp" neu angebracht, um an die Legende aus Pestzeiten zu erinnern, derzufolge Herr Mengis von Aduchn nur dann glauben mochte, daß seine Frau die Seuche überlebt hat, wenn seine Schimmel die Treppen des Haussöllers hinaufgaloppieren und oben aus den Butzenfenstern gucken. Den mittelalterlichen Verhältnissen Kölns kann man im neueröffneten Stadtmuseum vor diversen hölzernen Stadtmodellen und Dioramen nachtrauern oder auf dem Alter Markt „dat Glockespill vum Roothusturm" andachtsvoll belauschen, das 1958 wieder erklingt. Die Nachfolger der mittelalterlichen Zünfte, die Handwerksinnungen, haben 45 neue Glocken spendiert, damit es im Herzen Kölns wieder so klingt wie im Karnevalslied von Jupp Schlösser und Gerhard Jussenhoven bereits 1954 herbeigesehnt:

> Un mer wolle hoffe, dat et nit mieh doht zo lang,
> bes mer widder höre kann dä altvertrauten Klang.
> „Üb immer Treu und Redlichkeit !", wie klingk dat
>   doch su schön.
> Wenn et och av un zo donevve häut, sin dat echte
>   kölsche Tön!

Jupp Schlösser, der schon 1938 beim Gesang auf die Schieflage der Altermarktsbebauung und 1948 beim Blootwoosch-Sprachtest für Zuwanderer ein äußerst feines Gespür für die besonderen Eigenheiten des Kölner Gemüts bewiesen hatte, lieferte auch in diesen scheinbar simplen Versen eine exakte Analyse des heimischen Charakters. Der Kölner verfügt selbst über keine allzu gefestigte innere Moral, eignet sich aber beflissen Moralvorgaben von außen an, indem er das Lieblingsgebimmel des Preußenkönigs Friedrich II. (das er zu jeder halben Stunde von der Potsdamer Garnisonskirche tönen ließ) als „offizielle" Stadtlosung vom Rathaus herab erklingen läßt. Daß nur ein reiner Glockenklang vor- und sinnbildlich für ein reines Gewissen schlagen kann, daß also zwischen Ton und Tun, äußerer Handlung und innerer Haltung ein buchstäblich harmonischer Zusammenhang bestehen sollte, ignoriert der Kölner. Deshalb nimmt er es mit der Stimmung des Geläuts nicht so genau. Hauptsache, die Melodie ist wiederzuerkennen, damit man – falls wer fragt (Regierung, Obrigkeit oder sonst eine höhergeordnete nicht-kölnische Instanz) – auf die klingende Treu- und Redlichkeitsverordnung verweisen kann: do hüürste doch, dat Dingen läuf. Disziplin ist in Köln augenzwinkernde Simulation. Moral ist, so zu tun, als hätte man eine. Praxis statt Prinzipien. Das Resultat ist, daß man „av un zo donevve häut" – so wie es Peter Müller immer wieder passierte, so wie die Kölner generell eine Klopperei als Taktgeber für „echte kölsche Tön" schätzen. Mit anderen Worten: „dat Glockespill vum Rothuusturm" schlägt im Herzrhythmus des „leeve Jung". Und der übertönt auch den Rock 'n' Roll allemal. 1958 gibt das Rathausglockenspiel wieder Takt und Ton vor. Den Rest jugendlicher Aufmüpfigkeit absorbiert der einfallsreiche Kölner Einzelhandel. Zum Sommerschlußverkauf wirbt er mit dem kalauernden Slogan „Rock 'n' Bluse" – und verramscht die kulturelle Substanz der bewegten Jugend so gleich mit.

Affenschande

Was macht der „leeve Jung" Petermann? Nachdem er bereits 1956 verhaltensauffällig wurde und man ihn im Jahr der Kölner Weltöffnung 1957 als unvorzeigbaren Zausel und Vertreter einer zu überwindenden Vergangenheit ganz von der Öffentlichkeit fernhält, wird er nach der Kölner Restauration wie so mancher Repräsentant des „ahle Kölle" noch einmal hervorgeholt, um als routinierter Simulationskünstler Treu und Redlichkeit und sparsame Bescheidenheit zu demonstrieren – im Reklamedienst für die Postbank. Es ist der letzte Auftritt des Schimpansen. Es ist sein erniedrigendster und zugleich populärster.

Am 18. Februar 1959 eröffnet Petermann vor den Augen der Weltöffentlichkeit ein Postsparbuch und ein Postscheckkonto, um für ein neues Affenhaus zu sparen. 50 Mark, gestiftet von der Oberpostdirektion, bilden das erste Guthaben. Die Einkünfte aus dem Showgeschäft sollen noch dazukommen. Zum Fototermin im Postamt Sedanstraße – es ist das nächste vom Zoo aus – erscheinen zahlreiche Journalisten, nicht aber Petermann. Der zehnjährige Affe ist viel zu launisch und unberechenbar geworden, um ins Blitzlichtgewitter geschickt werden zu können. Für die Sparbuchübergabe am Schalter wird er vom jüngeren Schimpansenkollegen Jackie gedoubelt. Der eigentliche Kontoinhaber muß im Käfig bleiben und bekommt – für einen zweiten Fototermin – das aufgeschlagene Sparbuch in die Pfote gedrückt. Offenbar ohne jedes Interesse und Verständnis starrt er mit leerem Blick hinein. Das Bild erscheint nur in der Lokalpresse. Die überregionalen Medien zeigen lieber den lustigen kleinen Jackie – unter dem Namen des Kontoinhabers Petermann. Das Foto des äffischen Bausparers geht um die Welt. „Den kapitalistischen Affen reizt das Eigenheim" titelt das Boulevardblatt „Die Abendpost" nicht ohne Zynismus. Der Affe als Bausparer – das ist die vollendete Domestizierung. Jetzt ist der Schimpanse nicht nur zum Menschen gezähmt worden. Er zählt auch unter den Menschen zu den Zahmsten ihrer Art, den Spießern. Der Affe als Bausparer – das bedeutet die Austreibung aller Instinkte zugunsten eines bescheidenen Vernunftdenkens. Es bedeutet die Aufgabe aller Spontaneität zugunsten einer langfristigen Planung. Es bedeutet totaler Triebverzicht zugunsten pekuniärer Sicherheit. Es bedeutet Durchhalten und Dranbleiben, Mäßigung und Selbstkontrolle. Es bedeutet, daß der über Jahre geäffte Affe – unterworfen, gleichgemacht, angeeignet, geliebt und erdrückt – ein weiteres Mal zum Affen gemacht wird.

Hinabstoßen – Runterbeugen – Umarmen – Vereinnahmen – Bekümmern.

Petermann muß sich von der Showbühne verstoßen lassen, um als Pflegefall Zuneigung erfahren zu dürfen. Er muß sich die Zuneigung erkaufen, indem er sein mit und unter Menschen verdientes Geld auf eine Zukunft unter Affen einzahlt. Eine Zukunft, die ihm als Menschengleicher nicht entspricht, wird erkauft durch ein Verhalten, das ihm als Showstar nicht entspricht: Bausparen. Der Schimpanse soll Spießer werden, um am Ende Affe sein zu können. Das ist die schlimmste Zumutung.

Erst ein halbes Jahrhundert später wird man entdecken, daß Affen keine Sparer, sondern Spekulanten sind. Auf dem Höhepunkt der Börsenblase, im Jahr 2000, tritt ein Orang-Utan namens Tuan aus dem Duisburger Zoo gegen mensch-

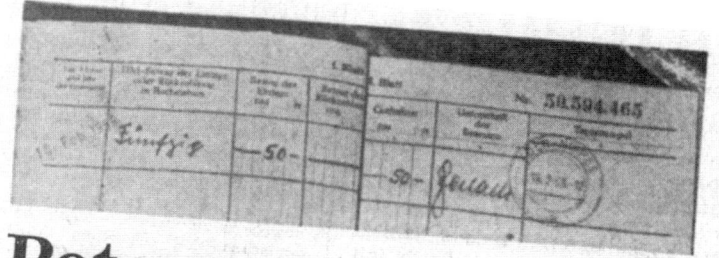

Petermann spart für ein Affen-Eigenheim

Frühlingserwachen im Kölner Zoo

Von Theo Thiebold

Einen richtigen Winterschlaf gibt's im Kölner Zoo ja überhaupt nicht. Aber daß am vergangenen Sonntag infolge des schönen Wetters schon mehr als 2500 Kölner im Riehler Tiergarten Besuch machten, registrierte Direktor Dr. Windecker mit Vergnügen. Tatsächlich gibt es im Zoo auch schon wieder viel Neues zu sehen.

Das Allerneueste allerdings war das Postsparbuch, das Petermann, der Lieblingsschimpanse aller Zoofreunde, gestern ernsthaft studierte. Ein Gönner hatte nämlich ein solches Buch zu dem bereits vorhandenen Grundstock für das im Zug der Gartenerweiterung geplante Affen- und Menschenaffenhaus gestiftet. Das Buch lautet auf den Namen des Besitzers Petermann, Kölner Zoo, ebenso wie das Postscheckkonto Köln 656, auf das viele Kölner regelmäßig Spenden für das Haus, sozusagen das Familieneigenheim der Affen, zu überweisen pflegen.

Ein neuer Teich

Im übrigen gehen die Erweiterungsarbeiten rüstig voran. Schon erheben sich Hügel im Gelände, die Versorgungslei"tungen sind in Bau, und im Laufe des Sommers wird die Anlage begrünt und der neue große Teich für das Wassergeflügel angelegt. Denn die Pläne sehen natürlich nicht nur ein neues Affenhaus, sondern viele moderne und übersichtliche Freigehege und Häuser vor.

Petermann aber freut sich vor allem auf sein Haus. Darum nahm er mit Vergnügen eine Sonderspende der ihn gestern besuchenden Journalisten entgegen und beauftragte seinen jüngeren Freund Jackie, den Betrag gleich aufs Sparbuch einzuzahlen. Das Postamt Sedanstraße geriet in hellen Aufruhr, als Jackie diesen Auftrag gewissenhaft ausführte.

Noch kein richtije

„He wor ald manche Aap dren", sagte ein im Amt ergrauter Postschaffner, der sich den Trubel ansah, „ävver noch kein richtije!"

Wie stets im Frühjahr, gibt's im Zoo auch wieder allerlei Nachwuchs zu bewundern. Da stolpert zum Beispiel ein unbeholfen-lustiges Kälbchen des westafrikanischen Dahomé-Rindes über die Wiese, das seine neun Tage alte Nase neugierig in die Welt streckt. Und auf dem Affenfelsen stellen sich, wenn der Pfleger mit den Futteräpfeln kommt, fünf junge Mütter mit gerade zur Welt gekommenen Sprößlingen in die Reihe der Wartenden.

Auch bei den verschiedenen Geflügelarten steht Familienzuwachs be-

„Schon ganz schön was drauf", lächelt Petermann breitmäulig. Er studierte sein Sparbuch so genau, als wenn er's tatsächlich lesen könnte.
Fotos: Spielmans

liche Broker an und macht mit seinen intuitiven Zufallstips mehr Gewinn als die Profi-Händler. Während der Finanzkrise 2008 schafft es ein Weißkopfkapuzineraffe, 30 Prozent mehr Gewinn zu erwirtschaften als menschliche Analysten. Ähnliches gelingt Anfang 2010 einem Makaken an der Moskauer Börse. New economy ist eben auch wilde Wirtschaft. Petermann jedoch ist Leitfigur einer old economy, in der der brave Bürger spart und spart und spart und den Ertrag des Ersparten... nicht mehr erlebt. Üb immer Treu und Redlichkeit – bis an dein kühles Grab.

Petermanns kühle Kachelzelle wird noch zu Lebzeiten seine Gruft. Von der Decke baumelt ein einzelner Reifen, am Boden liegen ein paar Haufen Holzwolle. Das ist alles. Die Zoobesucher wundern sich, daß er nicht mehr draußen herumspielt, nicht mehr Roller fährt oder an der Zookasse sitzt und Eintrittskarten ausgibt. Nicht zuletzt wundern sie sich, daß er nackt ist. Aber vielleicht hat er nur vorübergehend keine Lust mehr, vielleicht benötigt er eine Pause, vielleicht macht er einfach nur keine gute Zeit durch. Er wird schon wiederkommen. Aber Petermann kommt nicht wieder. Apathisch hockt er in seiner Zelle, stupst hin und wieder den Reifen an oder hängt ein Bein hinein. Wenn er noch Späße macht, dann gehen sie so tief unter die Gürtellinie, daß auch die Mitbürger eines Kallendresser nicht mehr amüsiert sind. Manchmal hockt er wie teilnahmslos da, fixiert die Besucher und kackt sich seelenruhig in die offene Hand, um den Haufen anschließend jemandem an den Kopf zu schmeißen. Dann reißen entsetzte Eltern ihre Kinder weg und erzählen das Erlebte anderen Eltern, die ihrerseits ihre Kinder in großem Bogen an Petermanns Zelle vorbeiziehen. Nach mehreren derartigen Attacken setzt man vor Petermanns Gitter eine Glasscheibe ein. Da kleben die fiesen Wurfgeschosse, rutschen streifenziehend hinab und verschlieren die Sicht auf den Affen.

Wer sitzt denn da drin? fragen Kinder. – Ach, das ist ein armer Affe, der krank und bös geworden ist. – Kann man den nicht besuchen, damit er sich freut? – Nein, der möchte lieber seine Ruhe haben.

Petermann hat seine Ruhe. Auch als 1960 anläßlich des 100. Jubiläums der Zoogründung der Rosenmontagszug unter dem Motto „Jedem Dierche sing Pläsierche" läuft und die Losung der zahlreich als Affen verkleideten Zugteilnehmer „Maach de Aap!" lautet, muß Petermann in seiner Zelle bleiben. Daß er dort – wie die Kölnische Rundschau meldet – aus solidarischer Begeisterung für das karnevalistische Affentheater in der Innenstadt einen Salto geschlagen hat, dürfte wohl eher eine hübsche Wunschvorstellung als reale Beobachtung sein. Immerhin erweist Zugleiter Peter Schumacher dem ehemaligen Bühnenpartner seine Reverenz. Der weiße Pappmaché-Elefant, auf dem er als Maharadscha thront, trägt einen Affen auf dem Rüssel. Von dieser Anspielung abgesehen, wird weder beim Rosenmontagszug noch bei den Schull- und Veedelszöch auf Petermann Bezug genommen, obwohl gerade die Sonntagszüge so ziemlich jeden Scherz machen, der sich mit und über Affen machen läßt. Aus einer Pappminiatur des neuen Opernhauses winken Affen (von wegen „Affentheater"), die zunehmende Zahl von Verkehrsschildern wird zum „Schilderdschungel für uns Aape" erklärt. Und „die Aap", Peter Müller, wird gleich mehrfach Zielscheibe sanften Spotts. Als „kölscher Astronom", der nur noch „Stähne süht" (im Kampf um die Europameisterschaft im Mittelgewicht im November 1959 gegen Gustav „Bubi" Scholz ging Müller in der ersten Runde nach nur einer Minute und 22 Sekunden k.o.), liegt er in Gestalt eines

Noch einmal das Thema: „Aap". Diesmal „Aap am Schliefstein". Durch das Fernrohr (rechts) betrachtet: kölsche Sterne auf den Straßen. Und dann noch eingestreut: viel Jecke.
Fotos: H. Koch u. I. Spielmans

„HA HAT ENE VOGEL", diesen Spruch illustrieren die Kinder der Volksschule Friesenstraße auf originelle Weise (links). Mer han uns Jecke jot verwahrt. Hier einer der Jüngsten: mit Pappnase und dicker Trommel.

Schön de Aap jemaht

500 000 sahen die Schull- und Veedelszög bei strahlender Sonne

Von unserem Redaktionsmitglied Helmut Falter

Was kaum jemand zu hoffen gewagt hatte, das geschah: Wolken, Dunst und Regen, die noch am Weiberfastnachtstag „vermiest" waren wie weggeblasen. Über der Narrenparade der Schull- und Veedelszög am Karnevalssonntag lag Sonnenschein bei geradezu frühlingshaften Temperaturen. Da wurde es sogar den in schwarze Wolle verpackten „Negern" in den Zög zu warm.

500 000 Menschen säumten nach Angaben der Polizei den Weg der Schull- und Veedelszög, die vom Offenbachplatz ausgingen, an Rathaus und Dom vorbeiführten und nach vielen Jahren wieder einmal über den Eigelstein durch das nördliche Veedel der Altstadt rückten. Auf der Rathaustribüne hatten sich Prinz Peter IV., die Jungfrau Josefa und Bauer Hans sowie Oberbürgermeister Burauen eingefunden. Auch Protektor des zum Fastelovend gegründeten Patriotischen Comitees (siehe Bericht an anderer Stelle), Dr. Hans Schmitt-Rost, war unter den Ehrengästen. Er stöhnte unter seiner Pappnase: „Met der Nas ka' mer jar nit rauche.

Die Polizei kommt berritten und mit einem Lautsprecherwagen. Der Polizist am Lautsprecher bittet die Jecken am Zugweg fröhlich op Kölsch: „nicht den Pferden zu nahe zu kommen: „Mer soll Lachen, kein Spaß han op de Föß treddel! eben Spaß an d'r Freud. Auch die Polizei hat der Spielmannszug der Blauen Funken auf, und dann erscheinen die heiligen

Zum Thema Tiere gehört „et Kölsche Aape-Thiater": Aus den Fenstern des neuen Opernhauses grüßen Aape (Schule Zugweg: „100 Jahre Kölner Affentheater"). Der Verkehrsschilder-

Mägde un Knächte der Lyskircher Junge, die auch in diesem Jahr wieder die Schullzög betreuten. Präsident Jean die Küster fährt in einer Kutsche mit.

Und von da an sieht man Tiere und noch mal Tiere. Denn das Zoojubiläum und das Motto des Rosenmontagszuges „Jedem Dierche sing Pläsierche" hat auch die Strööp der Schullzög und die Vereine und Stammtische, die in den Veedelszög aufmarschieren, zu immer neuen und originellen Einfällen inspiriert. Den schönsten der Schullzög hatten wohl die Strööp der den Pläsierches sensträße mit den „Pläsierches". Sie erklärten, was es heißt „Hä hät ene Spatz jefröhstöck", „Hä lieht „Hä hät ene Bock jeschosse" (der Ehemann hätt' ene Drache steige" (der Ehemann erschien der Schmierfink, et Luusch-höhnche (Huhn mit Hörrohr), et Suff- ühl und et Ringeldüürche. Die Schule Zwirnerstraße zeigt, was alles „rund öm de Vringspooz" geschieht. Es kommen die „Mädche vun d'r Bayer-Pension" und „de Stollwerck-Engelcher". Die Maatfrau vum d'r Vringspooz beschenken Seine Tollität mit pooz beschenken Seine Tollität mit Endivien-Salat!

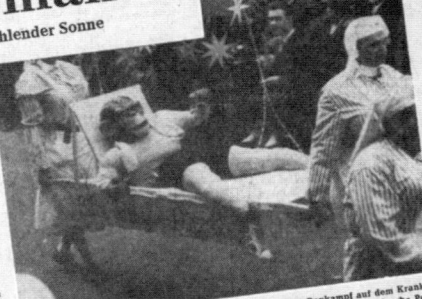

DAS IST DER HOMO (S)APIENS: Eine Aap liegt nach einem Boxkampf auf einem Krankenbett und singt: „Bubi (gemeint ist Bubi Scholz, du bist mein Augenstern". Diese erfand der Stammtisch Klävbotze.

stellt. Wo wir einmal beim Essen sind: den Stammtisch „Ohm Pietes", „Arbeitsessen" der Außenminister in Genf glossierte. Da sitzen die „große Deere" in Frack und Zylinder bei Hämchen in Frack und Kölsch, das auf Fließbändern serviert wird. Die übrigbleibenden Knochen werden als „durchgekäute Akten" auf einem besonderen Wägelchen mitgeführt. Das „höchste Deer" in diesem Wagen war das Pferd, das eigentlich den Wagen ziehen sollte. Es war ausgespannt, weil es laut Aufschrift „en ärm Päd" war. Drei

Männer zogen dafür den Pferdewagen am Seil.

Kölsches Lokalkolorit in der Gruppe „Dene Heinzelmännche ihr Pläsierche". Ein buntes Bild: lauter Heinzelmännchen in allen Farben. Die böse Schneidersfrau, auf die Treppe streute und da mit die fleißigen Helfer noch nachträglich als „ahle Drache" gescholten. Unter Sternbildern eines „kölschen Horoskops" geht eine Jungfrau mit vielen Würmelingen.

Carolus

Schimpansen auf einer Krankentrage und lallt: „Bubi, Du bist mein Augenstern." Peter Müller wird wieder aufstehen und noch bis 1966 weiterboxen. Und Petermann ...?

Petermann hat seine Ruhe. Zweieinhalb Jahrzehnte lang. Draußen rotiert die Welt und entwickelt gewaltige gesellschaftliche Fliehkräfte. Drinnen kreist der Affe um sich selbst und wischt dabei mit Holzwollebündeln die immer gleiche Stelle des Kachelbodens mit immer gleichen zirkelnden Bewegungen. Soziale Beeinträchtigung, eingegrenzte Interessen, repetitive Routinen, stereotype Motorik – wäre Petermann ein Mensch, deutete sein Verhalten auf das Asperger-Syndrom, eine Form des Autismus. Und die Minuten und Stunden, die er zwischenzeitlich regungslos am Reifen hängt, würde man als kataleptische Schübe interpretieren, eine Art Schreckstarre, wie sie bei Schizophrenen beobachtet wird. Aber Petermann ist kein Mensch. Nicht mehr. Der Affe implodiert gleichsam, fällt in sich zusammen. Während die Zeitgeschichte explodiert.

1961 schicken die Amerikaner den ersten Schimpansen in den Weltraum. Ham heißt der berühmteste der 30 äffischen Testpiloten, die auf der Holloman Airforce Base in New Mexico stationiert sind, um der bemannten Raumfahrt vorauszufliegen. Ham geht am 31. Januar 1961 als erster an den Start, verbringt sechs Minuten in der Schwerelosigkeit, um dann mitsamt seiner Kapsel in den Atlantik zu fallen. Er wird unversehrt geborgen, bekommt einen Apfel und eine Orange zur Belohnung und darf den Rest seines Lebens im Zoo von Washington verbringen. Als er 1983 stirbt, wird er vor der „International Space Hall of Fame" in Alamogordo, New Mexico, begraben. Ein veritabler Gedenkstein erinnert dort an ihn. (In der DDR kontert man Hams Testflug mit einem vorgeblich spontan entstandenen „Volkslied": „Lasst die Schimpansen doch in Ruh / Und lernt vor allem eins dazu / Im Weltraum siegt die SU.")

Ebenfalls 1961 legt sich Elvis Presley einen Schimpansen namens „Scatter" zu. Er übernimmt für den zum Hollywoodstar avancierten King of Rock 'n' Roll die Unsittlichkeiten, die sich der Hüftschwungprovokateur der Fünfziger als Filmdarling der Sechziger nicht mehr leisten kann. Beispielsweise hebt Scatter die Petticoats von Damenbesuchen an, um sich unter deren Taille kundig zu machen. Der Affe als Triebhandlungsstellvertreter.

1962 malt Francis Bacon das Bild „Papst und Schimpanse", auf dem das Kirchenoberhaupt von einem Menschenaffen umklammert scheint, wobei die Körper derart vexierhaft verschränkt sind, daß sich nicht entscheiden läßt, ob der Affe – als Verkörperung des Instinkts – den Papst äußerlich im Griff hat oder inwendig.

1963 starten die „Rolling Stones" ihre Karriere, und der Schriftsteller und Diskjockey Nik Cohn schreibt: „Die Teens sahen sie und waren sich nicht ganz sicher, aber als sie dann nach Hause kamen und ihre Eltern über diese Tiere jammern hörten, über diese schmutzigen, langhaarigen Affen, da identifizierten sie sich wie irre."

1964 starten die „Who" ihre Karriere, und Nik Cohn schreibt: „Wenn die ‚Who' ihre Instrumente zertrümmerten und Feedback benutzten und sich wie die Affen aufführten, war das nicht Gewalttätigkeit, es war Autodestruktion."

1965 kommen die „Rolling Stones" nach Deutschland und beginnen ihre Tournee – ausgerechnet – in Münster. „Ich frage mich, welche Kräfte da am Werke sind, ob wir langsam, aber sicher verblöden oder ob wir doch vom Affen abstammen", heißt es in einem Leserbrief an die Westfälische Rundschau. Nach Münster spielt die Band in Essen. Übernachtet wird jeweils in Düsseldorf, dann folgen – unter weiträumiger Umgehung von Köln – Auftritte in Hamburg, München und Berlin, wo ihre Fans die Waldbühne zerlegen.

Währenddessen schrubbt Petermann seinen Zellenboden mit Holzwollebündeln.

1966 kommen die „Monkees". Monkey ist der englische Begriff für kleine Affen. Die Monkees sind eine Retortenband, von Produzenten geboren, von Managern dressiert, vom Fernsehen vorgeführt – als harmlose Placebo-Primaten, mit denen sich die Jugendlichen ersatzweise identifizieren sollen, um Emotionen abreagieren zu können, ohne wirklich wild zu werden. Die Monkees sind Show-Affen. Und sie geben es zu: „Hey, hey, we are the Monkees, you know we love to please. A manufactured image with no philosophies."

Währenddessen schrubbt Petermann seinen Zellenboden mit Holzwollebündeln.

1967 wird Ronald Reagan Gouverneur von Kalifornien und erklärt, daß die Hippies wie Tarzans Schimpanse Cheeta riechen.

1968 kommen die „Apes". Ape ist die englische Bezeichnung für Menschenaffen. „Planet of the Apes" ist der Titel eines düsteren Science-fiction-Films, in dem eine Raumfahrercrew auf einem fremden Planeten in einer Welt landet, wo Gorillas, Orang-Utans und Schimpansen regieren und sich Menschen als Sklaven halten. Die Menschen haben ihre Sprache verloren, die Affen haben sprechen gelernt. Am Ende des Films stellt sich heraus, daß der vermeintlich ferne Planet die Erde ist und die Reise der Astronauten nicht durch den Raum, sondern die Zeit führte: 2000 Jahre in die Zukunft. Der Film ist so erfolgreich, daß bis 1974 vier Fortsetzungen gedreht werden: „Rückkehr zum Planet der Affen", „Flucht vom Planet der Affen", „Eroberung vom Planet der Affen" und „Die Schlacht um den Planet der Affen". Zusammengenommen erzählt die Pentalogie eine entwicklungsgeschichtliche Saga, gewissermaßen eine Affen-Edda, die von einer Vorgeschichte ihrer Sklaverei (in der Gegenwart des 20. Jahrhunderts) über eine künftige Epoche des Rebellentums zur Brechung der menschlichen Vorherrschaft und zur Errichtung einer äffischen führt. Entscheidendes Moment der Entwicklung ist die Fähigkeit, den Protest zu artikulieren: „Zuerst grunzten sie ihre Weigerung nur, aber dann kam ein historischer Tag", heißt es im Film. Ein Erlöser-Affe namens Caesar erscheint, und der „konnte sprechen, er sprach ein Wort, das die Menschen unzählige Male zu ihm gesagt hatten. Er sagte: nein." Deutlicher wird der Affe als Rebell nie dargestellt. Schon am Ende des ersten Films der Reihe erhalten die Affen einen entscheidenden Hinweis für den Umgang mit Menschen: „Trau keinem über 30."

1968 singt John Lennon „Everybody's got something to hide except for me and my monkey." 1969 singt Mick Jagger „Monkey Man". 1970 singen die „Kinks" „Ape Man". Zur gleichen Zeit stellt eine Umfrage des Allensbacher Meinungsforschungsinstituts fest, daß vor den Bundestagswahlen von allen innenpolitischen Themen vorrangig eins interessiere, nämlich der „Wunsch, man solle Gammler und Hippies zwingen zu arbeiten".

Währenddessen schrubbt Petermann seinen Zellenboden mit Holzwollebündeln.

Petermann verpaßt die sechziger Jahre.

Er verpaßt Rudi Dutschke und seinen Appell, daß die Menschen nicht „hoffnungslose Idioten der Geschichte" seien. Petermann verpaßt auch das Attentat auf Rudi Dutschke. Petermann verpaßt die Verbreitung des Begriffs „Langhaaraffen" für Jugendliche, die keinen Fassonschnitt tragen. Er verpaßt die deutschsprachige Premiere des Musicals „Hair". („Wenn ich das wüßt', warum mein Haar so ist. Es wächst so dicht und schnell, fast kriminell.") Und er verpaßt die kleine Anfrage des CDU-Abgeordneten Bruno Böttcher im Berliner Senat, ob Meldungen zuträfen, denen zufolge die für fast ausgestorben gehaltene Kopflaus gebietsweise wieder im Vordringen sei und ob diese „Tatsache" darauf beruhe, „daß ein Teil der männlichen Bevölkerung die Uniform überlangen Haarwuchses trage".

Petermann verpaßt die Demonstrationen gegen die Fahrpreiserhöhungen der KVB 1966. Er verpaßt den Schweigemarsch für Benno Ohnesorg durch die Innenstadt auf den Neumarkt 1967. Er verpaßt den Sternmarsch auf Bonn gegen die Notstandsgesetze 1968. Er verpaßt den Wirbel um das Kölner Kommuneleben in der SDS-Wohngemeinschaft Bismarckstraße 1969. Er verpaßt das Manifest des Kölner ZK „Schöpferischer Anarchismus" 1970.

Petermann verpaßt die siebziger Jahre.

Petermann verpaßt den Rechtsstreit zwischen Klaus dem Geiger und dem Ordnungsamt um die Frage, ob der Straßenmusiker ein Reisegewerbe betreibe oder eher ein moderner Balladensänger sei. (Das Urteil lautet: Balladensänger.) Er verpaßt Wolf Biermann in der Sporthalle. Er verpaßt die erste Ausgabe von Alice Schwarzers „Emma". Er verpaßt Günter Wallrafs Inkognito-Recherchen bei der Bild-Zeitung. Er verpaßt die Entführung und Ermordung von Arbeitgeberpräsident Hanns Martin Schleyer.

Petermann verpaßt die Einweihung des Aquariums, die Einführung von Trödelmärkten, den 150. Geburtstag des Karnevals, die erste Platte der Bläck Fööss, die Herstatt-Pleite und die Enthüllung der Bronzeplastik von Tünnes und Schäl.

Petermann verpaßt den Bau von einem halben Dutzend abgebrochener Wolkenkratzerriesen in Köln. Er verpaßt die Teilzeiteingemeindung von Wesseling, die Köln für anderthalb Jahre zur Millionenstadt macht. Er verpaßt den Pokal- und Meisterschaftsgewinn des 1. FC und die Lizenzvergabe für die erste Kölner Peep-Show.

Petermann verpaßt die weltweite Krise der Zoos, ihren Besucherrückgang, die sinkenden Einkünfte und die zunehmende Kritik an den Haltungsbedingungen, den hohen Sterblichkeitsraten, dem Ankauf von Tieren mit gefälschten Papieren, den Verstößen gegen Fangverbote und Artenschutzabkommen – die Kritik am Selbstverständnis der Tiergärten.

Und Petermann verpaßt auch die einzigen Zeitungsartikel, die in 25 Jahren über ihn erscheinen. Am 13. Juli 1979 verkündet Zoodirektor Ernst Kullmann, daß Petermann nun seit genau 30 Jahren in Köln lebe. Hat der Zoochef Informationen über die Ankunft des Schimpansen, die keiner seiner Vorgänger hatte und die nie zuvor veröffentlicht wurden? Oder nutzt er nur das Sommerloch der Ereignisarmut, um willkürlich einen Jubiläumstag zu setzen und damit die Presse anzulocken? Jedenfalls erklärt Kullmann, daß Petermanns Postsparbuch nach wie vor bestehe und „bis gestern" 32.673,70 Mark darauf seien, von denen Spielgeräte und Renovierungsarbeiten am Affenhaus bezahlt würden. Also kein Grundstock für ein neues Affenhaus? Die Frage bleibt ebenso unbeantwortet wie die Frage nach dem Befinden Petermanns. Während der Kölner Express von einem „quietschlebendigen" Schimpansen berichtet, schreibt die Kölnische Rundschau unter der Überschrift „Rampenlicht erlosch für den Affenstar", daß der fast kahlköpfige Schimpanse kaum mehr wiederzuerkennen und in Schwermut verfallen sei. Stumpfsinnig robbe er über den Kachelboden seines Käfigs und stiere ins Leere.

Petermann verpaßt eine ganze Epoche. Eine Epoche des Aufbruchs und Ausbruchs, des Aufstands und des Aufbegehrens gegen politische, soziale, moralische Beschränkungen. Eine Epoche des Wilden und Rebellischen, des Lauten und Lustbetonten. Eine Epoche, die sich gegen Dressur und Domestizierung wendet, gegen Zivilisationsfesseln und Triebunterdrückung.

Petermann verpaßt seine einzige Erwähnung als ungezähmter Macho und Jailhouse-Rocker. 1980 schreibt Zoodirektor Ernst Kullmann in einer Broschüre zum 120. Jahrestag der Tiergartengründung: „Ein besonders populärer Bewohner des Zoos ist der Schimpanse ‚Petermann‘. Der Tanz des Schimpansenmannes, den man häufig im Zoo beobachten kann, ist von eindringlicher Wucht. Das Tier hebt sich mit dumpfem ‚uh, uh‘ auf die Beine, stampft mit den Füßen auf, steigert die Stimme zu einem lauten Geschrei, schlägt mit den Fingerknöcheln gegen Käfig und Wände und verstummt dann ganz plötzlich wieder." (Daß diese Beschreibung genausogut auf das Verhalten eines Psychiatriepatienten in der geschlossenen Abteilung zutreffen könnte, muß dem Zoodirektor entgangen sein.)

Petermann verpaßt die Epoche der Affen und ihrer Glorifizierung als Antispießer, Normverächter und Urhippies. Und als Gefangene eines repressiven Systems.

Und Petermann verpaßt, wie auch diese Epoche zu Ende geht.

Petermann verpaßt den Tod John Lennons im Dezember 1980.

Petermann verpaßt die Versuche, Köln von einer Gemütsstube im Schmuddellook zu einem blankgeputzten Repräsentationsraum umzugestalten. Er verpaßt die Eröffnung des noblen Einkaufszentrums „Bazaar de Cologne" in der Mittelstraße und die erste Runde des Panorama-Drehrestaurants im neuen Fernmeldeturm 1981. Er verpaßt die Tunnelversenkung des Rheinuferverkehrs unter den Klängen des KVB-Orchesters, dirigiert von Willy Millowitsch 1982. Er verpaßt die Bußgeldjagd auf Hundebesitzer, die ihre Köter in Sandkästen und auf Gehwege kacken lassen, 1983. Und er verpaßt die Einsetzung von 90.000 Blumenzwiebeln für den neuen Rheingarten vor der Altstadt 1984.

Was Petermann nicht verpaßt, ist der Amtsantritt des neuen Zoodirektors Gunther Nogge 1981. Der damals 39 Jahre junge Zoologe führt erstmals wieder Pressefotografen vor Petermanns Käfig – um die unhaltbar erbärmliche Unterbringung der Tiere publik zu machen. „Katastrophal und entwürdigend", erklärt Nogge unverblümt. „Das ist so schlimm wie Einzelhaft für Menschen." Deutlich distanziert er sich von seinen Amtsvorgängern, die Petermann Späße „eingetrimmt" haben: „Solche Gaudi machen wir heute nicht mehr mit den Affen." Ein neues Affenhaus müsse her, fordert Nogge, ein von ihm gegründeter Förderverein habe bereits eine Bauspende von 300.000 Mark zusammenbekommen, doch das reiche bei weitem nicht, auch nicht, wenn die 33.000 Mark von Petermanns Konto hinzukämen. „Hilfe für Petermann kann letztlich nur von Rat und Verwaltung kommen", resümiert der Bonner Generalanzeiger.

Petermann verpaßt die Diskussion um seine Unterbringung. Er merkt bestenfalls, daß irgend etwas passiert. Passieren könnte. Mit ihm.

Und schließlich verpaßt Petermann die Einweihung des neuen Urwaldhauses für Menschenaffen im Zoo 1985, jener schönen Unterkunft, für die er über ein Vierteljahrhundert zuvor eifrig gespart hatte. Doch nun, da die artgerechte Affenanlage endlich fertig ist, darf er nicht mit einziehen, weil er als aus der Art geschlagen gilt, sozial und kommunikativ defizitär und unfähig, sich an irgendeine neue Umgebung zu gewöhnen. Petermann bleibt in seiner Einzelzelle im ehemaligen Vogelhaus zurück, so wie die ebenfalls als nicht mehr umzugsfähig geltende Alt-Äffin Susi, die man ihm als Jugendfreundin aus fernen Showbusineßzeiten beigesellt hat. Petermann jedoch kann sich an nichts mehr erinnern, weder ans Showgeschäft noch an die Jugendfreundin – und schon gar nicht daran, was männliche und weibliche Vertreter gehobener Säugetierarten zuweilen miteinander zu tun pflegen. Woher hätte er es auch wissen sollen? – „Man hätte Petermann Filme über das Verhalten freilebender Artgenossen zeigen können", spekuliert später die Schimpansenexpertin Jane Goodall, „Schimpansen können von Filmen lernen. Dann hätte man ihm einen schönen Platz in Freien geben sollen, mit Kletterbäumen, Schaukeln. Und man hätte ihn beschäftigen müssen, statt ihn in einen kleinen Käfig einzusperren, wo er sich nur langweilt."

Hätte, hätte, hätte ...

Affjesang
oder: Köln grüßt die Welt

Es geschieht im Oktober 1985. Es geschieht drei Monate nach dem Tod von Heinrich Böll und drei Monate vor der Schließung von Trude Herrs „Theater im Vringsveedel". Es geschieht, als das Erbe der beiden zur Verteilung ansteht: Wer pflegt nach Böll eine katholisch imprägnierte Moral, die oberflächlich wie konfessionsloser Humanismus aussieht? Wer pflegt nach Trude Herr ein brachiales Brauchtum mit sozial-radikalem Anspruch? „Ich bin so sehr Kommunist wie mein Nachbar katholisch", hatte sie einmal gesagt. Böll hätte es umgekehrt formulieren können. Bölls christlicher Glaube ist so institutionenfern, wie Herrs Glaube an die Klassenlosigkeit ideologiefern ist. Radikal sind sie beide. Beide sind aus dem offiziellen Kölschtum exkommuniziert worden. Beide haben dadurch an Integrität nur gewonnen. Beiden fehlt nun eine Nachfolge, jemand, der ein kritisch-nachdenkliches Toleranzdenken mit proletarischer Kernigkeit verbindet. Mangels näher stehender geistiger Verwandtschaft geht das Erbe von Böll und Herr an... Wolfgang Niedecken.

Zwar fehlt Niedecken die filigrane Ironie Bölls ebenso wie die nah am Tragischen gebaute Gefühlshitzigkeit einer Trude Herr, aber er gilt als integer. 1983 hatte der Musiker den Schriftsteller im Verlag des Sohns René Böll getroffen. Bei einer Besprechung über das Layout für den Bildband „BAP övver BAP" kam Vater Böll überraschend hinzu, stellte sich höflich vor und erklärte freundlich: „Ich habe das verfolgt, was Sie da machen. Das ist sehr interessant." Dann bekannte der Literaturnobelpreisträger, daß er durch BAP mit dem „oft so penetrant anbiedernden kölschen Dialekt erstmals keine Probleme mehr" habe. Jedenfalls erinnert sich so Wolfgang Niedecken 2008 in einem Aufsatz für eine polnische Böll-Festschrift. Auf der Band-Homepage heißt es in unbescheidener Reminiszenz an den literarisch potenten Paten: „Mit BAP wurde ‚Kölsch' aus seiner Provinzialität gerissen und galt fortan als Sprache eines aufgeklärten und menschenfreundlichen Denkens." Der zufälligen Begegnung folgte ein Jahr später ein inszeniertes Zusammentreffen vor der Fernsehkamera. Unter dem Titel „Deutsche Erinnerungen

aus 40 Jahren" klönten die beiden über rebellische Traditionen in Köln, in deren Nachfolge sich Niedecken ohne weiteres einordnete.

In den späten siebziger Jahren hatte sich der Sänger mit wechselnden Begleitern als Lieder- beziehungsweise „Leeder"macher und Barde witzig-kritischer Balladen durch Kneipen und Jugendzentren gespielt, bis 1980 Gitarrist Klaus „Major" Heuser hinzukam und aus der Klampfen-Combo mit Amateur-Appeal eine veritable Rockband machte. Im selben Jahr erschien die stilprägende LP „Affjetaut", deren erster Titel „Ne schöne Jrooß" bis heute zum Konzertrepertoire der Band zählt und programmatisch das Selbstverständnis Wolfgang Niedeckens und seiner Fangemeinde verkündet: Die Hölle, das sind die anderen.

„Ahn su 'nem Daach, wo ming Depris ahn mir klääfte", verschreibt sich der Sänger als Antidepressivum einen Blick auf die, die nicht so sind wie er, zum Beispiel der 20 Jahre zuvor von Petermann idealtypisch verkörperte „Durchblickprofi uss dem Bausparverein". Die Spießerschelte wird zum psychohygienischen Mittel gegen Selbstzweifel: Man muß nicht wissen, wer man selbst ist, wenn man nur weiß, daß man nicht ist wie die anderen. Diesem Prinzip folgte schon die Gemütsummauerung der Kölner nach dem Krieg. Niedecken konstruiert seinen Seelenselbstschutzbunker nach denselben statischen Grundsätzen, die die Kölner beim Wiederaufbau der Stadt anwandten. Mit der Entdeckung des (oder der) Anderen erledigt sich die Beschäftigung mit dem eigenen Ich, und zwar so restlos, daß es im Song überhaupt nicht mehr vorkommt. Das in den ersten Versen ausgiebig exponierte Lamento-Ich (vierzehn Mal erste Person Singular) ist mit dem ersten Refrain spurlos verschwunden. Die Selbstzweifel werden durch die Zweifel an politischen und gesellschaftlichen Verhältnissen vollständig überschrieben. Dabei merkt das Ich allerdings nicht, wie es sich in genau jenen Charaktertypus verwandelt, von dem es sich mit einem „schöne Jrooß" distinktiv verabschieden möchte: den „Durchblickprofi", der sich für „unfählbar" hält. In einer nachgerade prophetischen Vision mit verschwörungswahnhaften Zügen erklärt der Sänger den Bausparer („met Frau un Pudel doheim" und „met singer Einbaukösch") zur Leitfigur einer Bewegung „im Gleichschritt Richtung Schwachsinn" beziehungsweise hin zur kollektiven „Entmündigung" und Bewußtseinskontrolle („Oh, leeven Orwell, Vierunachtzig ess noh").

1985 ist das Orwelljahr vorüber. Die Welt mochte ein Stück weiter „Richtung Schwachsinn" gegangen sein, doch Wolfgang Niedecken hält wacker Gegenkurs. Der 34jährige hat mit seiner Kölschrockgruppe BAP die Grenzen der Stadt und ihres Dialekts längst überwunden. Er gibt ausverkaufte Konzerte in ganz Deutschland, wird selbst in der Schweiz und in Österreich gefeiert und veröffentlicht sogar eine erste LP in Großbritannien. (Es wird allerdings die einzige bleiben.) Als Böll im Juli 1985 stirbt, spielen BAP natürlich bei der Gedenkveranstaltung im Gürzenich – so wie Niedecken später gemeinsam mit Trude Herr zu ihrem Bühnenabschied „Niemals geht man so ganz" singen wird. Im Gürzenich wird die Band von Bölls chinesischer Übersetzerin entdeckt, die BAP eine China-Tournee vermittelt. 1987 werden sie ins Reich der Mitte reisen und ihrem unanbiedernden Kölsch ein Milliardenpublikum verschaffen, das von der Menschenfreundlichkeit des Dialekts allerdings mutmaßlich so wenig versteht wie der Sänger von der Menschenunfreundlichkeit Chinas. Anders als bei einer für 1984 geplanten (und geplatzten) DDR-Tour verkneift sich Niedecken bei den östlicheren Machthabern politisch-missionarische Ambitionen. Er verstehe sich nicht als Botschafter, sondern wolle nur das „rebellische Lebensgefühl" der Rockgeneration „rüber-bringen". Mit dieser konfuzianischen Unkonkretheit orientiert er sich an einer gleichermaßen kölschen wie chinesischen Tradition, die sich am Rhein ebenso wie am Jangtse an einem legendären Primatentrio orientiert und – ausgerechnet – von Marie-Luise Nikuta gültig besungen worden ist: „Maach et su wie die drei Aape. Nix höre, nix sage, nix sinn." BAPs China-Tournee 1987 wird der Höhepunkt des globalen Exports von Südstadt-Jeföhl sein. Nie zuvor war Köln so weltbekannt (und nie wieder würde es so weltbekannt sein). Im Todesjahr Petermanns beginnt diese erstaunliche kölnische Welteroberung.

Affeninsel II
oder: das Südstadt-Syndrom

1985 bildet sich in Köln ein alternatives Establishment wie nirgends sonst in der Bundesrepublik. Seit 1984 sitzen die Grünen im Stadtrat, tragen Jute statt Plastik, fordern Nahverkehr zum Nulltarif und die Schließung der Oper, um dort eine „Riesen-WG" aufzumachen. Schon in den späten siebziger Jahren galt die Stadt als Hochburg eines alternativen Protests, der – anders als etwa in Berlin – den sympathischen Ruf genoß, frei von ideologischen Verkrampftheiten und Graben-kriegen um linkspolitische Kleinstgartenterrains zu sein. Trotzkisten und Anarchos, Maoisten, Müslis und Punks bildeten ein gemütliches Gekungel, in dem jeder Jeck anders war und sein durfte. Seit dem Biedermeier hatte es keinen derartigen Charakterzoo in Köln gegeben. Das Terrain der Typen und Originale war im Vergleich zum ummauerten Köln des 19. Jahrhunderts zwar deutlich kleiner, aber dafür um so dichter besiedelt. Als Gemeinschaftsgehege der Multi-alternativen diente zunächst die ehemalige Schokoladenfabrik Stollwerck, die der Kakao-Tycoon Hans Imhoff samt Gelände teuer an die Stadt verkauft hatte. Die wollte die Fabrikgebäude abreißen und an ihrer Stelle Wohnbauten errichten. Gegen die Pläne formierte sich die Bürgerinitiative Südliche Altstadt und forderte die Erhaltung der alten Industriearchitektur, in die durch Eigeninitiative künftiger Mieter Wohnungen eingebaut werden sollten. Wie das aussehen könnte, demonstrierten engagierte Architekten anhand einer Musterwohnung in den Hallen. Loft-Feeling für alle. Mit dieser Perspektive verwandelte sich das Industriegelände in eine Gemütsschutzzone umgrenzter Eigenartigkeit mit Aussicht nach innen. Als die Abrißbagger anrückten, verteidigten die Südstädter vehement diese beschränkte Perspektive und besetzten die Fabrik als eine Art Pavianfelsen lustvoll ausgelebter Individualität in schützender Gemeinschaft, die allerdings – wie die Imagination vom „ahle Kölle" nach dem Krieg – nur zu sehr an Sartres „Geschlossene Gesellschaft" erinnerte: Der Bewahrung der Selbständigkeit wird die Freiheit geopfert. Eine solche Gesellschaft konnte und wollte die alternative Szene nicht bilden. Für die enorm unterschiedlichen Bedürfnisse und Interessen der eigenwilligen Besetzer war das Biotop nicht groß genug. Drogen- und Alkoholprobleme, blanke Gewalt oder nur schiere Kompromißunfähigkeit ließen die Groß-WG scheitern. Die Gebäude wurden abgerissen – bis auf eine Halle, die als Kulturzentrum blieb.

Die Angehörigen der alternativen Szene haben ihre Grenzen erkannt. Sie sind zu viele und zu verschieden, um unter ein Dach zu passen. Und sie sind zu wenige, um die ganze Stadt zu erobern. Doch sie beherrschen ein Viertel. Das ist allerdings kein abgeschlossenes Areal, das sich zur „freien Republik" erklären ließe, auch wenn an manchen Fenstern und auf manchen Dächern Fahnen mit der Aufschrift „Freie Republik Kong" hängen – in Anspielung sowohl auf den Kongo als auch auf den Riesenaffen, der einst New York in Angst und Schrecken versetzte. (Im metropolitanen Größenvergleichswahn stand die alternative Szene nicht hinter dem bürgerlichen Establishment Kölns zurück.) Aber die wehenden Fahnen waren nur eine Geste. Tatsächlich legen die pragmatisch orientierten Alternativ-Kölner auf einen politischen Autonomiestatus wenig wert. Hauptsache, sie haben es heimelig-mollig. So richten sie sich also gemütlich in den weitgehend erhaltenen Altbauten der Südstadt ein, die ihnen zum „ahle Kölle" wird. Dezidiert verzichtet man auf „fremden Krom" zeitmodischer Interieurerscheinungen wie Neonröhren, Schwarzweiß-Kacheln, metallicfarbene Kunstledersessel und andere aseptische Designerstücke der achtziger Jahre. Die Kölner Südstadt ist ein yuppiefreies Terrain im liebevoll gepflegten Schmuddellook der Siebziger. Der wird auch von Alternativtouristen geschätzt. Scharenweise flüchten sie aus den parfümierten Schickimicki-Arealen von München und Düsseldorf, um in den undeodorierten Südstadtkneipen den natürlichen Mief selbstgedrehter Zigaretten und den Klang handgemachter Musik zu genießen (der synthiefreie Gitarrenrock von BAP liefert den Soundtrack des nicht-entfremdet Authentischen) und um – nicht zuletzt – das gemeinschaftsstiftende Kölsch zu trinken, das von anscheinend kommerziell komplett desinteressierten Wirten ausgeschenkt wird. Der ehemalige Sänger der Anarcho-Polit-

rock-Band „Schröder Roadshow" Gerd Köster betreibt das
„Out", wo die sitzen, die „in" sein wollen (aber das Wort nie
verwenden würden). Kellnerin ist seine Kusine Gaby Köster,
die von Jürgen Becker (Kabarettist, der das Wort auch nie
verwenden würde) eines Nachts als Unterhaltungstalent
entdeckt wird, nachdem er sich selbst zuvor als Alternativ-
Karnevalist entdeckt hatte und 1984 der ersten Stunk-
sitzung als Präsident mit Irokesen-Gummikappe vorsaß.
Ein Glanzstück (beziehungsweise bewußt glanzloses Stück)
der Rekultivierung eines „ahle Kölle" ist die Kneipe „Bak-
kes", die Franz Kirchen, einer der wenigen gelernten Wirte
des Viertels, 1983 eröffnet hatte: „Das Backes habe ich
schon ganz gezielt im schmuddeligen Look einer zwanzig
bis dreißig Jahre alten Kaschemme designt; das ging gegen
diese ganzen Neonlicht-Kneipen." Bereits seit 1975 betrieb
Heinrich Bölls Neffe Clemens Böll das Chlodwig-Eck und
damit die Keimzelle der südstädtischen Kneipenland-
schaft.

Im Bierdunstkreis der charakterstarken Wirte sammelt
sich ein nicht minder charakterstarkes Stammpublikum
aus Künstlern, Musikern und Irgendwie-Kreativen: die Sänger
Purple Schulz, Wolf Maahn und Anne Haigis, der renommierte
Fotokünstler (und als „Szenehäuptling" titulierte) Jürgen
Klauke, der multimedial Kreative Ingo Kümmel („Kunst
kommt von Kümmel"), Ralf Johannes alias Charly Banana,
genannt der „Stipendien-Weltmeister", Heinz Zolper, Künstler
und Kreativtherapeut (der „kölsche Köhnlechner"), der Schauspieler Udo Kier und der selbsternannte „Asi mit Niwoh"
Jürgen Zeltinger. Im „ahle Kölle" der Südstadt bilden sie ein
Kernensemble neuer Kölscher Originale, das sich bis Mitte
der achtziger Jahre erheblich vergrößert und über die Alternativszene hinaus erweitert.

Die Ichfindung durch Außenabgrenzung nach dem Muster von Wolfgang Niedeckens Song „Ne schööne Jrooß" wird für zahllose Kölner persönlichkeitsprofilbildend. Immer mehr definieren sich als querköpfige Nonkonformisten, die anders als die anderen sein möchten. Da ist der Oberstadtdirektor und Kinderbuchautor Kurt Rossa, der als „dä Kojak us'm Rothuus" nicht nur mit seiner Glatze als beamtenuntypischer Individualist glänzt. Da ist der Regierungspräsident Franz-Josef Antwerpes, der mit seinen eigenwilligen Aktionen und Selbstinszenierungen als Sheriff im Verwaltungsdienst über die Stadtgrenzen hinaus bekannt wird. Da ist der assimilierungswillige und immerfröhliche Berliner Imi und krummbeinige Dribbelartist Pierre Littbarski, der in Petermanns Todesjahr 1985 zum „Torschützen des Jahres" gekürt wird. Da ist – auch ein Imi – der gebürtige Pirmasenser Theater- und Filmregisseur Walter Bockmayer, der 1985 mit der hundertsten Kneipenvorstellung seiner „Geierwally" in der „Filmdose" an der Zülpicher Straße Triumphe feiert. Da ist die energische Stadtkonservatorin Hiltrud Kier, die 1985 zum Jahr der Romanischen Kirchen in Köln macht und die romanischen Kirchen zu bunt ausgemalten Bauten. Da ist der Alltagsdesignsammler Hermann Götting, der in wallenden Gewändern mit milder Maharadscha-Miene durch die Stadt flaniert und mit seinen Sammelstücken 1985 die Ausstellung „Von Maurice Chevalier bis zum Nierentisch" zur erfolgreichsten Schau des Kunstvereins macht. Dessen Leiter Wulf Herzogenrath mit Knitterfliege und Teppichvollbart zeigt ebenfalls Ambitionen auf Kölner-Original-Status, trifft aber mit dem zwirbelbärtigen WDR-„Hobbythek"-Moderator Jean Pütz in Sachen Gesichtsbehaarung auf harte Konkurrenz. (Allerdings ist ein extravaganter Bart in der Schnäuzerträgerhochburg Köln ohnehin kein besonders geeignetes Mittel der Distinktion. Insofern liegt wiederum Wolfgang Niedecken völlig falsch, wenn er in seinem Lied „Neppes, Ihrefeld un Kreuzberg" die zweifellos massiv vorhandenen Vorurteile gegenüber türkischen Zuwanderern ausgerechnet anhand der Reaktion auf deren Bartwuchs nachweisen zu können glaubt, weil „mer nit erwünsch ess un met nem Schnäuzer keine Minsch ess." Wenn etwas jemanden in Köln zum „Minsch" macht, dann ist es ein Prachtgewächs unter der Nase.)

Rasiert oder unrasiert – die Zahl der kölnischen Selbstdarsteller Mitte der achtziger Jahre ist enorm, genauso wie die Zahl der Selbstdarstellungsbühnen. „In Köln hat die Show niemals Pause" stellt das Kunstmagazin „Art" 1985 fest. Seit sich der „internationale Kunstmarkt", der zuvor jährlich zwischen Köln und Düsseldorf wechselte, unter dem neuen Namen „Art Cologne" 1984 ganz nach Köln begibt, ist die Stadt international anerkannte Kunstmetropole, die sogar Galeristen aus New York lockt. Die Kölner Kunstszene bildet eines der größten Reservoirs unkonventioneller Individualisten. Viele, die Ende der siebziger Jahre noch als Gruppe auftraten, haben sich 1985 als Solisten profiliert, so zum Beispiel die Mitglieder der „Jungen Wilden" der „Mülheimer Freiheit", Hans Peter Adamski, Peter Bömmels, Walter Dahn, Jiří Georg Dokoupil, Gerard Kever und Gerhard Naschberger. Hinzu kommen Künstler, die zwar keine lokalen Szenegänger sind, den Ruf der Stadt aber um so weiter nach außen tragen: Anna und Bernhard Johannes Blume, Rosemarie Trockel, Gerhard Richter und und und...

...und sogar Willy Millowitsch trägt zur Steigerung der internationalen Bekanntheit Kölns bei. 1985 hat er seinen ersten und einzigen Auftritt in einem Hollywoodfilm. In der Komödie „National Lampoon's European Vacation"

spielt er Fritz Spritz, einen „bewildered elderly German vil-
lager", den eine amerikanische Familie auf Europareise versehentlich für einen Verwandten hält und bei dem sie sich
für eine Nacht einquartiert. Millowitsch alias Spritz kann
die Amerikaner mangels englischer Sprachkenntnisse nicht
über ihren Irrtum aufklären und bewirtet sie stumm lä-
chelnd. Erst als die Familie wieder abreist, sagt er den einzigen Satz, der für ihn im Drehbuch steht: „Wer zum Teufel
waren die Leute?"

So wird denn schließlich auch ein Willy Millowitsch ins
Biotop schrullig-schriller Exoten eingemeindet, die alle „irgendwie nicht ganz normal" sind – wobei die Normalität als
Kontrastreferenz des Unnormalen fast schon nicht mehr aus-
zumachen ist. Wenn alle anders sind, wer ist da noch gleich?
Und wie lassen sich in der Masse der Anderen die erkennen,
die anders als die anderen Anderen sind? Zu den anderen
Anderen gehört beispielsweise der Kultur- und Musikpublizist
Diedrich Diederichsen, der im Herbst 1985 die Chefredaktion
des Kölner Musikmagazins „Spex" übernimmt und aus einer
bislang präpotenten New-Wave-Postille das Zentralorgan des
intellektuellen Popdiskurses macht, das sich mit genau jenen
Musikstilen befaßt, die in der Südstadt verpönt sind. Konse-
quenterweise hat die Redaktion der Zeitschrift ihren Sitz im
Belgischen Viertel, wo auch die wenigen Bars angesiedelt
sind, die sich der rustikal-kölnischen Gemütlichkeit verweigern
und statt schummriger Tropfkerzen Neonlampen leuchten
lassen. Die strahlen über die Kölner Intimzone hinaus. „Spex"
versteht sich als Zeitschrift, die bis ins entlegenste New Yorker
Ghetto Licht in den Dschungel der Ismen einer zunehmend
differenzierten Popkultur bringen will. Der global schweifende
Blick übersieht allerdings naheliegende Phänomene – wie
etwa Niedeckens BAP. „Wenn man das damals richtig ange-

gangen wäre und alle zielstrebiger gearbeitet hätten, dann müßte es heute nicht unbedingt BAP geben", bedauert der Spex-Autor und Sänger der Band „Fehlfarben" Thomas Schwebel in der November-Ausgabe 1984. (Die „Fehlfarben" kamen allerdings aus Düsseldorf.) Gegen den Dschungel der einzigartigen Profilprimaten Kölns läßt sich ohnehin nicht anschreiben. 1985 ist Köln nachgerade proppenvoll mit Originalen, Typen, Querköpfen, Sonderlingen, kurz: Kultfiguren.

Petermann wird in diese Reihe umstandslos eingeordnet. Allerdings mit dem eklatanten Unterschied, daß er erst postum dazu erklärt wird. „Neue Kultfigur" übertitelt die „Köln-Chronik" auf ihrer Doppelseite zum Jahr 1985 einen kleinen Artikel zum gewaltsamen „Coming-out" des Schimpansen.

Affenkult
oder: Märtyrer ohne Grund

Noch eine Kultfigur? Wie viele andere auch? Nein. Petermann ist der einzige Kölner Prominente, der erschossen wird. Alle anderen bleiben nicht nur lebendig, sondern auch sonst völlig unversehrt. Denn sie stehen unter Artenschutz, sind bestens nach ihren Bedürfnissen untergebracht und werden gehegt, gepflegt und betuttelt, weswegen sie auch nie auf die Idee kämen, aus ihrem Stadtgehege auszubrechen. So heterogen das Ensemble der Kölner Originale ist, eines haben sie – von Jürgen Klauke bis Kurt Rossa – gemeinsam: Ihre offensive Unkonventionalität wird von der freundlichen Kölner Generaltoleranz vollkommen absorbiert. Türen und Tore öffnen sich für sie. Querköpfe passen in Köln überall durch. Es gelingt ihnen viel, bloß nicht, irgendwo anzuecken. Die „Kultfiguren" der Stadt mögen als widerborstig, aufsässig oder rebellisch apostrophiert werden, man mag sie umstritten nennen, aber tatsächlich sind sie – außer bei einer komplett meinungsirrelevanten und tunlichst schweigenden Rest-spießergruppe – Jedermanns Liebling. Da gibt es keine Ver-irrten, Verlorenen, Gestrandeten oder Gescheiterten oder auch nur Ausgegrenzten. Vor allem gibt es niemanden, der mit dem Leben bezahlen mußte. Und daher gibt es in Köln Mitte der achtziger Jahre auch keine tragischen Legenden. Legenden, wie sie in der Historie bisher jeder Freiheitskampf, jede Revolte, jede Volkserhebung hervorgebracht hatte. Allein die Kölner Alternativ-Bewegung hat sich nichts zu erzählen, keine Geschichten von Gescheiterten und Gebro-chenen und Gefallenen, von tragischen Unbeugsamen, von Helden und Heroen, die alles riskiert und alles verloren haben. Es gibt sie nicht in Köln – bis Petermann erschossen wird. Der ist nur ein Schimpanse. Mit einem Schimpansen kann man es machen. So wird der Schimpanse ein letztes Mal zu etwas gemacht, was er nicht war und nie sein wollte: ein Freiheitskämpfer. Und die, die ihn dazu machen, bedienen sich dabei des bewährten Kölner Fünfstufenver-fahrens.

Hinabstoßen – Runterbeugen – Umarmen – Vereinnah-men – Bekümmern.

Erstens degradiert man den Showstar des Wirtschafts-wunders zur gezwungenen Kreatur und zum Opfer eines re-pressiven Herrschaftssystems.

Zweitens versichert man dem zum Systemopfer erklär-ten Star volle Solidarität.

Drittens nimmt man ihn auf in die Gemeinschaft von Systemopfern, zu der man sich selbst zählt.

Viertens erwartet man von ihm, daß er sich wie ein Opfer des Systems verhält und revolutionär aktiv wird.

Und wenn er dabei umkommt, wird ihm – fünftens – alle Ehre zuteil.

Und die, die nach seinem Tod „Petermann geh Du voran" an Kölner Mauern sprühen, sind dieselben, die am liebsten bequem sitzenbleiben. Die Kölner Sofarevolutionäre haben die aktivistische Bewegung erfolgreich an einen toten Affen delegiert.

Die Rückkehr des Affen
oder: Petermanns Rache

Doch auch ein erschossener Affe kann noch Rache üben. Als untoter Wiedergänger. Wie der sagenhafte Stüpp, die rheinische Variante des Werwolfs, lauert Petermann den Kölnern auf. Zunächst begleitet er sie wie ein verspieltes Haustier, wird dann größer und größer und springt ihnen schließlich auf den Rücken, wo er sich nicht mehr abschütteln läßt und mit jedem Schritt schwerer wird – bis sein Träger zusammenbricht. Der Affe zu Köln ist der Affe, der den Kölner reitet. Der ihm im Nacken sitzt und ihn laust und beißt und sich nicht abschütteln läßt. Freudianer würden Petermann als das Es bezeichnen, den triebhaften Teil des Individuums, den Bereich der Lust, Begierde und Aggression, des Animalischen. Gibt es ein spezifisch kölnisches Es? Eine besondere rheinische Triebausformung? Vielleicht. Mit Sicherheit aber gibt es ein besonderes rheinisches Ich, ein regionales Realitätsprinzip, das von seinem Es drangsaliert wird – ebenso wie von den überregionalen Norm- und Wertvorstellungen, die Freud Über-Ich nennt. Man muß das Strukturmodell der Psychoanalyse hier nicht weiter strapazieren. Es genügt ein Blick auf die spezifische mentale Verfassung des Kölners, um zu begreifen, daß er überdurchschnittlich gefährdet ist, zwischen innerem Triebdruck und äußerer Moralrepression zerrieben zu werden. Die Widerstandskraft des Kölners ist gering. Deshalb begegnet er der doppelten Bedrängung mit einer Ausweichstrategie. Den moralischen Zumutungen der zivilen Gesellschaftsordnung entzieht er sich, indem er den „leeven Jung" mimt.

Die Triebkräfte hingegen sind nicht so leicht zu überlisten, obwohl der Kölner beinahe alles schon ausprobiert hat. Er hat versucht, das Animalische zu verharmlosen und zu verniedlichen und umzudeuten. Er hat versucht, es im Karneval zu kanalisieren, als Brauchtum zu sublimieren, als kölsche Eigenart zu sanktionieren und als Kult zu mythisieren. Er hat versucht, dem Triebhaften Benimm beizubringen, es zu dressieren und zu domestizieren. Er hat es in lustige Kostüme gesteckt, als Shownummer ausgegeben, zum Spießertum verdonnert, schließlich hinter Gitter verbracht und – als es sich dort nicht halten ließ – auf den Sockel gehoben als Leitbild revolutionärer Unbotmäßigkeit und Personifizierung freiheitsliebenden Bewußtseins. Alles, was der Kölner versucht hat, um mit seinen wilden Anteilen zurechtzukommen, hat er am Schimpansen Petermann vorexerziert.

Der Affe zu Köln ist der Affe im Kölner, das Wilde, das immer wieder hochkommt: seine Leidenschaften und Besessenheiten, das Halt- und Hemmungslose, Sinnliche, Unbändige, Zügellose, Maßlose – und dabei immer auch und irgendwie pragmatisch Wurschtelige, bedürfnisorientiert Zielführende, archaisch Genußorientierte, das völlig Vergangenheitsvergessene und Zukunftssorglose, das unmittelbare Egozentrische und in seiner Direktheit ebenso Erschreckende wie Possierliche, kurz: das Affenartige. Immer wieder wird es durch- und zurückschlagen. Und Rache üben für jede unzulässige Indienstnahme. Die traurigste Indienstnahme Petermanns war die zu seinen Lebzeiten als Entertainer. Die dreisteste war die nach seinem Tod als Kölsche Kultfigur. Der Trieb läßt sich in keinen Dienst nehmen. Man kann ihn als Mythos erzählen, aber nicht durch Erzählung domestizieren. Er ist und bleibt. Und hat sein bequemstes Domizil in Köln. Petermann lebt. Und lebt weiter. Petermann geht voran. In der Stadt des Primats der Primaten.

PS:

Tatsächlich ist es ja so:

Der Mensch weiß wenig über Menschenaffen.

Der Mensch weiß wenig über Schimpansen.

Seit der Mensch sich mit Schimpansen befaßt, betrachtet er sie aus der Perspektive seiner Zeit und seiner Interessen.

Romantiker sahen in Schimpansen sensible Naturkinder.

Pädagogen sahen in Schimpansen anzuleitende Schulkinder.

Forscher des Ostblocks sahen Schimpansen als präkommunistische Gesellschaftstiere.

Jane Goodall sah in Schimpansen glückliche Hippies.

Forscher der achtziger und neunziger Jahre sahen in Schimpansen wettbewerbsorientierte Ökonomen.

Jüngste Forschungen sehen in Schimpansen fundamentalistische Kriegsherren.

Und so ist es nicht völlig ausgeschlossen, daß auch die Sicht auf den Affen zu Köln einer nicht ganz interesselosen Perspektive folgt.

***

PPS:

Im Februar 2010 gibt endlich auch Wolfgang Niedecken den Widerstand gegen seinen natürlichen Trieb auf und geht beim Kölner Rosenmontagszug mit. Dem Kölner Express erklärt er: „Für diesen Zug mach' ich mich auch mal zum Affen."

Nachweise und Asservaten

Seite 4

„Dies Stück ist für Heinrich Böll und gegen die ‚alten Affen'" – Ansage von Wolfgang Niedecken für das Stück „Ahl Männer aalglatt" bei einem BAP-Konzert in Konstanz am 7.6.1986, nach: www.bap-fan.de / „Ich weiß nicht, ob ich irgendeinen Affen als Hausgenossen anraten darf ..." – Alfred Edmund Brehm: Illustrirtes Thierleben. Eine allgemeine Kunde des Thierreichs, Band 1. Die Säugethiere. Hildburghausen 1864 / „Ich bin kein Affe, den man vorführen kann", nach: Rudolf Herfurtner: „Brennende Gitarre", Deutsches Allgemeines Sonntagsblatt 14.9.1984 / „Ich bin kein Alt-Hippie oder Pflasterstrand-Affe": Interview mit Peter Maffay, Kölnische Rundschau (KR) 12.5.1984 / „Ich bin kein Affe, der Erdnüsse bekommt": Interview mit Campino, dem Sänger der Toten Hosen. Der Tagesspiegel 8.12.1991

Affe tot

Kölner Stadt-Anzeiger (KStA), KR und Express, Ausgaben 10. und 11.10.1985 / „Petermann – der kölsche Held aus dem Affenkäfig", Express 11.10.1995

Affenmythen

Gunther Nogge: „Die Wahrheit über Petermann", Express 8.5.2009 / Johann Jakob Häßlin/Gunther Nogge: Der Kölner Zoo, Köln 1985 / Bernd Müllender: „Petermann ging voran". Die Zeit 2.6.1989 / www.bunteligakoeln.de / Georg Roloff und Stephan Arnold ‹d. i. Arno Steffen›: „Petermann, geh' du voran", Fernsehdokumentation WDR, Erstausstrahlung am 6.2.1989

Affenakten

Protokoll der Aufsichtsratssitzung des Kölner Zoos vom 18.12.1951 / „Sensation im Schimpansenkäfig", KStA 19.12.1951 / „Coco hat ein Mäntelchen", KStA 14.12.1950 / Ulrich Dunkel: Tierfänger Johannes erzählt: Für Hagenbeck in Afrika, Stuttgart 1953

Affenannonce

Jost Dülffer (Hrsg.): ‚Wir haben schwere Zeiten hinter uns'. Die Kölner Region zwischen Krieg und Nachkriegszeit, Köln 1996 / Hans Schmitt-Rost (Hrsg.): Zeit der Ruinen. Köln am Ende der Diktatur, Köln 1965 / Reinold Louis: Aufgebaut. Rote Fingernägel krallen nach schwarzer Währung, Köln o. J. (2005?)

Affeninsel

Wilhelm Schneider-Clauß: Alaaf Kölle! En Schelderei us grosser Zick, Essen 1949 / Hans W. Krupp: Willi Ostermann. „En Kölle am Rhing...", Köln 1995 / Johann Jakob Häßlin: Der zoologische Garten zu Köln. Köln 1960 / Alfred Edmund Brehm: Illustrirtes Thierleben. Band 1. Die Säugethiere. Hildburghausen 1864 / Joseph Klersch: Von der Reichsstadt zur Großstadt. Stadtbild und Wirtschaft in Köln 1794–1860, Köln 1994 / Adolf Klein: Köln im 19. Jahrhundert. Von der Reichsstadt zur Großstadt. Köln 1992 / Karl Kempen: Die Kölner Bürger, Köln 1963

Affekte

Hans Schmitt: Der Neuaufbau der Stadt Köln, Köln 1946 / Jean-Paul Sartre: Geschlossene Gesellschaft. Stück in einem Akt, übersetzt von Traugott König, Reinbek 1986 / Jean Firges: Sartre: Der Blick. Sartres Theorie des Anderen. Sonnenberg, Annweiler 2000

Affenartig

Heinrich Lützeler: Philosophie des Kölner Humors, Hanau/Main 1954 / Heinrich Lützeler: Kölner Humor in der Geschichte, Hanau/Main 1960 / Heinrich Lützeler: Rheinischer Humor, Hanau/Main 1978 (= bearb. und erw. Neuausgabe von „Philosophie des Kölner Humors" und „Kölner Humor in der Geschichte") / Herbert Schöffler: Der Witz der deutschen Stämme, Berlin 1940, neu hrsg. von Helmuth Plessner unter dem Titel „Kleine Geographie des deutschen Witzes", Göttingen 1955, darin: Wilhelm Pinder: „Landkarte des Humors" / Helmuth Plessner: Lachen und Weinen. Eine Untersuchung der Grenzen menschlichen Verhaltens, Arnhem 1941, 2. Aufl. München 1950, wiederabgedruckt in: Helmuth Plessner: Gesammelte Schriften, Band VII, Frankfurt/Main 1981–1985 / Frank-Rutger Hausmann (Hrsg.) und Elisabeth Müller-Luckner (Bearb.): Die Rolle der Geisteswissenschaften im Dritten Reich 1933–1945, München 2002 / Hartmut Lehmann und Otto Gerhard Oexle: Nationalsozialismus in den Kulturwissenschaften, Göttingen 2004 / „Das Kichern der Schimpansen", Süddeutsche Zeitung 5.6.2009 / Robert R. Provine: „Ha! Ha! Ha! Was die Wissenschaft über das Lachen herausgefunden hat, ist überraschend: lachen hat wenig mit Humor zu tun", Neue Zürcher Zeitung Folio 11/2002 / Günter Tembrock: Grundzüge der Schimpansen-Psychologie, Berlin 1949

Affenunartig

www.boxrec.com / Knud Kohr und Martin Krauß: Kampftage. Die Geschichte des deutschen Berufsboxens, Göttingen 2000 / B. E. Lüthge (Hrsg): Box-Brevier. Handbuch für alle Freunde des Boxsports. Berlin 1948 / „Kuddel Schmidt will ‚PM' stürzen", Abendblatt 22.12.1950 / „Peter Müller. Kennt Ihr mich nicht?", Der Spiegel 18.6.1952

Die drei Affen

Bruno Fischli (Hrsg.): Vom Sehen im Dunkeln. Kinogeschichten einer Stadt, Köln 1990 / Reiner Boller und Julian Lesser: Tarzan und Hollywood, Berlin 2004 / Raymond Lee: Not so dumb. The Life and Times of the Animal Actors. New York 1970 / www.cheeta-thechimp.org / „Affe a.D.", Financial Times Deutschland 10.5.2009 / Richard Dean Rosen: „Lie of the Jungle", Washington Post Magazine 7.12.2008 / „Gib dem Affen Kuchen. Tierischer Geburtstag", spiegelonline „eines tages" 11.4.2008 / Edgar Rice Burroughs: Tarzan. Der Originalroman, übersetzt von Ruprecht Wilnowist, Frankfurt 1999

Nachgeäfft

Renate Matthaei: Der kölsche Jeck. Zur Karnevals- und Lachkultur in Köln, Köln 2009 / „Macht Hänneschen politische Witze ?", KStA 13.9.1950 / „‚Erhaltet die Kölner Eigenart'. Für gesunden und zotenfreien Humor", KStA 13.10.1951 / Jane Goodall: „Von den Schimpansen lernen, dass wir Tiere sind", Der Spiegel 4.9.2001 / Jane Goodall.

Wilde Schimpansen: Verhaltensforschung am Gombe-Strom, übersetzt von Mark W. Rien, Reinbek 1971 / Jane Goodall: Ein Herz für Schimpansen – Meine 30 Jahre am Gombe-Strom, übersetzt von Ilse Strasmann, Reinbek 1991 / Franz Kafka: Ein Bericht für eine Akademie, aus: Franz Kafka: Sämtliche Erzählungen, hrsg. von Paul Raabe, Frankfurt 1970 / „Byron E. Wrigley sagte ,Alaaf'", KStA 16.2.1953 / „Peter Müller vor Gericht. Widerstandsleistung war eine ,Armbewegung'", KStA 16.2.1954

Affront

„Wiederaufbauvergleich mit Hannover, Bremen, Frankfurt", KR 18.4.1952 / „O yes, Marie, o yes. Trotzdem Karneval", Der Spiegel 1.2.1947 / „Regenbogen über Ruinen. Denn einmal nur im Jahr …" ebd. / „Mit Anstand feiern", Der Spiegel 14.2.1948 / „Stadtverordneter P. J. Schaeven schreibt an Karnevalisten" / „Thomas Liessem antwortet", KStA 28.4.1951 / „Karneval. Wer soll das bezahlen?", Der Spiegel 5.1.1950 / „Unfreiwillige Narretei", Süddeutsche Zeitung 28.1.1953 / „Fernseh-Spiegel: Karneqal", Der Spiegel 4.2.1959 / „Mer jöcke öm de Welt. Ein Karnevalsgespräch des Kabarettisten Wolfgang Neuss mit Thomas Liessem, Vorsitzendem des ,Bundes deutscher Karneval'", Der Spiegel 19.2.1958 / Walter Först (Hrsg.): Aus Köln in die Welt. Beiträge zur Rundfunkgeschichte. Annalen des Westdeutschen Rundfunks. Köln und Berlin 1974 / Festkomitee des Kölner Karnevals e. V. (Hrsg.): Der Kölner Karneval 1960 im Spiegel der Kritik, Köln 1960 / Thomas Liessem: Kamelle und Mimosen, Köln 1965 / „Selbstkritik der Kölner Narren", Die Zeit 7.2.1964 / „Der Kölner Karneval ist doof", Twen 2/1962 / Nina Gruttenberg: „Karneval und Katzenjammer. ,Was ‹!› solle m'r maache? M'r laache!'", Die Zeit 9.3.1962 / Peter Brügge: „,… oder nach Sibirien ziehn!' Der Karneval und die Krise, Der Spiegel 14.2.1962 / Michael Schmidt-Euler und Marcus Leifeld: Der Kölner Rosenmontagszug 1949–2009, Köln 2009 / „Silvester-Ragout", KStA 31.12.1952

Affenliebe

„Weihnachtsgeschenk – Fernsehen", KR 24.12.1952 / „Fernseh-Start am ersten Weihnachtstag", KStA 27.12.1952 / „Kleine Liebe zu Affen. Die junge Dame Käthe wird zur Tierpflegerin", KStA 31.12.1952 / „Tanz ins neue Jahr – Turbulente Tänze zu heißer Musik – Artistische Bewegungsspiele im Rhythmus der Zeit", ebd.

Affenzahn

„,Erschütterndes Bild abgesunkener Nachkriegsjugend'", KStA 17.3.1953 / „Autospringerprozeß hat begonnen", KStA 24.3.1950 / „Nächtliche Jagd hinter ,Verbrechern'", KR 16.6.1952 / „Unreif, aber verantwortlich", KStA 14.5.1953 / „Diebesfahrt führte in den Tod", KStA 11.6.1953 / „Wilde Jagd in der Subbelrather Straße", KStA 22.6.1953 / „,Allgemeinbildung mit Alkohol'", KStA 27.6.1953 / „Haben wir in Köln zu wenig Verkehr?", KR 22.4.1952. / „Die Verkehrssünder erwartet kein Mitleid mehr", KR 11.6.1952 / „Jugendliche überfielen einen Taxifahrer", KStA 6.7.1953 / Boris Schmidt: „50 Jahre Tempo 50", Frankfurter Allgemeine Zeitung 3.7.2007 / „Autofahren war ihre Leidenschaft", KStA 13.8.1953 / „1002 Verkehrsunfälle im Mai", KStA 19.6.1953 / „Weltrangliste stimmt nicht", KStA 21.1.1953 / „Die Nacht der Unfälle", KStA 9.10.1953 / „,Ich dachte, ich komme noch 'rüber'", KStA 21.10.1953 / „29 v. H. mehr Verkehrsunfälle", KStA 26.10.1953 / „Kölner Bürger besprachen Verkehrsprobleme", KStA 5.11.1953 / „3 Radfahrer tödlich überfahren", KStA 12.11.1953 /

„Sechzehnjähriger stahl vier Autos", KStA 12.8.1954 / „In 24 Stunden 42 Verkehrs-unfälle in Köln", KStA 14.2.1953

Affengesellen

„3 Schwerverletzte auf der Autobahn" / „Ein Känguruh für den Kölner Zoo", KStA 2.3.1953 / „Vierbeinige und gefiederte Exoten" / „Zwei Kavaliere ohne Auto. Sie stah-len sich einen Wagen", KStA 4.7.1953 / „Kleinbären vom Himalaja-Gebirge" / „Wilde Jagd auf Autodiebe", KStA 16.3.1956 / „Asiatische Streifengänse bekommen Nach-wuchs", KR 9.6.1952 / „Zoo-Neuheiten des Sommers", KStA 25.6.1952 / „Lebende Lieferung von Recife nach Riehl", KR 5.7.1952 / „Vögel aus dem 5. Erdteil" / „Moto-risierte Einbrecher im Lager", KStA 12.6.1953 / „Ein allerliebster kleiner Wickelbär", KStA 24.4.1953 / „Neue Schlangen aus Südamerika", KStA 12.5.1953 / „Pfingstneu-heiten im Kölner Zoo", KStA 23.5.1953 / „Die größten Raubvögel der Erde", KStA 23.7.1953 / „Originellste Tieraufnahme wird gesucht", KStA 6.8.1953 / „Neuer Vogel-transport für den Kölner Zoo", KStA 13.8.1953 / „‚Bitte recht freundlich' im Zoo", KStA 15.8.1953 / „Voll exotischer Farbenpracht: Tukanvögel", KStA 28.8.1953 / „Junges Kragenbärenpaar. Im Austauschverfahren nach Köln gekommen", KStA 11.9.1953 / „Die Affen mit der fünften Hand. Neueste Zooattraktion: sechs Klammeraffen - Neu-yorker Zoo schenkte Reptilien", KStA 1.10.1953 / „Der Zoo vervollständigte Flamin-gosammlung", KStA 25.11.1953 / „Riesenbär kam aus Stuttgart", KStA 17.3.1954 / „Auch im Zoo ist der Frühling eingezogen", KR 17.3.1954 / „Mehrere ‚freudige Ereig-nisse' im Zoo", KR 27.3.1954 / „Im Zoo beobachtet", KR 2.4.1954 / „Der Zoo hat wie-der seine Fasanerie", KStA 23.5.1954 / „Braunbären aus Nürnberg", KStA 5.6.1954 / „Geburtstagsgaben für den Zoo", KStA 1.7.1954 / „‚Sawani', das Elefantenfräulein", KStA 29.7.1954 / „Klapperschlangen als Geburtstagsgaben", KStA 8.6.1955 / „Flug-hörnchen aus dem Zoo von Cleveland", KStA 22.6.1955 / „Zahmer Gepard kam in den Zoo", KStA 17.8.1955 / „Im Zoo. Seltene Tiere aus Bolivien und Afrika", KStA 13.10.1955 / „Schlangen aus Chicago", KStA 11.10.1956 / „In Texas gibt's nicht nur Pferde", KStA 12.12.1956

Af(f)rikaner

Wilhelm Windecker: „Das waren noch Zeiten: Die Braut lernte man im Zoo kennen." (Vortrag vor dem Verein für Natur- und Heimatkunde), KStA 7.5.1953 / Hilke Thode-Arona: Für fünfzig Pfennig um die Welt. Die Hagenbeckschen Völkerschauen, Frankfurt/New York 1989 / Petra Hartmann, Stephan Schmitz und Matthias Heiner: Kölner Stämme. Menschen - Mythen - Maskenspiel, Köln 1991 / www.negerkoepp.de / „Josephine und Kölsche Afrikaner", KStA 19.3.1953 / Michaela Kirst und Marcel Steuermann: Was war los in Köln 1950-2000, Erfurt 2001 / Carl Dietmar und Mar-cus Leifeld: Alaaf und Heil Hitler. Karneval im Dritten Reich, München 2010 / Mi-chael Euler-Schmidt und Marcus Leifeld: Der Kölner Rosenmontagszug 1823-1948, Köln 2007 / „Afrikaschau und neue Rentiere", KStA 15.4.1957 / www.kopfwelten. org/kp/virtualmuseum „Köln Postkolonial - ein lokalhistorisches Projekt der Erin-nerungsarbeit"

Klammeraffe

„Kölner Karneval in Südamerika. Lucy Millowitsch reist im Einbaum", Neue Illus-trierte 19.11.1955 / „Lucy schunkelt mit Indianern", KStA 30.10.1956

Affenordnung
Gotthart Berger: Das große Affenbuch, Leipzig 1983 / Thomas Geissmann. Verglei-
chende Primatologie, Berlin 2002 / Desmond Morris und Steve Parker: Die Welt der
Menschenaffen, übersetzt von Michael Kokoschka und Eva Sixt, Hamburg 2010 / Karl
Altheim: „Der zoologische Garten als kommunale Aufgabe", Der Städtetag, Heft 1
1957 / Wolfram Schütte (Hrsg.): Adorno in Frankfurt: Ein Kaleidoskop mit Texten und
Bildern. Frankfurt am Main 2003

Die Affen rasen durch den Wald …
„Raubversuch im Stadtwald", KStA 12.1.1954 / „18jähriger überfiel Kioskbesitzer",
KStA 15.10.1953 / „Von Rowdys niedergeschlagen", KStA 17.10.1953 / „Ein verhängnisvoller Kinnhaken", KStA 28.11.1953 / „Raubüberfall um leere Brieftasche", KStA
16.12.1952

…der eine macht den andern kalt …
„Straßenschlacht nach Mitternacht", KStA 11.12.1951 / „Wieder einer abgeschleppt",
KStA 28.7.1951 / „Die ‚Unterwelt' in der Debatte", KStA 11.8.1951 / „Gangster-Zentrale
am Rhein", Süddeutsche Zeitung 20.10.1951 / „Zieh nicht an den Rhein! ‚Gangster-
Zentrale am Rhein'", KStA 27.10.1951

…die ganze Affenbande brüllt
„Brief eines Ausländers, der Köln besuchte", KStA 9.6.1956 / „Jeder neunte Kölner
ist ein schwarzes Schaf", KStA 5.2.1960

Affäre
„Harry äugte durchs Schlüsselloch", KStA 24.8.1953 / „Statt ‚Harri' nun zwei
Straußenvögel", KStA 27.10.1953 / Wilhelm Windecker: „Ungebetener Gast beim
Mittagsschlaf" (Zeitungsauschnitt im Kölner Zoo-Archiv, ohne Datums- und Quel-
lenangabe)

Affendressur
„Lacht Petermann … oder hat er Angst?", KStA 2.7.1953 / „Der Affe trank gar keinen
echten Sekt", KStA 16.1.1968 / „Schimpanse auf Elferratstisch", KR 1.1.1954 / Axel
Schmidt: Modernisierung im Wiederaufbau: die westdeutsche Gesellschaft der 50er
Jahre. Bonn 1993 / Felicitas Rummel und Stefan Volberg: Es geht wieder aufwärts!
Köln im Wirtschaftswunder, Gudensberg-Gleichen 2006 / „Hausaufgabe: Gehen lernen!", KStA 29.5.1953 / „Cocktail-Party-Übung mit Schaschlik-Spießchen", KStA
26.8.1955 / Nikolaus Jungwirth und Gerhard Kromschröder: Die Pubertät der Republik, Frankfurt 1978 / Max-Leo Schwering. Köln. Bewegte Zeiten – Die 50er Jahre,
Gudensberg-Gleichen 1997 / „Gegen geistige Entgleisungen der Jugend", KStA
28.1.1954 / „Schimpansenpärchen Jacki und Susi", KStA 25.8.1954

Affentheater
Helga Bemmann (Hrsg.): Aus dem Leben großer Clowns, Köln 1973 / Ricarda Strobel
und Werner Faulstich: Die deutschen Fernsehstars, Bd. 1: Stars der ersten Stunde,
Göttingen 1998

Affentanz

„Schampus und Affen-Sex. Supergrass empfingen Journalisten im Kölner Zoo", KStA 11.9.1999 / „Das metallische Manifest", KStA 31.10.2000 / Hermann Ritter. Mein altes Köln. Skizzen und Bilder aus Köln und dem rheinischen Leben, 2. bis 4. verm. Auflage, Köln o. J. (1920) (zuerst veröffentlicht in verschiedenen Zeitschriften 1900 bis 1914) / Kurt Weinhold: „Gangster in den Schulbänken", KStA 29.10.1955 / „Exoten aus Süd- und Mittelamerika", KStA 31.3.1955 / „Ein Schiffstransport mit ‚Schnuckelchen‘", KStA 20.6.1956 / ‚Cornelius‘ kam aus Afrika", KStA 17.3.1955

Affenaufstand

„Größte Antilope – kleinste Füchse", KStA 27.3.1956 / „Die Jüngsten im Kölner Zoo", KStA 19.4.1956 / „Wieder Silberlöwen in unserem Zoo", KStA / „In den Anlagen passiert auch dies", KStA 16.5.1956 / „Zoo. Gefängnis oder Heimat ?", KStA 10.3.1956 / Thomas Grotum: Die Halbstarken. Zur Geschichte einer Jugendkultur der 50er Jahre, Frankfurt a. M. 1994 / Günther Kaiser: Randalierende Jugend. Eine soziologische und kriminologische Studie über die sogenannten „Halbstarken", hrsg. vom Studienbüro für Jugendfragen e. V. Bonn, Heidelberg 1959 / Wolf Gnagy: „Wie stark sind die Halbstarken?" Blickpunkt. Illustrierte Zeitschrift hrsg. vom Landesjugendring Berlin, 5-1958 / Wolfgang Kraushaar: Die Protestchronik 1949-1959. Eine illustrierte Geschichte von Bewegung, Widerstand und Utopie, Hamburg 1996 / Martin Lindner: Jugendprotest seit den 50er Jahren. Dissens und kultureller Eigensinn. Opladen 1996 / „Die Halbstarken. Mode oder Problem?", KStA 18.8.1956 / „Journalisten bauen eine Brücke", KR 24.12.1952

Die Affen der anderen

„Zweihundert randalierten. ‚Halbstarken‘-Krawalle in Düsseldorf", KStA 31.8.1956 / „‚Schwarze Hand‘ war in Düsseldorf tonangebend. Fahndung nach Flugblättern", KStA 6.9.1956 / „Schwarze Hand und Rote Teufel", KStA 12.9.1956

Affenfutter

„Kommt nicht in die Zeitung …", KStA 18.9.1956 / „Mode aus elf Ländern", ebd. / „Versöhnung über die Gräben", ebd. / „Neu: ‚Halbschwache‘", KR 18.9.1956 / „Kein Großalarm", ebd. / „Landfriedensbruch", KStA 21.9.1956 / „Erwachsene Jugend", KStA 26.9.1956 / „Nochmals, die Jugendkrawalle", KStA 21.11.1956 / „2 Tote in München", Stern 1.9.1956 / Neue Ruhr Zeitung 28.9.1956

Affiziert

„Modelle aus dem Zoo. Bildhauer Hein Derichsweiler wird 60 Jahre alt", KStA 12.4.1957 / „Morgens vor acht Uhr im Zoo", KStA 11.8.1956

Affenkäfig

„Wer einmal aus dem Blechnapf frißt …", KStA 4.9.1956 / „Eisbäranlage wird jetzt gebaut. Pläne des Kölner Zoos für 1957", KStA 9.1.1957 / „Der Radau fand im Saale statt", KStA 29.1.1957 / „Auf der Suche nach den Halbstarken", KStA 12.3.1957

Affinitäten

„Die Inka-Seeschwalben sah man bisher noch nicht", KStA 14.3.1957 / „Im Zoo wird's schöner mit jedem Tag", KStA 9.5.1957 / „1:0 für den Zoo", KStA 1.6.1957 / „Kurtchen